Nello, Natale 2011

OMNIBUS

Antonio Forcellino

L'ULTIMA PASSIONE

Romanzo

MONDADORI

L'ultima Passione
di Antonio Forcellino
Collezione Omnibus

ISBN 978-88-04-60875-2

I edizione agosto 2011

L'ULTIMA PASSIONE

1

La mattina del 12 agosto 1545 Michelangelo Buonarroti aprì gli occhi appena i merli annunziarono l'alba. Ma la sua sensazione era di non averli mai chiusi. Poco prima di mezzanotte un corriere gli aveva recapitato un biglietto del cardinale inglese Reginaldo Polo, cugino del re Enrico VIII.

Carissimo amico e fratello,
un uomo si presenterà con il mio anello da voi in questi giorni. Ha bisogno di un rifugio sicuro per qualche tempo. Abbiatene cura come fareste con me. Di più non posso dirvi per adesso. Amatemi e raccomandatemi al Signore nelle vostre preghiere,

Reginaldo

Poche parole che erano guizzate tutta la notte come fiammelle accese nel suo cervello rabbuiato. Reginaldo Polo era a Trento, dove era stato mandato a presiedere il Concilio Universale dal papa. Era uno degli uomini più potenti d'Europa e uno dei più santi. Persino Pasquino si era arreso di fronte alle sue virtù rinunziando ai suoi lazzi feroci. Divideva con Michelangelo e pochi altri amici una forma di devozione molto particolare che per i vertici dell'Inquisizione era una vera e propria eresia. Ma quel circolo era troppo potente per essere messo sotto processo apertamente. Almeno fino a quando non avesse fatto quel passo falso che molti aspettavano da tempo. Michelangelo aveva piena fiducia in Reginaldo, nonostante il suo carattere ombroso lo trattenesse lontano dalle pericolose battaglie teologiche. Aveva già pagato per i suoi cedimenti all'utopia quando venti anni prima aveva tradito i Medici unendosi ai rivoluzionari repubblicani fiorentini. La botola dove era stato nascosto per sottrarsi ai sicari dei Medici, dopo la restaurazione, gli tornava in mente ogni notte, con il suo tanfo di melma secca dell'Arno. Ma da Polo era stato sedotto, e, senza volerlo confessare neppure a se stesso, a lui si affidava interamente. Non soltanto perché Polo era un abile diplomatico, amato dall'imperatore, dal papa e dal re di Francia, ma anche perché, nonostante fosse il centro di quella forma di devozione così ardita, i cui contorni eretici da tempo gli erano chiari, manteneva un quieto e rassicurante equilibrio nei suoi modi e nelle sue azioni. Una serenità che si spalmava come un unguento benefico su chi lo amava e lo seguiva, facendolo sentire protetto, al sicuro come nelle braccia di una balia angelica.

Quel biglietto così ambiguo, così estraneo ai modi di Polo, almeno ai modi che Michelangelo aveva conosciuto in lui, era inquietante per la sua reticenza e, se non vi fosse stato apposto il sigillo che tanto bene conosceva, se non avesse mostrato la scrittura che gli era tanto familiare, il vecchio artista avrebbe stentato a crederlo autentico.

Questo si era detto durante la notte mentre si rigirava sul materasso sformato e avvallato al centro che non si decideva a cambiare. La barba esagerata di Polo, nera e lunga fino alla vita, che nella sua immensità era da tutti considerata come una insegna araldica della sua purezza, gli era tornata in mente dalla sera prima come un dettaglio dissonante, disarmonico e fastidioso nella fisionomia dell'amico. Un particolare che, illuminato dalla luce sospettosa insinuatasi nel suo cuore con quel biglietto, rivelava piuttosto un'infatuazione fanatica che un'eco di santità. Il pensiero gli provocò una fitta di collera contro se stesso che affascinato da quella immensa barba l'aveva scolpita sul suo Mosè, agitandola come un fiume in piena. Per mesi ne aveva svellato i ciuffi come piume, con lo scalpello. Sollevati i ricci bucandoli con il trapano. Allisciato le ciocche una dopo l'altra con la raspa. Le aveva trasformate in flutti, nei quali era esplosa e poi sfumata l'ira di Mosè per il tradimento del suo popolo. Quella barba, di cui parlava tutta l'Italia con ammirazione da quando aveva collocato la statua nella chiesa di San Pietro in Vincoli sei mesi prima, ora lo infastidiva come la testimonianza troppo evidente di un legame che avrebbe voluto tenere per sé. Era bastato quel biglietto ambiguo a provocare un accesso di inquietudine. A rompere quel filo che lo teneva quotidianamente in bilico sul baratro della paura e della malinconia su cui era sospeso da quando aveva memoria. Ebbe la fantasia di andare a tagliare via con lo scalpello la barba del suo Mosè, non potendo accorciare con le forbici quella del suo amico, che gli aveva spedito quel biglietto più ardente di una brace viva. Anche se stava lì innocuo e sgualcito tra le sue mani come un qualsiasi pezzo di carta. Non lo avrebbe usato per gli appunti o per gli schizzi come faceva per ogni foglio che gli capitava tra le mani.

Lo avrebbe bruciato, non c'era altro da fare.

Poi avrebbe aspettato che quest'uomo si presentasse in gran segreto nella sua casa modesta. Già, perché c'era anche questo problema non piccolo da risolvere. La casa dove abitava gli era stata regalata da Giulio II quarant'anni prima per impiantarvi lo studio dove scolpire le statue della grande tomba che gli aveva commissionato. Era una casa-officina da muratore, povera, lontana dai palazzi della corte e dai confortevoli lussi di moda a Roma. Poteva essere adatta quarant'anni prima a un artista di talento che doveva ancora affermarsi. Ma dopo essere diventato il primo artista del mondo intero avrebbe dovuto risiedere in un palazzo elegante almeno quanto quello dove aveva abitato come un principe Raffaello Sanzio. Ma lui non aveva voluto mai lasciarla. Non aveva mai amato il lusso e la compagnia, le feste dai banchieri e le commedie dai cardinali. In quel tugurio si trovava benissimo. La stalla per il suo cavallino, la fucina per forgiare i ferri, lo stanzone dove scolpire e le camere dove dormiva e disegnava. C'era perfino un piccolo orto che gli ricordava Firenze. Per lui andava bene, a patto che a nessuno dei suoi principeschi amici venisse in mente di entrarvi. E ora quest'uomo, questo misterioso amico di Polo, certamente non un contadino, doveva essere ospitato nella sua spelonca. Ma dove?

Il pavimento di legno intiepidito dal caldo estivo accolse i piedi del vecchio dandogli un piacevole senso di liberazione, di ritorno alla vita. Cercò a tentoni le pantofole di corda, le infilò piegandosi in avanti e si ridistese allargando le braccia di fronte alla finestra aperta, appena rischiarata da una debole luce metallica.

La casa affacciava sulla valle dei Fori, una campagna dove le capre e le pecore strappavano i fili d'erba sopravvissuti all'arsura estiva tra i marmi dei ruderi romani. Solo le chiome dei pini che cominciavano a staccarsi dal cielo mantenevano in quella stagione il loro verde scuro contro il marmo bianco delle colonne. La prima luce entrava nella sua finestra attraverso la corona di archi del Colosseo. Una camera spoglia perfetta per un penitente. Lungo il muro di fronte alla finestra era accostata la branda con il materasso vecchio di lana poggiato su un pagliericcio che frusciava in continuazione nelle lunghe notti insonni. Sopra il letto un crocifisso di legno intagliato da ragazzo da cui non si era mai separato. Sull'altra parete una cassapanca di noce conservava perfettamente ripiegati i due giubboni di panno azzurro e le camicie di lino di Fiandra fatte cucire dal nipote a Firenze e mai indossate. Un armadio a un'anta nascondeva le cose di tutti i giorni, il logoro giubbone nero stretto sulle maniche dai nastri di fustagno per non impicciare i movimenti del lavoro, le calze di cotone e camicie di lino frusto rattoppate sotto i gomiti. Di quelle toppe, sembrava che non potesse fare a meno.

Scostò l'impannata per contemplare il chiarore appena dorato che risaliva il cielo dietro il profilo scuro del colle Celio dove già si potevano distinguere la sagoma del convento di San Gregorio e le chiome dei cipressi neri.

Da quarant'anni, quel profilo era la prima cosa che vedeva appena alzatosi da letto. Anche in inverno quando accendeva la lucerna molto prima che il sole sorgesse scrutava nel buio in quella direzione, alla ricerca dei lumi accesi dai frati nella dispensa, nella chiesa o nell'officina dove essiccavano le erbe medicinali. Osservare ogni alba i primi segni di vita nel convento lo rassicurava: il mondo era sopravvissuto a un'altra nottata. Perché non poteva immaginare che il resto del mondo avesse notti meno dolorose delle sue e perfino felici, qualche volta.

L'aria odorava di pino, di erba bruciata e di alloro, trasportati in alto dalla foschia umida che soltanto alla fine della notte era venuta a rinfrescare la città sfinita dal caldo. Si sfilò la camicia di flanella bianca che gli arrivava al ginocchio e che metteva per dormire in tutte le stagioni, cercò sulla sedia quella di cotone fino su cui avrebbe indossato il giubbone. La camera da letto era al primo piano della casa insieme alla camera dei disegni dove teneva un lungo tavolo di castagno sommerso da lettere, libri di conti, ricordi di spese e risme di carte dense di schizzi, appunti, poesie e dettagli rifiniti come nessun pittore avrebbe mai fatto, tranne forse il vecchio Leonardo che come lui sprecava la propria diligenza su fogli che non avrebbe mai potuto presentare a nessuno. Su quel tavolo era raccolta tutta la carta di Roma eppure non gli bastava mai. Annotava le spese a margine di un disegno fatto nel pieno della notte e abbozzava piccoli schizzi sommari sotto lettere che aveva appena finito di leggere. Erano solo una goccia del mare di idee e di forme che si agitava perennemente dentro di lui.

Al piano inferiore, dove portava la scala di legno, c'era la cucina con un camino piccolo e un acquaio di marmo scavato in un antico stipite di porfido trovato nell'orto. Accanto alla cucina si apriva uno stanzone voltato con mattoni in coltello, ampio come una piccola chiesa, ingombro di figure bianche appena sbozzate che da anni aspettavano di prendere vita. Lo stanzone era illuminato da una grande bifora attraverso cui si poteva quasi toccare la Colonna Traiana tanto era vicina. Dalla cucina si accedeva anche a una stanza più piccola dove era il deposito per gli attrezzi e i marmi, con una fucina dove temprava i ferri per lavorare la pietra.

Sul tavolo c'era un piatto colmo di ricotta così bianca da vincere la penombra della camera. Ne staccò un pezzo con le mani e lo portò alla bocca, si versò dalla brocca un dito di vino leggero e lo bevette a piccoli sorsi rimanendo in piedi, nero come il tavolo. Se qualcuno fosse entrato in quel momento avrebbe visto galleggiare nel buio soltanto la ricotta e il colletto bianco della camicia che sporgeva dal giubbone. Cercò con le mani il piccolo secchio di rame poggiato su uno sgabello a tre piedi addossato al muro, aprì la porta che dava sull'orto e si diresse verso il pozzo nell'angolo meridionale del muro di recinzione. Una pianta di gelsomino nascondeva tutta la vera di ferro e i fiori bianchi, carnosi, come piccole stelle, erano sospesi nell'aria. Un miracolo di bellezza che gli rendeva amabile perfino l'estate. Con le mani afferrò un sarmento legnoso abbassandone un grappolo per poggiarvi il naso. Anche se gibboso e storto per il pugno ricevuto da un amico invidioso cinquant'anni prima, quel piccolo naso aveva mantenuto un olfatto prodigioso che la natura associa in genere a enormi protuberanze. Nel buio sorrise di quel gesto ripetuto come un rito ogni mattino di ogni estate, inspirando più volte il profumo orientale dei fiori. Riempì il secchio e cominciò a versare con parsimonia un filo d'acqua lungo i solchi da cui spuntavano le piante di pomodori, di melanzane e di insalata. Quando l'acqua arrivò alle piante di basilico salernitano un vapore pungente si sollevò fino a lui. Si sedette allora su una sirena di peperino con la coda infilata nel terreno morbido e poggiò accanto il secchio per spuntare dal basilico le foglie secche. Con la mano chiusa a pugno staccava le foglie e le infilava tra le dita. Quando gli sembrò di aver liberato le sue piante dall'inutile peso si alzò per andare verso la balaustra affacciata sulla valle dei Fori. Aprì la mano e fece cadere le foglie che precipitarono verso il suolo, dieci braccia più in basso, quasi fossero state di piombo. Nessun vento le aveva spostate. Da settimane Roma, oppressa dal caldo, aspettava invano il sollievo del primo vento autunnale.

Michelangelo poggiò le mani sul parapetto e alzò lo sguardo verso la collina di fronte. Un raggio di sole scontornava il profilo delle grotte di mattoni del colle Palatino tingendole di oro e di rosso. Sembrava più che mai credibile in quella luce che gli imperatori avessero abitato il colle con lo sfarzo degno degli dei.

Ora le pareti, spogliate dei marmi, rimanevano a testimoniare quella passata grandezza solo con l'enormità delle volte sospese ad altezze vertiginose. Gli alberi immobili si intrecciavano, coprivano e avvolgevano i profili dei palazzi e dei templi spingendo le chiome e i fusti a un'altezza ciclopica. Anche quella mattina, il vecchio scultore pensò all'antica Roma che aveva di fronte come a una città abbandonata dai titani. L'occhio ammirato si fermò sulla rupe Tarpea e il palazzo del Campidoglio che chiudeva a ovest la valle, bruno di tufi morbidi tra i quali spuntavano fichi e melograni.

Poi lo sguardo fu attirato in basso da un fremito di vita colto tra le colonne gigantesche del tempio di Saturno, rimaste in piedi per sfidare l'ambizione di uomini come lui. Si cominciava a distinguere il movimento del popolino che per quella notte aveva occupato i Fori. Contadini che pigramente tentavano di muovere le mandrie addossate sotto i fornici degli archi. Pellegrini che non avevano trovato posto nelle locande o che avevano preferito sciogliere i cordoni delle brache tra le gambe di una puttana dopo aver sciolto i cordoni della borsa davanti a un altare delle mille chiese di Roma. Dalla via che veniva da Porta San Sebastiano cominciavano ad arrivare gli ortolani della campagna pontina. Molto prima dell'alba avevano caricato i muli e le carrette con sporte di meloni e rape e si affrettavano perché il sole li trovasse già esposti sui banchi del mercato di Campo dei Fiori o di piazza Navona.

Quell'animazione crescente lo fece sentire un perdigiorno. Raccolse quasi stizzito il secchio da terra e rientrò in casa.

2

«Sul sagrato del Laterano è scoppiata la tragedia. Ho visto avvicinarsi il primo novizio con in mano la borsa dei dodici sigilli in ricordo degli Apostoli che hanno creduto in Cristo. Poi l'altro più giovane tremava con in mano la cintura di dodici gemme per ricordare al successore di Pietro che è chiamato a custodire il tesoro della Chiesa. La voce era solo un soffio per lo spavento. Quando è arrivato il terzo a bruciare le stoppie per ricordarmi che tornerò presto polvere, non ascoltavo già più quel che mi veniva detto. L'odore del muschio sparso al suolo per ricordarmi la terra che aspetta ogni mortale mi ha provocato una vertigine. Mi ha sostenuto il vescovo di Reggio, che si era fatto avanti per saggiare la mia virilità attraverso il trono di porfido bucato. Allora è sceso il silenzio più cupo mai calato in terra.

Le file rosse dei cardinali incombevano sulla mia testa. Dietro di loro vedevo le schiere dei vescovi bianche come neve, e incalzavano. Dietro ancora, il mare senza colore del popolo di Roma vestito di stracci. L'urlo ha sollevato un'onda paurosa in quel mare, stava per frangersi addosso a me: *"È femmina, il papa è femmina, è Giulia la sposa di Cristo, è tornata per portarci tutti all'inferno"*.

La mano arrossata ha macchiato il lino bianco della mia tunica. Il sangue ha cominciato a spandersi come se dentro di me sgorgasse una sorgente, e a inondare le scale e la piazza inseguendo la folla che scappava terrorizzata. Se tu non mi avessi svegliato, Pietro, sarei certo morto per l'angoscia.»

Quando il papa finì il suo racconto la mano del ragazzo formicolava per la forza con cui aveva stretto la penna. La luce delle candele si concentrava tutta su di lui lasciando in ombra il resto della stanza. Indovinava alle spalle il suo maestro Biagio, di fronte, nel grande letto, il papa reclinato sui cuscini e più indietro il suo vecchio cameriere Pietro.

Il ragazzo non vedeva l'ora di lasciare quella grande camera e continuava a fissare il foglio coperto di segni neri. La mano di Biagio uscì dall'ombra e vi gettò sopra una manciata di talco e mica luccicante per far asciugare l'inchiostro. Dunque era finita, poteva tornare nella sua stanzetta.

Non aveva mai guardato tra i cuscini e le lenzuola da cui proveniva la voce malinconica. Gli era sembrato che fossero i piccoli occhi neri, luminosi e mobili, a parlare. Quando era stato svegliato per trascrivere il sogno aveva subito capito la gravità del momento e aveva indossato di fretta la camicia di lino sul sudore gelato. La prima luce cominciava a occhieggiare attraverso il reticolo piombato dei vetri delle due finestre allineate sulla parete meridionale. La sagoma massiccia della torre Borgia si cominciava a intravedere contro il cielo. Il papa riprese a parlare e il ragazzo guardò prima Biagio poi Pietro, cercando di capire se avrebbe dovuto trascrivere anche quello che stava per dire Paolo III Farnese. Nella penombra riuscì a distinguere con fatica il leggero movimento orizzontale della mandibola di Biagio che lo dispensava dalla scrittura. Lasciò cadere le spalle, felice di essere stato liberato, almeno per l'immediato. Qualcuno entrò chiamato da un segnale che lui non aveva sentito. Era un palafreniere non giovanissimo e ancora assonnato. Biagio ritirò dallo scrittoio la lettera e la piegò porgendola alla guardia.

«Devi andare da Ester a piazza Margana. Svegliala e consegnale questo da parte mia. Voglio il responso prima di mezzogiorno.»

Era stata sua l'idea di far interpretare il sogno dall'indovina ebrea. Quando il cameriere del papa lo aveva svegliato in piena notte dicendogli che Sua Santità era in preda a visioni spaventose, aveva subito capito che alla vigilia di un giorno come quello le visioni potevano essere un presagio. Ma i suoi occhi ormai non erano più capaci di vedere come un tempo.

Per questo da tre anni aveva preso con sé il giovane Andrea, che era diventato la lente che i vetrai di Venezia non erano riusciti ancora a fabbricare. Solo così poteva ancora servire il papa, scrivere e leggere i documenti segreti che curava da trent'anni.

Ora che il sogno stava attraversando una Roma addormentata e sfinita dal caldo di agosto, potevano lasciare la camera del papa e tentare ancora qualche ora di riposo. Si alzò guardando il ragazzo, ma il papa lo fermò con un gesto della mano. «Perché vuoi lasciarmi, Biagio? Alla nostra età il sonno non ritorna così facilmente. E non ci sono altri vecchi, oltre a te e a Pietro, con i quali posso alleggerirmi il cuore.»

Pietro si era seduto nel vano della finestra e stava immobile mentre la luce scontornava lentamente i suoi capelli bianchi, fini come lana cardata. Aveva la stessa età del papa e lo serviva da cinquant'anni. Ne era geloso al punto da non permettere a nessuno di avvicinarlo e di toccarlo. La sua voce attraversò la stanza come una preghiera: «Vostra Santità mi perdoni, ma non è ancora spuntato il sole e la giornata sarà faticosa. Provate ancora a dormire un'ora o due, o almeno a riposare, lasciando che Biagio faccia altrettanto».

«Dormire, riposare. Che dici Pietro? Appena chiudo gli occhi comincio a galleggiare tra i ricordi spaventosi della mia esistenza. Mi vengono incontro come relitti che non riesco a scansare. Ho sognato anche Giulia stanotte, la mia Giulia, ci fosse lei accanto a me non avrei paura di affrontare questo terribile giorno. Ma lei mi ha lasciato e ora debbo finire da solo quello che abbiamo cominciato insieme.» Aiutandosi con le mani ossute si tirò su liberandosi dai cuscini. La barba grigia emerse dalle lenzuola. Nessuno avrebbe potuto dire dov'era il corpo e se c'era un corpo, non solo tra quei cuscini e lenzuola e materassi, ma tra i paramenti preziosi che tra poco avrebbe indossato senza riempirli. C'erano quelle mani aggraziate come ali di uccelli africani, secondo gli adulatori, avide come artigli di rapaci, secondo i detrattori. C'era la barba grigia ancora vitale a dispetto dei suoi ottant'anni, curata e sempre pulita, che non si muoveva quando parlava, dandogli il vantaggio di poter apparire come un'icona venerabile. E c'erano gli occhi, irrequieti e impenetrabili, davanti ai quali anche il nemico più scaltro si sentiva messo a nudo. Quei piccoli scintillanti occhi di vecchio avevano visto tanto da appuntirsi come scaglie di diamante.

Mentre il papa parlava per respingere Pietro e richiamare a sé il ricordo della sorella Giulia, il ragazzo vide il suo sguardo scrutare nell'ombra un angolo della grande volta dipinta.

La volta che si poteva immaginare, ma nella quale tuttavia non si distingueva ancora nulla se non il tenue riflesso delle lamine d'oro che raccoglievano e rafforzavano miracolosamente il primo bagliore dell'alba. In quel punto, Andrea lo sapeva, c'era dipinta Giulia, come una Madonna annunziata. Andrea sapeva anche che non era stato lui a farla dipingere al Pinturicchio cinquant'anni prima. Era stato il papa Alessandro Borgia, il toro di Spagna che se ne era innamorato già da cardinale quando lei era arrivata a Roma avvolta nello splendore dei quindici anni più abbaglianti che da secoli si fossero visti nella Città Eterna. Il Borgia ne era stato sedotto e l'aveva presa incurante dello scandalo sollevato in città. Neppure quando era diventato papa se ne era distaccato, facendola sfilare nelle processioni come una santa di carne. Roma, cinica e velenosa, l'aveva ribattezzata "la sposa di Cristo", e aveva battezzato suo fratello, nominato cardinale per remunerare la generosità della ragazza, "il cardinale Fregnese", elevando a insegna nobiliare quella parte del corpo che aveva meritato la porpora cardinalizia.

Ma quei tempi erano lontani e quei fatti racchiusi ormai solo nel ricordo dei pochissimi sopravvissuti, o in qualche diario, in qualche lettera gelosamente custodita negli archivi impenetrabili del Vaticano. Andrea era forse l'uomo in terra che quegli archivi conosceva meglio, perché ci viveva dentro ed erano per lui più reali del mondo che stava oltre le pareti. Si sforzava di capire gli uomini attraverso quelle lettere e quei documenti come altri si erano sforzati di capirli viaggiando e conoscendo altre città e abitudini. Era per questo che seguiva lo sguardo del papa con un'apprensione crescente. Se fosse rimasto ancora un poco in quella stanza, i primi raggi del sole avrebbero illuminato la volta e avrebbe visto anche lui com'era quella donna che aveva vinto persino il Vaticano con la sua bellezza, consegnando al mondo un papa che poteva già vantarsi del pontificato più lungo tra quelli ricordati dall'infallibile memoria degli archivi.

Le lenzuola candide sul letto assorbivano tutta la luce viola che filtrava dalle finestre. Da quella nuvola diafana arrivò di nuovo il racconto del papa, tanto calmo da promettere di durare ancora per ore. «Giulia per fortuna è venuta a visitarmi, stanotte. È stato soltanto un attimo, un'apparizione, ma mi ha accarezzato il cuore. Eravamo a Canino, era estate come adesso e andavamo al fiume con i figli dei contadini. Ci dicevano di non frequentare i figli dei contadini ma non c'era nessun altro a Canino, la nostra casa era l'unica ad avere mura di pietra tagliata. Andavamo al fiume di nascosto a tuffarci spogliati, fino a quando vidi uno dei ragazzi, con un ricciolo di peli neri sul pube appena spuntati cui, alla vista di Giulia che si sfilava la tunica di fustagno, ingrossava il membro ancora di bambino ma già minaccioso. Lo colpii con un pugno e non scendemmo più alle cascate tra i lecci, ma poi capii che il ragazzo non aveva colpe, la natura stava facendo il suo corso. Giulia era così bella, troppo bella, nessuno poteva resistere alla sua bellezza. Non aveva ancora cessato di essere una bambina ed era già seducente come Venere. La mia Giulia.»

Gli uomini ascoltavano nell'ombra lo sfogo evitando di guardarsi. Con la loro immobilità volevano negare la propria presenza per rendere meno imbarazzanti le confessioni del papa. Solo alla fine Biagio girò la testa verso il ragazzo per fargli capire che niente di ciò che avrebbe sentito in quella camera sarebbe dovuto trapelare fuori. Il mondo che stava oltre la porta e oltre il muro del palazzo, oltre il recinto del Vaticano, non avrebbe potuto capire. Era stata del resto la prima lezione che gli aveva impartito quando lo aveva portato dentro la città dei papi.

Scintillante come un riflesso sull'acqua arrivò il primo raggio che aveva scavalcato i merli. Attraversò il reticolo più alto dei vetri stampando la sagoma della finestra sul pavimento. Ma fu nelle volte che provocò l'effetto più sorprendente.

Animò l'oro dei costoloni e fece svolazzare i nastri, le cinture borchiate e i gioielli nei quali erano incastonate pietre preziose. Intorno si materializzarono i tessuti orientali, pesanti damaschi siriani e sete dai colori smaglianti. Solo in ultimo, come apparizioni celesti, i volti severi degli uomini che raccontavano una storia millenaria.

Un riflesso di bagliori catturato dalle lamine attirò lo sguardo di Andrea sullo spicchio di volta di fronte alle finestre. I tre Magi offrivano i vasi tempestati di vere pietre tenendoli sospesi senza sforzo a mezz'aria. I loro vestiti quasi non avevano colori tanto era l'oro, l'argento e il lapislazzulo che li copriva. Del re moro vide un orecchino di perle che irradiava luce come i globi di Venezia e subito accanto la catena grossa come quella dell'ancora di una nave che scivolava dalle spalle dell'orientale coperto da un turbante bianco. Ma era altro che cercava in quella volta di paradiso. Girò gli occhi e fu costretto a ruotare la testa e poi le spalle per trovare una lunetta quasi vuota di immagini e certamente vuota d'oro, fatta eccezione per un piccolo disco sollevato sulla testa di una ragazza di bellezza mai vista. Era in piedi davanti a un leggio mentre un angelo le si era inginocchiato davanti dall'altra parte del grande portico aperto su una campagna lontana e ordinata, dove figurine agili cavalcavano, correvano e si assassinavano. Tutto quello spazio intorno alla ragazza, lasciato vuoto, era servito all'artista a prepararne la figura gentile, a renderla fragile, spaventata e per questo irresistibile. Una mano era rimasta ferma sopra il libro aperto sul leggio, l'altra sollevata a mezz'aria inclinava le dita sottili contro la tunica scarlatta avvolta in un pesante mantello blu che la ancorava al suolo come una colonna. Una colomba bianca con i piccoli artigli aggrappati a una nuvoletta azzurra le inviava dal becco un raggio sulla fronte. Gli occhi guardavano il pavimento con timidezza, molto più bassi delle sopracciglia arcuate da cui partiva un naso dritto e sottile. Il volto fresco come un petalo di rosa era visto di tre quarti, incorniciato da capelli biondi che ricadevano in ciocche appena mosse dal vento fin sulle spalle, contro il collo lunghissimo. La bocca chiusa aveva il labbro inferiore curvato in due piccole onde rosse e formava una fossetta sul mento arrotondato.

Era quella dunque la sposa di Cristo, la Giulia Farnese che aveva guadagnato la porpora cardinalizia a suo fratello prostituendosi con il papa Borgia. Come poteva non essere santa una città che riusciva a santificare le puttane? Ciò che rimaneva di quell'amore, apparso mostruoso al mondo, era lì sulla sua testa e di fronte a lui. Un angelo dipinto e un vecchio papa che aveva perso con il corpo anche il ricordo dei peccati più turpi. Un uomo difeso dai santi colorati sulla volta, come un generale da un esercito coperto di acciaio.

Come se il papa avesse letto nei suoi pensieri, riprese a parlare indicando con le mani le figure che lui stava guardando. «Pinturicchio era bravissimo a ritrarre gli uomini del suo tempo. Perfino le fasce tra i capelli delle donne e sulle loro spalle scoperte sono vive. Sembra di sentire il profumo del vento primaverile che le fa muovere. Poco prima dell'alba, quando i miei incubi cominciano a dileguarsi nella luce incerta, li fisso immaginando che stiano per scendere dalle pareti e dopo aver scavalcato le cornici di stucco mi vengano intorno.»

Pietro rinunziò a far riposare il papa. Ormai c'era tempo soltanto per la toletta. Si alzò dal sedile della finestra dove cominciava ad arrivare il primo tepore di una giornata che si annunziava torrida, e si avviò verso il credenzone; vi estrasse un bacile dove versò un bricco di profumata Malvasia di Creta. Il ragazzo guardò allarmato il suo vecchio maestro. Sapeva cosa stava per accadere e già arrossiva all'idea di dovervi assistere. Il papa, che pure sembrava assorto nei suoi pensieri, colse lo scambio di sguardi tra i due.

«No, Biagio, non mandare via il ragazzo. Voglio che mi legga la posta arrivata nella notte, è lì sullo scrittoio grande.»

Biagio fece cenno ad Andrea di prendere i fascicoli raccolti sul tavolo di ebano e avorio, meraviglioso regalo dei banchieri Altoviti di Firenze al papa Farnese.

Pietro aveva avvicinato al letto uno sgabello imbottito e prendendo le mani del papa tra le sue lo aiutò ad alzarsi. Era vecchio e debole quanto l'altro, ma non si rassegnava a chiedere aiuto per la toletta, come se avesse paura che mani meno premurose delle sue potessero toccare il papa. Gli sfilò la lunga camicia di lino nascondendo la nudità con il suo corpo. Nei suoi gesti c'era la premura affettuosa e solenne di una balia che veste per l'ultima volta, nel giorno del matrimonio, la ragazza che ha cresciuto. Mise subito sulle spalle del vecchio una cotta di cotone così fino da esser quasi trasparente; allungando un braccio dietro le sue spalle lo afferrò avvicinandolo allo sgabello dove aveva poggiato il bacile colmo di vino. Il papa si piegò sulle ginocchia senza sforzo fin quasi a sedersi sul bacile. Il vino rosso impregnò la stoffa spingendola sull'inguine del vecchio e sul membro che gli apparve pendulo tra le gambe, appena velato dal cotone, come un'appendice sul punto di staccarsi. Il ragazzo, che nonostante l'imbarazzo non poteva fare a meno di sbirciare verso quella scena così strabiliante, pensò all'immagine del sogno che aveva trascritto e al sangue diventato vino sulla veste immacolata del successore di Pietro.

Alessandro Farnese era famoso per le cure che prodigava al proprio corpo assai prima di diventare papa. Era convinto che la Malvasia di Creta, con i suoi umori forti di terra, fortificasse i suoi organi e vi immergeva ogni mattina il membro e gli occhi. Aveva studiato con il suo medico Calentani una formula speciale di pillole nelle quali erano mescolati tra gli altri ingredienti la polvere di smeraldo, il rabarbaro, il chinino e la corteccia secca di piante che il papa faceva coltivare appositamente nell'orto dei semplici. Pietro aveva appena saputo che Calentani, da poco tornato a Bologna, aveva iniziato un florido commercio di quelle pillole, senza far trapelare che il papa stesso vi aggiungeva alla fine ingredienti di cui non gli aveva mai rivelato il nome. Lo raccontò al papa in un sussurro affettuoso. A Biagio e Andrea arrivò prima la risata e poi la compiaciuta risposta del papa, per niente imbarazzato di trovarsi quasi nudo con l'inguine impregnato di Malvasia di fronte ai loro occhi. «Sì, le pillole del papa... tutti pensano che siano le pillole a tenermi in vita tanto a lungo. Le pillole di Paolo III, la medicina più potente del mondo, come sono sciocchi gli uomini. È il desiderio la mia medicina, la voglia di portare a termine quanto ho cominciato sessant'anni fa.»

Pietro annuiva, felice di avere distratto il suo padrone almeno per un momento dai pensieri che lo tormentavano. Flettendo ancora una volta le ginocchia per reimmergersi nel vino, il papa riprese ad alta voce il filo dei suoi pensieri. «Il mio antidoto personale è la Malvasia di Creta. Pietro, tu puoi vendere la ricetta completa e sono certo che diventerai ricco.»

Pietro sorrise e strinse a sé il corpo gracile del vecchio spingendolo dolcemente verso il letto per fargli capire che l'immersione poteva bastare per quel giorno. Aggiunse ancora parole affettuose a quel gesto. «Ma quale ricetta può contenere la sapienza delle stelle che Vostra Santità sa leggere come nessun altro e infine la benevolenza di Dio che vi mantiene in vita? Solo così composte le pillole potrebbero avere lo stesso effetto su quelli che le bramano ardentemente.»

«Sei più saggio dei miei cardinali, se potessi lasciare a te il seggio di Pietro sono certo che la Chiesa vincerebbe tutti i nemici. Pasquino ha ragione, nessuno dei cardinali può reggere il regno neppure per un giorno, ma si è dimenticato di te, perde colpi.»

«La saggezza è quella che ho rubato a Vostra Santità in

cinquant'anni di servizio. Quanto a Pasquino poi... le sue invettive sono sempre più violente e scandalose, bisognerebbe prenderlo e lasciarlo marcire a Castel Sant'Angelo.»

«E tu credi che non ci abbiamo provato? Sono almeno in dieci a Roma a comporre maldicenze sotto il nome di Pasquino e a lasciarle nei luoghi più disparati. Sono così informati che non mi stupirei se si scoprisse che tu sei uno di loro.»

Pietro aprì la bocca come se fosse stato colpito da uno schiaffo. Le guance pallide e la fronte diventarono rosse facendo apparire ancora più bianchi i filamenti radi dei capelli.

«Sto scherzando Pietro, so bene quanto mi ami, è per questo che mi piace tormentarti.»

Si fermò traendo un lungo sospiro. «Sarebbe bello passare la giornata in queste celie da vecchi, ma oggi non c'è tempo per niente se non per la battaglia. Chiedi a questo giovane di leggermi la corrispondenza arrivata nella notte.»

Biagio, facendo perno sulla spalla del ragazzo che gli si era avvicinato con in mano il fascicolo delle lettere, si alzò e si diresse verso la finestra, accomodandosi sulla panca che Pietro aveva occupato poco prima. Sfogliando alla luce le singole lettere con i sigilli, selezionava quelle che valeva la pena leggere e le passava ad Andrea in piedi accanto a lui.

«Una lettera dell'Abate di Nizza, una supplica per un beneficio del duca di Savoia, un rapporto del nunzio in Polonia.»

Il papa sembrava non ascoltare quell'elenco.

Dal credenzone da cui aveva estratto il bacile, Pietro aveva preso un piatto di fichi di Gaeta, scuri come prugne e cosparsi di polvere di cannella. Il papa ne era ghiotto e aspettava tutto l'anno che maturassero, lamentandosi quando gli venivano serviti fichi greci o siciliani. Ne aveva mangiati già due, concentrandosi in un'espressione estatica, quando avvertì un'incrinatura nella voce di Biagio. «Una lettera cifrata del cardinale di Mantova indirizzata al duca di Ferrara e intercettata dai nostri agenti in quella corte...»

Il papa arrestò improvvisamente vicino al piatto la mano che stava afferrando il terzo fico sotto lo sguardo preoccupato di Pietro e si rivolse al segretario con voce solenne. Era stato l'irrompere delle preoccupazioni a irrobustirgli la voce o forse la gola gli si era schiarita con lo zucchero dei fichi. Nella stanza qualcosa mutò e Pietro sembrò accorgersi solo in quel momento che erano rimaste accese le candele e si stavano consumando senza dare più luce. Come se rimediare a quello spreco potesse decidere il destino del suo padrone e dell'intera Chiesa di Roma, si avventò sullo scrittoio e sul candelabro schiacciando una dopo l'altra le fiammelle verdastre tra i polpastrelli inumiditi sulla lingua. Anche Biagio pareva considerare di vitale importanza quella operazione, e si concentrò sui gesti del cameriere attento a non perderne un movimento. Il papa fece sentire di nuovo la sua voce. Questa volta la richiesta era diventata un ordine.

«Avanti Biagio, chiedi al tuo ragazzo di leggermi questa. Non è nascondendomi il veleno che mi aiuti.»

Biagio guardò il ragazzo con il viso implorante, come se potesse cambiare il contenuto della lettera con il tono della sua voce. La grafia dei copiatori era impressa con chiarezza spietata sulla pergamena gialla. Granelli di sabbia stesa per seccare l'inchiostro luccicavano ancora incastrati nei solchi neri. Le minuscole scaglie di mica brillavano come oro al minimo movimento e Andrea si aggrappò a quello scintillio per allontanare la mente dalla stanza. Sentiva che lo sguardo del papa, per la prima volta, era fermo su di lui e aspettava. Diede un ultimo sguardo alla scrittura. Le curve di alcune parole erano tanto insistite che il pennino aveva bucato impercettibilmente il foglio. A lui, che di grafia era ormai un esperto, fu subito chiaro che la lettera avrebbe rivelato una rabbia furiosa. Impostò la voce con il tono più pacato che trovò in gola, immaginando di dover leggere in un'esercitazione scolastica un'epistola di Cicerone, invece delle frasi del peggior nemico del papa in Italia.

Carissimo duca, come fratello,

le notizie che mi giungono da Roma dai miei agenti mi confermano che, nonostante l'età e l'esperienza, la vita non vuole smettere di strabiliarmi. La fortuna del vecchio Farnese sembra non conoscere limiti né di decenza né di opportunità. Quello che sembrava solo pochi giorni fa un pettegolezzo sconveniente si avvia a diventare realtà tra lo sbalordimento delle corti d'Europa. La vecchia volpe si appresta a staccare dallo Stato della Chiesa le città di Parma e di Piacenza per darle in feudo a quell'animale di Ottavio suo nipote. L'imperatore si è piegato all'ambizione di Farnese che gli ha promesso in cambio l'apertura di questo benedetto Concilio. L'imperatore ha bisogno del Concilio perché senza la pace religiosa non può governare i suoi Stati in Germania. Ora non mi meraviglierò neppure di vedere nominata la nipote del papa regina di Spagna, tanto sfacciata è la fortuna di questo vecchio mezzano. Molti cardinali hanno giurato che preferirebbero morire piuttosto che sottoscrivere questo patto, ma si sa come fanno presto a piegarsi i principi italiani, soprattutto se allettati dalle promesse e dai vantaggi che il papa sta elargendo da un mese a questa parte. Se suo nipote il cardinale Farnese farà approvare un tal vergognoso scambio in Concistoro, la Chiesa di Roma è perduta agli occhi dei cristiani d'Europa. A meno che qualcuno non provveda anche a costo di uno scandalo a fermare il vecchio diavolo simoniaco...

L'eco delle parole rimase impietosa a galleggiare sotto le volte. Le accuse gravi che aveva esposto, l'accenno sinistro al diavolo simoniaco, gli fecero gelare il sangue nelle vene come se avesse scritto lui stesso quelle parole. Con lo sguardo incollato alla lettera, vide la mano rugosa di Biagio strappargliela con rabbia. In quel gesto trovò confermata una qualche sua responsabilità. Gli occhi si trovarono allora puntati sul pavimento e al centro del suo sguardo comparvero le pantofole rosse di velluto del papa, spartite dalla croce ricamata con un filo di seta intorno al quale le monache di Santa Marta avevano avvolto sottilissime lamine d'oro trasformando il lavoro del calzolaio in un lavoro di orefice. Andrea si sforzò di resistere all'istinto di slanciarsi su quei piedi per baciarli e chiedere perdono di colpe che non aveva. Nessuno si mosse e nessuno parlò per un tempo che al ragazzo sembrò infinito. L'alba aveva lasciato il passo a un mattino estivo che scavava nelle forme degli oggetti esaltando ogni dettaglio e ogni colore. Sul viso degli uomini, la stessa luce faceva affiorare l'amarezza e la paura per il giorno a venire. Le figure della volta erano così nitide da sembrare sul punto di staccarsi dal muro per scendere come il papa desiderava, intorno a lui. Senza neppure muovere le labbra, il vecchio, coperto di lini, mormorò parole che al ragazzo parvero rivolte esclusivamente a lui, una risposta all'accusa infamante che aveva osato muovergli.

«Gonzaga... Gonzaga difende la Chiesa di Roma, l'essenza del cattolicesimo. Tanto sono lontani nel tempo i misfatti compiuti dai suoi avi per costruire lo Stato di Mantova, che si è convinto di averlo avuto per umana virtù e benevolenza divina. Mentre io, io avrei dovuto accontentarmi del feudo di Castro, conquistato da mio nonno Ranuccio servendo la Chiesa e papa Eugenio. Una ruga umida tra i tufi del Lazio. Di questo dovevo accontentarmi secondo i miei nemici. La fortuna poi, non fanno altro che ripetere "la Fortuna"...»

Una smorfia di disgusto diede forza alla voce e vita ai lineamenti rimasti immobili fino ad allora. Pietro ebbe un fremito e girò la testa verso il padrone, ma non si spostò dalla finestra. Solo la mano poggiata sul davanzale si mosse per preparare un rapido slancio qualora il padrone fosse stato davvero sopraffatto da un conato di vomito. Rimase immobile, lo sguardo vigile sul papa.

«Che ne sanno loro della fortuna, quando mai la provvidenza divina acconsentirà a farmi creare questo Stato per la mia famiglia, tutto potrà invocarsi tranne che la fortuna. Cos'è stato il sacrificio di Giulia, immolatasi alle voglie di quella bestia di Alessandro VI, fortuna? So io la sua sofferenza, io che l'ho sostenuta e protetta per quanto potevo da quella bestia infoiata. E gli anni, i decenni successivi, i servizi resi alla Chiesa, le trattative con l'imperatore. Hai sentito Biagio? Fortuna, la chiamano fortuna... la fortunazza Paolina, la fortuna del cardinale Fregnese generata dalla fregna di sua sorella.»

Biagio teneva la testa chinata sui quadrelli genovesi del

pavimento, come avesse voluto trapassarne con lo sguardo l'invetriatura verde per vedere cosa stava succedendo al piano di sotto. Andrea, sempre in piedi accanto a lui, non sentiva neppure la stanchezza di quella posa tanto era teso ad annichilire ogni segno della sua presenza controllando perfino il respiro. Il loro silenzio cercava di sminuire le ingiurie del papa fingendo che le avesse pronunziate in completa solitudine. «Mi domando solo come facciano a conoscere i dettagli di ogni accordo, l'ammontare dei ducati, i cavalli mandati in guerra e perfino l'esenzione delle rendite ecclesiastiche spagnole. Ho mandato mio nipote Alessandro a Worms a trattare con l'imperatore, e certo non da lui sono uscite queste informazioni. So di non avere grandi ammiratori alla corte di Carlo V, ma neppure pensavo di avere nemici così accaniti.»

Fece una lunga pausa, poi mormorò tra sé: «Anche se non si può dire che siano informati su tutto».

Sul suo volto passò il sorriso astuto della volpe che Pietro conosceva bene. Lo interpretò come una promessa di schiarita dopo un fortunale. Il papa si era tolto il camauro scoprendo le tempie ossute che donavano al volto una reminiscenza di energia virile quasi miracolosa alla sua età. Sembrava che aver scoperto un difetto nel sistema di informazioni del cardinale Gonzaga gli procurasse un piacere incontenibile. Pietro già si aggrappava a quella promessa di calma quando si sentirono dei passi affrettati arrivare dalla sala adiacente. Un vociare animato fece girare la testa a Pietro e alzare in piedi Biagio. Andrea pietrificato continuava a fissare i piedi calzati di rosso. La porta si aprì rovesciando sul pavimento una lama di luce. Un palafreniere fu spinto in camera da un uomo alle sue spalle. «Vostra Santità mi perdoni. L'ambasciatore imperiale don Diego de Hurtado chiede di essere ricevuto. È accompagnato dal cugino di sua maestà cesarea, il duca di Savoia.»

Biagio raccolse le carte sul tavolo, felice di lasciare la stanza. Pietro fissò il ragazzo ingiungendogli con la testa l'ordine di seguire il maestro. Ma il papa fermò entrambi sollevando il palmo della mano destra. «Fermati Biagio.

L'ambasciatore non potrà dirmi cose più segrete di quanto leggi nella mia corrispondenza e soprattutto in quella intercettata dalle mie spie. E anche tu ragazzo, resta, ho l'impressione che dovremo ricorrere ancora ai tuoi occhi giovani per leggere qualche altra lettera prima che il sole superi il tetto di papa Niccolò. Fate entrare sua eccellenza l'ambasciatore, sentiamo cosa lo ha spinto fuori dal letto prima dell'alba.»

3

I due uomini sentirono il rumore di zoccoli proprio mentre tentavano di individuare il profilo di Roma nel chiarore livido che annunziava l'alba. Proveniva da dietro, e il più anziano si arrestò allarmato allungando il braccio su quello del compagno. Certo anche loro viaggiavano di notte, a volte necessità inderogabili potevano spingere anche onesti cittadini, mercanti o dei soldati, o due monaci come loro, a viaggiare di notte. Ma la fretta con cui il cavaliere alle loro spalle tentava di spingere il cavallo stanco, incespicante, a quell'ora e a meno di un miglio dalla Porta del Popolo, impensieriva il monaco che si chiese se non era il caso di spronare anche i loro cavalli al galoppo verso la città. C'era però il rischio che gli animali sfiniti per il lungo viaggio stramazzassero al suolo. Nella luce incerta cercava gli occhi del compagno, sperando di trovarvi quella risoluzione cancellata nei suoi dalla stanchezza. Il cavallo si avvicinava, con un rimbombo crescente degli zoccoli. Ora il rumore era accompagnato da una leggera vibrazione del suolo, avvertita dalle loro cavalcature che interruppero il passo pigro volgendo in alto il collo con un nitrito irrequieto. Si girarono entrambi nello stesso istante e distinsero nel buio una sagoma più scura sul sentiero polveroso che iniziava a impallidire. Era un uomo solo, una minaccia contenuta. L'ombra divenne ben visibile, sul dosso da cui erano appena scesi. Si vedeva un grande mantello scuro che svolazzava nell'aria tra due file di lecci. Dal bosco arrivavano refoli freschi profumati di funghi e foglie marcite. Il cavallo, spronato a un galoppo sempre più rapido, pareva pencolare nella discesa, e il vecchio monaco si augurò che crollasse al suolo dissolvendo l'ansia che cresceva con il rumore sempre più vicino degli zoccoli. Ma l'animale si riprese e fu vicino in un istante, meno indefinito e più grande a ogni passo. In groppa aveva un uomo vigoroso con la testa nascosta in un cappuccio aderente alla fronte, grigio come l'acciaio. Stringeva entrambe le redini con la sinistra. L'altra mano era poggiata sull'addome come se stesse tamponando una ferita. Quando fu soltanto a pochi passi i due cavalli si accostarono al ciglio della strada come avessero avuto l'ordine di scansare quella furia che stava per travolgerli. Il monaco vide un bagliore sfilare dall'addome del nuovo arrivato. No! Era dal fianco ed era una spada. Troppo tardi anche per urlare e il ferro gli aprì la gola senza che il suo amico avesse il tempo di accorgersene tanto fulmineo era stato il colpo. Il più giovane vide la schiena dell'uomo passargli accanto e pensò che la furia del galoppo lo avesse trascinato suo malgrado perché cavallo e cavaliere non accennavano a fermarsi. Provò sollievo a quel pensiero, la stanchezza era tale che ogni altra eventualità lo avrebbe trovato impreparato.

Lo sconosciuto continuò pochi passi ancora lanciato al galoppo per poi impennare il cavallo con una brusca frenata. Si girò verso di lui, aveva in testa un elmetto grigio sotto il cappuccio del saione. Solo allora il monaco più giovane distinse con la coda dell'occhio il corpo del compagno reclinato sul collo del cavallo, ormai sul punto di cadere a terra. Ma non ebbe tempo di fermarsi né di vedere il volto del suo assalitore.

Un colpo di pistola esplose a pochi passi. Vide il bagliore e sentì l'esplosione, e mentre gli arrivava l'odore della polvere da sparo avvertì una fitta che gli squarciava il petto. Prima che il dolore cancellasse ogni pensiero dalla sua mente, fece in tempo a riconoscere il tipo rarissimo di pistola che gli aveva sparato. Quasi che quella percezione così insignificante per la sua sorte potesse cacciare e mutare la realtà della morte che lo stava cogliendo, si concentrò sull'oggetto, la lunghezza della canna, il calibro, il grilletto curvo come un palco di corna di un cervo giovane. Una pistola di un tipo raffinatissimo, fabbricato soltanto nel nord dell'Italia per quel genio dell'artiglieria che era il duca di Ferrara. Conosceva troppo bene le armi in circolazione per sbagliarsi. Il primo grido che gli uscì dal petto era già gorgogliante di sangue. Il cervello macinava pensieri impazziti spinto più dal terrore che dal dolore. Un fiume bollente gli risaliva dai polmoni facendosi largo nella gola per arrivare alla testa e spingere contro le tempie come un animale spaventato che non trova via di uscita.

Non era un predone l'uomo che li assassinava alle porte di Roma, quando sembravano ormai arrivati in salvo. Un uomo d'armi perfettamente addestrato e meglio ancora equipaggiato. La sua esperienza non era servita a niente, neppure ad accorgersi per tempo del pericolo da cui avrebbe dovuto difendere il vecchio monaco che scortava. Il dolore scomparve dal cranio quando la testa si schiantò a terra nella caduta. Solo il sapore della polvere sulla bocca. Non poteva muovere niente del suo corpo eppure gli occhi continuavano a vedere, sforzandosi di distinguere attraverso un velo d'acqua le cime degli alberi e il cielo. L'assassino si diresse verso il corpo del vecchio che era atterrato sul ciglio del sentiero e lo trascinò nel bosco. Pochi passi sufficienti a sottrarlo alla vista dei viandanti. Poi afferrò sotto le ascelle il più giovane e lo trascinò accanto al primo, senza sforzo nonostante la complessione erculea del moribondo. I cavalli erano rimasti sulla strada tranquilli, andavano brucando i fili d'erba sopravvissuti tra le siepi polverose che separavano la strada dal bosco. Sciolse le selle senza fretta, poi li spinse lontano battendo un ramo sulla groppa di entrambi. Gli animali si inoltrarono nel bosco in cerca di erba fresca, prima con uno scarto veloce, poi cercando al trotto di farsi strada tra gli arbusti. Qualcuno li avrebbe trovati e catturati guardandosi bene dal consegnarli alle guardie. Buttò a terra le selle e le bisacce di cuoio. Non cercava soldi né vestiti. Trovò un fascio di lettere e le infilò sotto la sua giubba. Il giovane monaco che era stato capace di vincere anche quattro avversari a mani nude, ora sentiva la vita già fuori di sé. Era uscita lentamente, tiepida e fluida attraverso le dita con cui aveva tamponato la ferita sotto il cuore. Sentiva ancora il calore del sangue che gli inondava le mani a fiotti sempre più lenti e vischiosi. La sua anima sospesa, trattenuta dai rami dei lecci sulla sua testa, osservava l'assassino muoversi senza fretta e senza emozione come un sacerdote che officia un rito necessario. Non aveva l'avidità del ladro né la furia del vendicatore. Neppure quando si avvicinò per strappargli il grande anello con il diaspro che portava all'indice gli sembrò bestiale. L'anello era stretto, era stato infilato raffreddando le dita con il ghiaccio per farlo entrare. Nessuno avrebbe potuto estrarlo senza tagliarlo. O senza tagliargli il dito. Così fece l'uomo, con un gesto fulmineo e con un coltello affilato come un rasoio. Dopo aver ripulito del sangue l'anello lo fece sparire dentro una borsa di cuoio che teneva allacciata ai fianchi. Si accorse che l'altro non era ancora morto e increspò la fronte fissando quegli occhi animati da un'ombra di vita. Allora gli strinse forte la gola con la mano destra e con la sinistra gli coprì gli occhi per non vedervi riflesso l'orrore di ciò che stava facendo. L'anima si disincagliò dalle fronde del leccio e volò via, raggiungendo il cielo arrossato dall'aurora. Per terra rimaneva il corpo di Johannes Glaser, detto Hans, altrimenti detto Ercole, trentacinque anni, ribelle anabattista di Anversa poi riconvertitosi all'ortodossia di Roma, conosciuto tra i riformati tedeschi come "il mastino di Dio". Accanto a lui era distesa la spoglia di fra' Ambrogio de' Nerli, priore degli Agostiniani di Bologna, sessantadue anni, campione della lotta all'eresia luterana. Trattenuti alla stazione di posta di Poggibonsi da un'indisposizione del vecchio durata due giorni, avevano imprudentemente viaggiato di notte per essere a Roma il 12 agosto del 1545.

4

Rientrato in casa, Michelangelo aprì la credenza accanto all'acquaio e ne tirò fuori un marzapane, confezionato per lui ogni inizio settimana dallo speziale della Campana. Si sarebbe nutrito quasi soltanto di quello se il medico non gliel'avesse proibito. Masticandone un pezzo si diresse alla camera di lavoro. Aprì la porta con molta attenzione per non svegliare il suo garzone Urbino, che dormiva su una branda tra i blocchi di marmo e le panche di legno coperte di strumenti.

Lo stanzone era buio ma il respiro regolare del giovane guidò gli occhi del vecchio verso la branda sul lato opposto della parete. Contro il muro e sulla branda la chiazza bianca delle lenzuola sembrava contenere come un fiore il corpo nudo di Urbino. Il membro bruno pulsava sollevandosi a scatti regolari sul cespuglio di ricci neri. Dalla finestra aperta, molto alta sulla parete, entrava il primo chiarore dell'alba intercettando un pulviscolo dorato che galleggiava senza fretta nell'aria come se avesse voluto raggiungere danzando la finestra e ricongiungersi al cielo di Roma. Arrivato ai piedi della branda, dove il lenzuolo era finito per terra, si chinò e ne raccolse un lembo. Per un attimo indugiò sul membro forte e aggraziato del giovane che si sollevava bruscamente come vivesse una propria vita separata dal corpo sul quale fioriva. Poi sorrise, di se stesso e del suo incoercibile desiderio, e lasciò cadere la stoffa tra le cosce aperte. Neppure nell'intimità solitaria della propria casa si abbandonava al desiderio, all'attrazione esercitata su di lui dalla bellezza degli uomini giovani. Il lino ricoprì la forma del membro, facendolo sembrare più grande e misterioso e irresistibile. Il vecchio dovette gridare per non piegarsi sul ragazzo.

«Sveglia Urbino, oggi abbiamo molte cose da fare e conviene muoverci prima che il sole infuochi le strade.»

In risposta ebbe un mugolio di protesta, il lenzuolo volò di nuovo via dalla branda e il giovane si raggomitolò su se stesso portando entrambe le mani tra le gambe per proteggere il sesso eretto e vulnerabile.

«C'è una ricotta in cucina, l'ha portata ieri notte Francesco, da Velletri. Tu stavi già dormendo. E c'è del vino in fresco con le pesche, ma non esagerare, con il caldo è meglio bere poco anche se il papa è di avviso contrario.»

Mentre diceva queste parole girava intorno alle sagome bianche che ingombravano la stanza. Sassi enormi nei quali erano imprigionati corpi pieni di forza. Immobilizzati nella lotta per liberarsi dalla materia. I solchi ordinati e profondi impressi dagli strumenti sulla pietra apparivano e sparivano all'improvviso come se la carne spingesse dall'interno per prendere forma, sollevando il marmo ridotto qua a una coperta grezza, là a un velo trasparente.

Invece di sbozzare prudentemente intorno le sue sculture e poi passare alla finitura della forma vera e propria, Michelangelo aggrediva un blocco appena estratto dalla cava, ancora informe, vi entrava da un lato con sicurezza rifinendo alla perfezione la parte del corpo che lo suggestionava e affascinava di più. Quella parte che da sola bastava a raccontare un sogno, l'estasi o la sofferenza, divise a volte soltanto da un fremito del marmo, dall'intensità della luce che lo colpiva e lo svelava. Arrivava perfino a levigare quelle parti della figura mentre il resto del blocco era ancora uno scoglio informe, così che quelle sculture iniziate e non finite, ma già piene di vita, non sembravano l'opera di uno scultore ma di uno stregone che si divertiva a imprigionare gli uomini nel marmo.

«Oggi devo venire a capo della figura di san Pietro. Sono giorni che ci giro intorno, ma oggi devo dipingerla. Mi tormenta anche nel sonno, me ne devo liberare.»

«Oggi sarà un giorno difficile in Vaticano, siete sicuro di volerci andare?»

Furono le prime parole di Urbino pronunziate con gli occhi ancora chiusi.

«La Cappella di San Paolo non è il Vaticano. Nessuno può entrare nel mio cantiere e sulle mie impalcature, nessuno, lo sai. E la crocifissione di Pietro ha molto poco a che vedere con lo smembramento dello Stato della Chiesa. Quella è un altro tipo di crocifissione, con la quale per fortuna io non ho niente a che vedere.»

Cercava sulla panca la gradina stretta e la mazzuola più pesante che poteva usare solo nelle prime ore del mattino. Pure girato di spalle, colse nel silenzio di Urbino una preoccupazione che lo fece voltare ancora chino. Il giovane aveva indossato una camicia e le brache rivestite di cuoio sul davanti. Si era seduto sullo sgabello imbottito con in mano l'intero piatto di ricotta e lo guardava con gli occhi piccoli, neri e furbi come quelli di un lupo. Le mascelle gonfie dondolavano sul collo in un involontario gesto di diniego. Con in mano gli strumenti Michelangelo si avvicinò.

«Perché quell'aria maliziosa? Mi nascondi qualcosa? I tuoi amici all'osteria ieri sera ti hanno detto qualcosa che non so? Tutta Roma parla del Concistoro di oggi.» L'ansia che traspariva dalle sue parole sembrò esagerata perfino al ragazzo abituato ai suoi eccessi di malinconia e alle improvvise esplosioni di collera. Qualche volta il padrone dalla furia scivolava nel panico sentendosi minacciato dal mondo intero. Era poi difficile riportarlo da quelle crisi alla normale diffidenza che sentiva per chi gli stava intorno. Bisognava stare molto attenti. Urbino finì di masticare e si alzò per poggiare il piatto vuoto sul tavolo della cucina. Cominciò a parlare dando le spalle al padrone, come faceva sempre quando temeva le sue reazioni. «Sembra che Pierluigi Farnese abbia intenzione... molto più di un'intenzione, di toglievi la pensione della dogana del Po. Ora che

Piacenza diventa una sua proprietà vuole raccogliere tutti i soldi e le rendite del ducato. Gli servono molti soldi dice, per fortificare i nuovi possedimenti e difendersi dagli attacchi dei nemici.» Michelangelo rimase immobile, pietrificato come una delle sue statue. Il suo talento per il tragico aveva già scatenato associazioni che a una persona comune non sarebbero mai venute in mente. Non poteva essere un caso che la notizia arrivasse a poche ore da quel biglietto che gli bruciava in tasca rilasciando un veleno che corrodeva l'anima. Certamente una grande disgrazia si andava preparando.

«Non è possibile, la rendita della dogana di Piacenza mi è stata assegnata dieci anni fa da suo padre per pagamento della pittura del Giudizio Universale e per compenso di tutti gli altri lavori che sto facendo per la Chiesa. Pierluigi non può togliermela.»

Urbino si strinse nelle spalle.

«Pierluigi ha fatto e continua a fare molte cose che non potrebbe e non dovrebbe fare. Forse è solo una voce, ma io ho sentito da una fonte sicura che vuole togliervi la dogana, ha già dato disposizioni.»

Urbino era poco più di un ragazzo. Robusto e forte come deve essere un contadino, era arrivato dieci anni prima al servizio di Michelangelo. Era furbo ed era bello, di quella bellezza selvatica e sfrontata che scorticava il cuore di Michelangelo. Non aveva il talento di un discepolo, ma il vecchio lo prediligeva a ogni altro artista, e con il tempo l'aveva fatto entrare così profondamente nella sua vita da permettergli cose che neppure al più antico e nobile dei suoi amici avrebbe mai consentito. Dava sempre peso alle sue parole, ma senza mai abbandonare i modi bruschi nella conversazione. Si illudeva così di dissimulare agli occhi del ragazzo l'influenza che questi esercitava su di lui. Urbino, con un consumato istinto di predatore, non si ribellava mai a quell'apparente freddezza, arrivando a fingersene qualche volta ferito, così, tanto per dare al vecchio l'impressione di condurre il gioco. Poi al momento giusto sapeva come piegare il padrone. Anche quella volta le parole del ragazzo furono ascoltate con attenzione. Gli occhi piccoli di Michelangelo si ridussero a due puntini scintillanti mentre il volto spariva in un fitto reticolo di rughe. Il naso storto, ridotto solo alla punta schiacciata, fremeva quando tentava di contenere la collera. Come ogni volta che vedeva attaccate le sue finanze, sprofondava in una malinconia senza rimedio immaginandosi ridotto sul lastrico a chiedere l'elemosina ai pellegrini di via dei Banchi. Era inutile ricordargli che aveva accumulato abbastanza soldi, e case e terreni, per vivere altre dieci vite in un agio principesco. Il suo terrore di cadere in miseria lo costringeva in quella casa remota e povera come quella di un manovale, in un quartiere di manovali dove nessun uomo agiato avrebbe tollerato di vivere. Persino sui vestiti risparmiava, indossando camicie logore che imbarazzavano i suoi amici più cari.

«Maledizione, maledizione a me e a quando mi sono fidato dei Farnese, Pierluigi è peggio del Valentino, ma come ho fatto a non pensarci prima. Maledizione a me, avrei dovuto farmi pagare in ducati d'oro e non accettare una pensione. Ma chi avrebbe potuto immaginare che Piacenza e la dogana del Po finissero nelle mani dell'uomo più disgraziato del mondo?»

Urbino aveva incrociato le braccia appoggiandosi alla parete e lo guardava sconsolato.

«Già, chi avrebbe potuto immaginare? Sono molte le cose che stanno succedendo in questi giorni che nessuno avrebbe potuto immaginare.»

Il vecchio si era riavvicinato al blocco più grande ancorato al centro della stanza da puntelli di legno massiccio che lo incastravano sul pavimento. Un uomo moriva nella pietra senza peso, sospeso nell'aria. Il volto reclinato sulla spalla destra, il torace abbandonato sul punto di scivolare all'indietro. Un braccio ancora imprigionato nella pietra e l'altro trattenuto nell'abbandono dal ginocchio appena sbozzato. Il marmo era diventato d'aria, e il corpo perfetto del giovane Cristo non trovava più ostacoli nella sua caduta. Il solo corpo di Cristo, il centro, il sole, l'anima di quella spiritualità che tanto allarmava l'Inquisizione, stava nascendo colpo dopo colpo. La bellezza di quel corpo era offerta all'adorazione mistica come il sigillo più convincente della divinità. Nient'altro, e niente di meglio, poteva esprimere quel desiderio di rinnovamento e di ritorno alle sorgenti più pure del cristianesimo; il corpo nudo e bello di Gesù Cristo era l'unica porta per entrare in Paradiso. Il resto era niente, superstizione e ignoranza, tirannia di preti e monaci corrotti. Le notizie di Urbino, la sofferenza per il biglietto recapitatogli lo attanagliavano come una morsa di ferro. Era quella, però, la condizione più favorevole al suo lavoro. Le cose migliori le aveva fatte sempre sotto la stretta di una sofferenza acuta. Ne fosse consapevole o meno, anche quella mattina cercò rifugio all'angoscia nel lavoro per quanto lo sapeva di breve durata. Puntò lo scalpello sull'inguine del Cristo e con la mazzuola lo colpì ripetutamente sforzandosi di reggere con il polso fermo l'inclinazione data al ferro. La punta di acciaio scivolò docile sul marmo scavando un solco continuo e profondo. Un solco scavato col dito in un pane di burro. Risalì con lo scalpello nel punto esatto dove aveva cominciato a battere e allargò quel solco sfumandolo ai lati e cambiando impercettibilmente la direzione dello scalpello. Presto i muscoli rilasciati del ventre di Cristo si unirono al solco dell'inguine, producendo l'effetto di un grido della carne lacerata.

Michelangelo si allontanò di un passo e si girò verso Urbino come se non avesse mai smesso di pensare al loro discorso di poco prima. «Non importa quello che farà Pierluigi dopo la sua nomina a duca di Parma e Piacenza. Prepara i pennelli che ti avevo chiesto ieri sera e prendi un'oncia di lapislazzuli dalla mia cassapanca. Andiamo in cappella, io prendo il cavallo e mi avvio, tu chiudi bene casa, anche la porta sull'orto, e le finestre, sprangate, non come l'altro ieri, mi raccomando, e poi mi raggiungi. È ancora presto per imbatterti nei tuoi compari perdigiorno e quindi dovresti arrivare prima di me.»

Il rancore per la notizia che il garzone gli aveva appena dato trovò sfogo in quel rimprovero. Succedeva sempre nei giorni più difficili.

5

Preceduto dall'ombra nitida che si stagliò sul pavimento, un uomo si catapultò nella camera come avesse dovuto abbattere a spallate la porta che il palafreniere aveva aperto. Un uomo ancora giovane, robusto, vestito di velluto rasato. Un collo di merletto inamidato schizzava fuori dal blusone, coprendone tutta la parte superiore fino alle spalle. Faceva apparire ancora più nera la barba rigogliosa che un eccellente barbiere aveva resa simile a un intaglio di pece. Solitamente l'ambasciatore imperiale don Diego de Hurtado si presentava con modi di teatrale cortesia, per onorare la civiltà spagnola e il suo sovrano, l'imperatore Carlo V, da lui amato addirittura più delle donne che gli cadevano ai piedi in ogni corte. Ma la furia aveva avuto ragione della civiltà e quella mattina l'aveva trasformato in un assalitore.

Dietro di lui comparve il duca di Savoia, anch'egli cortigiano di rango di Carlo V ma timido nei modi e nell'aspetto, e per ciò ignorato dalle donne di mondo. Era vestito di broccato grigio ornato con nastri gialli. I pantaloni di seta stretti all'altezza dei ginocchi avevano sull'inguine una brachetta con un'imbottitura così eccessiva da risultare ridicola su quel corpo minuto e insignificante. Don Diego, abbattuta l'invisibile barriera, si lanciò sui piedi del papa trattenendo troppo tardi lo spadino legato al fianco. Il rumore del metallo sul pavimento provocò un sussulto allarmato nel cameriere, che aveva vissuto così a lungo da non trovare irrealistico neppure l'assassinio di un papa nella sua camera da letto.

Il papa rimase immobile. Sollevò la cotta con un impercettibile gesto della mano lasciando sporgere con benevolenza il piede per offrirlo al bacio rituale. Lo fece con tanto distacco da lasciar immaginare che quel piede non fosse suo e stesse offrendo a un peccatore la possibilità, rarissima, di una certa redenzione. Era solo il dignitoso depositario di una portentosa reliquia.

Dopo l'ambasciatore fu la volta del duca, che appena ricevuto il consenso ad alzarsi si tirò indietro di qualche passo, ben deciso a lasciar parlare il compagno. Con lo spazio marcato da quella ritirata, voleva sottolineare la distanza da ciò che stava per ascoltare.

Quando don Diego sollevò le labbra dalla croce d'oro, tutti videro che la reliquia non aveva avuto un immediato effetto. Il suo viso era contratto dalla rabbia. Pietro senza nessun rumore aveva avvicinato due sgabelli agli ospiti, pur sapendo che non vi si sarebbero mai seduti.

«Avete sicuramente motivi urgentissimi per interrompere le mie preghiere mattutine, e in un giorno come questo poi...»

Prima di rispondere l'ambasciatore allargò le narici come se gli mancasse l'aria. La mano destra, per prendere coraggio, si strinse sull'elsa d'avorio dello spadino, quasi si preparasse a un duello piuttosto che a un'udienza. Gli occhi neri e aperti cercavano di catturare quelli sfuggenti del papa.

«È appunto per questo che mi sono azzardato a disturbare la Santità di Nostro Signore. È di questo giorno che voglio parlare a nome della maestà cesarea l'imperatore Carlo V. Forse è soltanto una voce, una delle tante che nascono e galleggiano nell'aria corrotta di agosto. Ma è una voce sufficientemente allarmante per spingermi a un gesto temerario prima che sia troppo tardi. Vostra Santità potrà rassicurarmi in due parole e sarò felice di ritirarmi immediatamente.»

Si interruppe volgendo uno sguardo ai presenti. Con quella pausa voleva dare più solennità alla domanda che stava per rivolgere e chiamarli nello stesso tempo a testimoniare della sua chiarezza.

Nella corte di Roma la chiarezza era un miraggio che combatteva una perenne e inutile battaglia contro l'ambiguità e la doppiezza. «Nel Concistoro convocato per oggi sarà deciso il conferimento delle città di Parma e Piacenza a sua eccellenza Ottavio Farnese, marito di madama Margherita figlia dell'imperatore?»

Si fermò senza neppure spostare il peso sulle gambe. Gli occhi sempre fissi sul volto del papa. La stanza era così silenziosa che Andrea, con lo sguardo inchiodato sul pavimento, ebbe l'impressione di sentire muovere le figure dipinte sulla volta. Un sussurro senza emozione arrivò dalla poltrona confondendosi con il fruscio del lino inamidato. Se gli uomini dipinti nella volta avessero parlato, avrebbero avuto quella voce immateriale.

«Forse l'ambasciatore e il duca gradiscono assaggiare la nostra Malvasia di Creta, un confetto, del marzapane fresco?»

«No! Vostra Santità mi perdoni, ma l'unica cosa che desidero è ricevere una risposta alla mia domanda.»

Il rifiuto era scappato come un grido all'ambasciatore. Sulla fronte liscia, all'attaccatura dei capelli, comparve una goccia di sudore. La luce invadeva impietosa quasi tutta la stanza diffondendovi un tepore che allo spirito già riscaldato di don Diego risultava opprimente. Pietro rimaneva seduto nel vano della finestra e Andrea fissava la propria ombra immobile sul pavimento, più ferma di quella che avrebbe proiettato una statua. Il papa cercò con lo sguardo l'ultimo angolo ancora buio della stanza per formulare all'ambasciatore una domanda con la stessa voce con cui gli aveva offerto il marzapane. La voce indifferente alle angustie del mondo, la voce ferma del successore di Pietro. «Cosa siete venuto a chiedermi esattamente?»

Don Diego non abbassò neppure le palpebre. Gli occhi neri sembravano enormi.

«Infeuderete Ottavio del ducato di Parma e Piacenza?»

Il papa non si decideva a girare il volto verso la luce e la risposta non arrivava. Un grido esplose secco nella camera facendo gelare il sangue nelle vene ai presenti. Eccetto al papa, che riconobbe la voce del proprio sangue. «Sua maestà è già al corrente di quanto sarà deliberato nel Concistoro di oggi.»

Il cardinale Alessandro Farnese, figlio del figlio del papa, Pierluigi, era in piedi sulla porta, più elegante del duca e dell'ambasciatore, le spalle robuste e i capelli diradati sulla fronte dalla mozzetta rossa che portava dai suoi quattordici anni. La luce lo avvolgeva come una apparizione, facendo brillare di esaltazione il viso energico perfettamente curato. La pelle bianca contornata da una sottile fettuccia di barba castana disegnava un ovale perfetto di piena giovinezza, le sopracciglia arcuate e folte rivelavano la parentela con il vecchio papa, che a quella vista aveva disteso le sue, felice. Solo allora don Diego abbandonò la posizione che aveva tenuto dal suo ingresso nella camera da letto del pontefice. Si girò con tutto il corpo ed esplose sulla faccia del cardinale quella rabbia che aveva trattenuto a stento parlando con il papa. Un cardinale non era il vicario di Pietro per volontà dello Spirito Santo, e di molte altre meno spirituali circostanze, ma un principe della Chiesa, e lui con i principi era abituato a trattare ogni giorno. Con durezza anche maggiore di quella che già sembrava spaventosa ad Andrea. Per un attimo il ragazzo temette che stesse per sfoderare lo spadino di Toledo intarsiato di madreperla.

«No, eccellenza reverendissima.»

Più forte e coraggioso del giovane cardinale, l'ambasciatore sapeva come urlare un appellativo onorifico trasformandolo in un insulto sprezzante. Sapeva che l'impeccabile cardinale che gli stava di fronte si era recato a Worms da Carlo V per convincerlo ad accettare che le città di Parma e Piacenza fossero staccate dalla Chiesa, e dal dominio imperiale a cui erano soggette, per farne un feudo Farnese. L'imperatore aveva infine acconsentito, purché a essere insignito del feudo fosse il fratello del cardinale, Ottavio, marito di Margherita, la sua adorata figlia illegittima. Tornato a Roma però, e consultatosi con il papa e con suo padre Pierluigi, insieme avevano deciso che il feudo sarebbe andato non a Ottavio ma a Pierluigi. Con un colpo di mano, i Farnese stavano per prendersi gioco perfino dell'imperatore, riversandogli addosso un'onta difficile da tollerare. Un'onta che bruciava nel cuore di don Diego più di quanto avrebbe bruciato uno sgarbo fatto a lui personalmente. Il suo sdegno era tanto sincero da trovare impreparati i Farnese, poco abituati alla franchezza delle genti del Nord.

«Le informazioni passatemi dall'imperatore non corrispondono a quelle certe raccolte ieri sera a Roma. L'imperatore ha dato il suo assenso all'infeudazione di suo genero Ottavio, vostro fratello, e non di Pierluigi, vostro padre.»

Anche bruciato dallo sdegno, l'ambasciatore non era venuto meno all'ipocrita etichetta cortigiana. Non aveva osato dire quello che nessuno aveva mai osato pronunziare in presenza dei Farnese, e aveva appellato Pierluigi Farnese come padre di Alessandro e non come figlio del papa. Ascoltando il suono delle proprie parole, don Diego si irritò con se stesso per la naturalezza con la quale si era reso complice perfino in un momento come quello dell'ipocrisia che circondava la corte di Roma, ma era troppo intelligente per dimenticare che la chiarezza delle risposte era più importante della espressione del proprio risentimento. Fece appello a tutta la sua calma e riformulò lentamente la domanda, scagliando le parole una dietro l'altra sul volto già divenuto incerto del cardinale.

«Sono venuto personalmente ad appurare se è vero che state per conferire il ducato di Parma e Piacenza a vostro padre, Pierluigi, e non a Ottavio vostro fratello.»

Alessandro, suo malgrado, si aprì in un sorriso cortese, che agli altri apparve come un riconoscimento della superiorità dell'avversario. Per un attimo esitò, guardando gli occhi di Biagio e di Pietro che non furono in grado di sostenere i suoi. Solo il nonno, con il viso scolpito nel cuoio, lo trafisse con un'impercettibile contrazione degli occhi. Il lampo severo voleva imporre al nipote di mitigare la furia con cui aveva esordito. Gli ricordava che non era decorosa, e comunque mai tollerata in pubblico in un principe della Chiesa. Il nipote afferrò il segnale e prima di parlare si lisciò con la mano sinistra il mento, come per cancellarvi le esagerazioni cui si era abbandonato.

«Ma cosa volete che cambi, infine, se il ducato viene conferito a mio padre Pierluigi invece che a Ottavio? Sarà lui a ereditarlo al momento giusto e madama Margherita diventerà duchessa di Parma come promesso. È solo questione di tempo. La sostanza dell'accordo con sua maestà cesarea non cambia di una virgola.»

Quelle parole dettero fuoco all'ambasciatore, irritato più per il tono condiscendente con cui erano state pronunziate che per la verità svelata e di cui era già a conoscenza.

«Come osate prendere in giro sua maestà l'imperatore, dopo che voi stesso avete contrattato con lui questa cessione a Worms! Lui è sempre stato contrario a creare un nuovo stato in Italia, e ha infine ceduto contro voglia soltanto perché madama Margherita sta per partorire un erede di sangue imperiale. E voi ignorate gli accordi e forzate scandalosamente la mano.»

Per dare più forza alle sue minacce si slanciò con passi veloci verso la finestra. Alzò il braccio sul profilo sonnacchioso di Roma.

«Guardate questa città, non ha ancora guarito le ferite del sacco che neppure venti anni fa l'imperatore le ha inflitto per punire la slealtà di papa Clemente. Migliaia di uomini e donne trucidati, palazzi distrutti, per l'avidità familiare del papa Medici, e voi ve ne dimenticate. Sfidate ancora la pazienza di Cesare. E per favorire chi poi? Pierluigi, l'uomo più abominevole...»

Non se la sentì di finire quella frase e sfogò la rabbia colpendosi forte il palmo della mano sinistra con il pugno chiuso. Il momento di incertezza fu colto dal papa che si infilò in quella falla aperta nella sicurezza guerresca dell'ambasciatore e batté le nocche ossute sul tavolino di ciliegio facendo rovesciare i calici con l'acqua. Il rumore secco prodotto dal gesto del vecchio, rimasto fino ad allora immobile come il santo di un'icona, provocò più impressione dello schiocco esploso nell'aria dall'ambasciatore. «Ora basta. Venire a insultare la mia famiglia a casa nostra non è permesso neppure all'imperatore in persona. Ricordate che si tratta di due città dello Stato della Chiesa e non della corona di Spagna, né di quella asburgica.»

Ma l'ambasciatore era pronto a rischiare la vita pur di difendere l'onore del suo Stato e del suo imperatore. Si era pentito dell'incertezza voltasi a vantaggio del papa, ora doveva ribadire di non provare nessun timore. Era stato tradito dal rispetto per il simbolo che il papa, malgrado le sue infamie, incarnava agli occhi di un fervente cattolico come era lui. Riprese a gridare, con voce ancora più forte, e il duca di Savoia si impietrì come marmo nel suo broccato.

«Non sono città dello Stato della Chiesa, fino a venti anni fa appartenevano al ducato di Milano e sono a pieno titolo feudi imperiali. Nessuno, se non l'imperatore, può creare o disfare Stati in Europa. Qual è la vostra ultima parola?»

Nessuno dei presenti parlò. Andrea, Biagio e Pietro evitarono perfino di guardare quanto stava succedendo nella stanza. L'ambasciatore arrivò nella foga a sovrastare il papa seduto, l'indice puntato contro il vecchio come un archibugio. Il cardinale si era posto alle spalle del nonno. Le mani poggiate sulle spalle del vecchio pontefice cercavano di trarre da quelle ossa la forza per resistere alla furia dello spagnolo.

Il duca di Savoia si avvicinò a don Diego allungando un braccio per trattenerlo, temeva che quell'arringa potesse sfociare in una aggressione fisica. Dalla porta socchiusa si vedevano i visi delle guardie svizzere e della scorta dell'ambasciatore confrontarsi con espressione preoccupata. Ognuno stringeva le proprie armi temendo che si potesse scatenare nelle camere del papa un combattimento sanguinoso come i tanti che si scatenavano quotidianamente nei palazzi dei nobili di Roma. Don Diego rivolse uno sguardo terribile a tutta la stanza gelata dalla paura. Si ritenne soddisfatto degli effetti provocati dal suo discorso, dal turbamento suscitato dal suo volto furiosamente altero. Poteva ritirarsi onorevolmente.

«Bene, io vi ho avvertito, ed era tutto quello che dovevo fare; se volete procurarvi la rovina da soli, procedete pure.»

Si inginocchiò per baciare il piede del pontefice. I gesti nel loro insieme, la flessione, il bacio e la distensione, furono così fulminei che nessuno avrebbe potuto giurare che fossero stati in effetti realizzati. Ma nessuno avrebbe potuto neppure giurare il contrario. Il duca di Savoia, sempre più confuso, si prosternò completamente ai piedi del papa volendo con l'enfasi del suo gesto riparare alla troppa velocità di quello dell'ambasciatore. Questi, senza aspettare il permesso di ritirarsi, era sulla soglia quando il papa, ignorando la sua sfacciataggine, volle concederlo comunque, elargendo a vantaggio dei soli familiari una grazia che nessuno gli aveva richiesto. «Andate pure, eccellenza, vi benediciamo volentieri.»

Con quella commedia apparentemente inutile il pontefice ritornava in possesso del potente simulacro che incarnava agli occhi del mondo.

6

Il sole sfiorava i merli della Porta del Popolo incastrata tra le mura alte di mattoni quando i primi pellegrini che avevano trascorso la notte nelle locande lì intorno iniziarono ad avvicinarsi ai battenti di legno. Signori a cavallo coperti di velluti colorati e uomini a piedi modesti come mendicanti formavano una piccola folla, felice per aver raggiunto quella meta per molti lontana, per alcuni remota, ma da ognuno sognata per tutta la vita. Ora Roma era appena dietro le mura orlate di rosso, divenute per l'emozione già più grandi e maestose di quelle immaginate nei sogni. Le guardie, senza nessuna fretta, si affacciavano dalle feritoie e dai merli guardando come ogni mattina la piccola moltitudine smaniosa di entrare a Roma. Le campane di Santa Maria del Popolo suonarono il mattutino coprendo il rumore dei chiavistelli e poi dei battenti che si aprirono verso la campagna offrendo ai forestieri impazienti la prima indimenticabile visione della Città Eterna. A premiare la loro attesa un fiotto di luce si riversò dall'interno sul suolo polveroso disegnando con la precisione di un geometra il profilo del grande arco di pietra. Attratti dalla luce limpida che annunziava quella salvifica che erano venuti a cercare mettendo a rischio la vita, i pellegrini vi si radunarono sopra, come api sul primo fiore appena schiuso. Gli uomini a cavallo si mantenevano staccati dalla ressa, afferrando le briglie degli animali che battevano gli zoccoli inquieti.

Tra loro il più alto, con una barba colore del rame, accarezzava il cavallo sfinito sussurrandogli parole di incoraggiamento nelle orecchie lucide per il sudore. I soldati fecero scorrere la fila di uomini scrutando con attenzione tra le bisacce più gonfie per paura che introducessero merci senza pagare la dogana. I cavalli e i carretti carichi di zavorra venivano ispezionati con cura dopo essere stati accostati alla parte delle mura che digradava verso il Tevere. Appena attraversata la porta, molti viaggiatori, i più pii, salivano con slancio le scale della chiesa del Popolo addossata alle mura, per recitare la prima orazione nella città santa, per ringraziare Dio dell'esito fortunato del viaggio e raccogliere le idee prima di addentrarsi nelle strade dirette a San Pietro, alle basiliche, alle centinaia di chiese che avevano invocato nei loro voti.

L'uomo sorrise alle guardie e attraversò la porta scendendo subito dopo dal cavallo. Una donna era seduta vicino ai gradini della chiesa davanti a un piccolo banco di ciambelle appena sfornate. Ne comprò due e all'atto di pagare si chinò guardandosi intorno con la stessa aria estatica che avevano gli altri pellegrini. «Dio sia lodato, mammina, sapresti indicarmi la chiesa di Sant'Agostino?»

La donna lo fissò con un sorriso che scopriva solo gli angoli della bocca ma faceva scintillare i piccoli occhi neri. Non era tanto vecchia come gli era sembrato da lontano. Un vestito di fustagno nero, che aveva avuto molto tempo prima cuciture imbastite, le scendeva addosso come un sacco slacciato per il caldo. Le maniche erano arrotolate sulle braccia scurite dal sole. La scollatura lasciava vedere l'attaccatura dei seni abbondanti, allentati come le cuciture della stoffa ma ancora rigogliosi. «Vacci piano con la "mammina", bell'uomo, forse potrei esserti sorella, e comunque ancora in tempo per farti assaggiare una ciambella più calda di quella che hai messo in bocca.»

Poi scoppiò in una risata vedendo l'espressione sorpresa e dispiaciuta dell'uomo che si guardò intorno vergognandosi delle occhiate attirate da quella ilarità. Stava già per chiedere scusa ma la donna lo precedette. «Non preoccuparti, bell'uomo, volevo solo impressionarti. A Roma troverai ciambelle molto più fresche della mia, e la chiesa di Sant'Agostino è là, lungo quella strada dove si avviano i pellegrini. Seguili e la troverai tra mezzo miglio, tieniti sempre a mano sinistra altrimenti ti trovi al fiume o a San Pietro. Bene arrivato a Roma.»

Ringraziò e tornò al cavallo, deciso a procedere a piedi, nessuno lo guardava, la folla si incamminava ordinata e allegra lungo il lato meridionale della piazza, opposto alla porta d'ingresso. Due gruppi di case formavano l'imbocco di tre strade di cui non si vedeva la fine. L'uomo prese quella più a destra dove si dirigeva gran parte della folla, costeggiò un muro che recintava una vigna ordinata stretta tra antiche torri di pietra. Presto le case divennero tutte uguali, con le stalle al primo piano o botteghe o magazzini con finestre a quello superiore. A intervalli regolari si aprivano sui lati altre viuzze, che si inerpicavano a sinistra su una collina verde di lecci e di pini mentre a destra si interrompevano bruscamente sull'acqua del fiume.

La strada era in ombra, ma il caldo cominciava a farsi sentire sollevando da terra un tanfo di escrementi e verdure marcite.

Si accorse di avere ancora il mantello chiuso addosso, ma non aveva voglia di slacciarlo, gli sembrava di esporsi troppo a quel mondo sconosciuto che scrutava con gli occhi attenti del predatore.

Si sforzò di collocare quel paesaggio nella pianta che aveva studiato con molta attenzione fino a stamparsela nella testa. Quando capì di essere tra il Tevere e la collina del Pincio, l'emozione gli fece battere il cuore come non era accaduto per il delitto appena commesso. Al secondo incrocio, l'alito fresco del fiume gli arrivò sul viso. Un raggruppamento vociante attirò la sua attenzione sotto gli sporti di due chiese poco avanti a lui. Nel groviglio disordinato cominciò a distinguere uomini e donne in bilico su stampelle di fortuna, altri striscianti su carrelli di legno, avvolti di stracci che lasciavano scoperte piaghe disgustose. Alcuni frati urlavano comandi secchi davanti ai portoni delle chiese, cercando di disciplinare l'orda che chiedeva cibo e medicine. L'ospedale di San Giacomo degli Incurabili accoglieva i pellegrini ammalatisi durante il viaggio e gli abitanti di Roma più bisognosi. Questi ultimi però si distinguevano dagli altri per l'insolenza con cui protestavano e richiedevano cibo e assistenza. I frati dell'ospedale non si tiravano indietro di fronte ai modi molesti dei poveri che assediavano il portone d'ingresso. Armati di bastoni e cinghie di cuoio non risparmiavano colpi ai più indisciplinati, facendo largo ai più deboli che rischiavano la sopraffazione in quella bolgia.

Appena si fu abituato a quella vista, fu in grado di distinguere, tra i malati e i poveri, i ladri che scrutavano con aria obliqua chi arrivava dalla Porta del Popolo. Sapeva di essere una preda appetibile in quella umanità che invocava i santi ma non arretrava di fronte a modi più spicci per salvarsi o almeno per arrivare al giorno dopo. Riavvolse con due giri intorno alla mano le redini del cavallo per prepararlo a scartare. Con l'altro braccio serrò la borsa al fianco fulminando con un'occhiata minacciosa due finti zoppi che si erano scambiati da una parte all'altra della strada uno sguardo d'intesa convergendo su di lui. Gli bastò solo far capire di averne colto le intenzioni perché i due riprendessero a camminare con aria meno fiacca in direzioni opposte.

Superato l'ospedale di San Giacomo, il flusso di pellegrini riprendeva ordinato a scorrere verso sud, parallelo al Tevere che apparve inaspettato alla sua destra quando arrivò all'altezza di San Rocco. Pochi gradoni di pietra arrivavano fino al fiume, ma la siccità aveva costretto la corrente oltre una lingua di sabbia melmosa grigia e lucente come creta. Seguì il riflesso del sole che dalle sue spalle scivolava sul fiume inghiottito dagli alberi sulla riva opposta. Alzò gli occhi e avvertì un tremito alle gambe. Di là dall'acqua si stendevano prati bruciati dal sole, chiusi da un muro rosso, netto come un solco d'aratro. Univa la mole tonda di Castel Sant'Angelo all'acropoli vaticana. Oltre il muro si alzavano palazzi immensi tra i quali si intravedevano loggiati bianchi di marmo, colonne e torri di altezza mai vista. Più a sud, stagliate contro il cielo, ben al di sopra della collina retrostante, vide le mura del nuovo San Pietro che avrebbero potuto abbracciare un'intera città. Strattonò le redini al cavallo come se fosse stata la bestia a impuntarsi di fronte a quella visione e riprese a camminare con passo svelto. La strada incrociava una via più larga dove comparvero palazzi di pietra, con portoni delimitati da colonne e architravi, ancora chiusi per la notte. I passanti iniziarono a cambiare aspetto. Le camicie logore e i saioni grigi dei pellegrini cominciarono ad alternarsi a calze verdi e rosse, scarpe di cuoio e giubbe nere accostate a merletti splendenti. Da uno dei palazzi uscì una lettiga borchiata d'oro portata a spalle da quattro robusti uomini in livrea gialla. Un profumo di violetta si sparse per l'aria coprendo il puzzo di sterco accumulato nei canali di scolo che fiancheggiavano le case basse. Sbirciò tra le tendine della bussola quando si trovò a pochi passi chiedendosi dove potesse andare una signora di mattino così presto. Vide invece un prelato sorridere e stringersi al naso un fazzoletto bianco. Aveva in testa lo zucchetto viola dei vescovi e la mano guantata che poggiava alla finestra della lettiga era stretta da molti anelli. Il pensiero dell'anello che aveva sfilato alla sua vittima gli provocò una smorfia dolorosa richiudendo all'istante quel turbine di colori, odori e forme che l'aveva catturato. Si infilò nel dedalo di viuzze curve che si apriva oltre la strada elegante per cercare la prima locanda discreta.

La sagoma di un orso in ferro battuto lo attirò verso un portone accostato. Lo spinse e si trovò in un cortile ammattonato che emanava una frescura appena velata dal puzzo di cavallo. Sul lato di fronte indovinò le stalle dai nitriti degli animali. Prima di arrivare alla macchia assolata che si spandeva inesorabile e accecante nel cortile una voce gli comandò di fermarsi. «Buongiorno pellegrino, avete intenzione di prendere alloggio qui stasera? Altrimenti abbiate la compiacenza di non attraversarmi il cortile, che l'ho appena lavato.»

Si girò in cerca dell'uomo che l'aveva apostrofato con tanta risolutezza. Notò alla sua sinistra una scala protetta da una tettoia sporgente. Due gradini immettevano al pianerottolo su cui si apriva un portone più piccolo dal quale si intravedeva un refettorio in penombra. Ne usciva l'odore di vino consumato nella sera precedente e versato sugli spessi tavoloni di abete diventati neri per la cera, la polvere e i sogni degli uomini che vi avevano poggiato le loro teste stordite.

L'oste era basso di statura ma di larghezza impressionante, con una pancia che puntava più in alto che davanti, trattenuta a fatica da un grembiule di cuoio. Aveva i baffi e un viso simpatico, deciso a non sprecare fatica con clienti poco raccomandabili. «Sì, cerco una camera per la notte. Vorrei dormire da solo.»

«Se avete cinquanta baiocchi potete dormire da solo. Ma con cento potrei procurarvi una compagnia molto divertente.»

La proposta era a modo suo onesta. Cinquanta baiocchi per una camera era un prezzo accettabile. Cinquanta baiocchi per una prostituta un vero affare. «Mi basta la camera. La vorrei subito.»

Questa volta era stato lui a essere perentorio, e accompagnò quella richiesta, che per la stanchezza aveva formulato con tono esageratamente brusco, con l'offerta di una moneta presa dalla borsa. L'oste aveva capito che era il tipo di cliente con il quale l'affare diventava tanto più vantaggioso quanto meno si sprecavano parole. Intascò la moneta senza guardarla, mostrando di saper riconoscere un galantuomo con la sola sensibilità dei polpastrelli. «Lasciate pure il cavallo legato agli anelli. Lo porto io nella stalla dopo averlo strigliato, avete avuto un viaggio lungo. Voi potete andare alla vostra camera. È la seconda sul ballatoio del primo piano, ha una bella finestra sul fiume ed è la più fresca. C'è già dell'acqua nel catino per rinfrescarvi. Il bagno pubblico è poco lontano da qui, accanto al convento di Sant'Agostino. Se volete del vino o qualcosa da mangiare vi servo subito.»

«Grazie, del pane e del vino allungato con acqua.»

La camera manteneva la promessa dell'oste. Ampia, pulita e gradevolmente fresca. La finestra si apriva sul Tevere e inquadrava Castel Sant'Angelo, imprendibile come certi massi di roccia arrotondati dal vento. Sopra risplendeva al sole la statua che ne celebrava il nome. Ai piedi poteva ammirare il più bel ponte d'Italia, tutto in pietra con tre fornici perfettamente tondi, coronato da piccole torri e vegliato dalle statue degli Apostoli. Non c'era tempo per ammirarlo. Pensò se mai sarebbe tornato a Roma, come aveva desiderato tutta la vita, per goderne la bellezza invece che per spargervi sangue.

C'era un piccolo tavolo accanto alla finestra, vi poggiò la borsa di cuoio e tornò indietro a sbarrare la porta con il chiavistello di ferro. Si guardò intorno cercando uno sgabello. Trovò una sedia impagliata e l'avvicinò allo scrittoio. Estrasse dalla borsa la lettera che aveva preso al vecchio monaco. Tastò con le mani la pesante busta sigillata. Quando vide la ceralacca impressa con un calice sormontato da un'ostia, riconobbe immediatamente il rilievo dell'anello sottratto all'uomo più giovane. Quell'ercole che era morto senza un lamento e di cui cercava di non ricordare lo sguardo inerme, forse mai avuto in vita se non nel momento della morte.

Sapeva di dover consegnare la lettera sigillata al generale degli Agostiniani nel convento vicino e la mise sul tavolo, in piena luce, quasi sperasse di leggervi il contenuto attraverso la spessa carta gialla. Non trapariva neppure un segno d'inchiostro. La carta era striata da sottili fasce orizzontali di righe impresse dal torchio. I bordi appena più scuri, tagliati netti da un mozzacarte affilato. Materiale da ambasceria principesca.

Lasciò che i pensieri si addensassero su quella lettera. Lentamente, cullati dal mormorio del Tevere, dalle grida dei barcaioli e dalle prime risate dei ragazzi che scendevano all'acqua per pescare, bagnarsi o guadagnare qualche moneta aiutando a scaricare merci. Doveva portare quella lettera fingendo di conoscerne il contenuto. Indurre il generale degli Agostiniani a rivelarglielo, a rivelargli la mossa successiva del piano criminale in cui si era inserito. Sapeva che il generale degli Agostiniani era un uomo furbo e crudele. Aveva fatto del suo convento il centro più attivo della lotta all'eresia dopo il tribunale dell'Inquisizione. La biblioteca del convento era la più fornita d'Italia, ma non era solo con la scienza che conduceva la lotta alle idee che varcavano minacciose le Alpi. Già da qualche anno aveva trasformato in prigioni alcune celle del convento, attrezzandole con gli strumenti per la tortura. Quando la dialettica teologica non dava frutti, passava disinvoltamente ai tormenti, convinto che una tenaglia rovente valesse come un'epistola di san Paolo per guadagnare alla ortodossia cattolica le perverse menti degli eretici. Molti erano entrati in quel convento senza mai uscirne, neppure da morti. Ma il tribunale del Santo Uffizio presieduto dal cardinale Giampietro Carafa aveva esteso al convento i suoi insindacabili poteri. Chiunque cadesse nelle mani dell'Inquisizione perdeva ogni diritto di fronte al mondo.

L'idea di dover affrontare il generale degli Agostiniani cancellò la stanchezza liberando energie che non sospettava di avere dopo la nottata massacrante. Respinse la nausea provocatagli dal pensiero di dover prendere tra le mani l'anello che aveva staccato, insieme al dito, al monaco. Lo cercò a tentoni nella borsa senza smettere di guardare tra i gorghi pigri del Tevere. Estrasse anche un pezzo di stoffa e lo strofinò bene liberando l'anello dal sangue prima di guardarlo. Era enorme anche per le sue dita non proprio minuscole. Un grosso anello d'oro su cui era montato un diaspro verde, la pietra dei martiri, per quelle faville rosse che lo chiazzavano come il sangue da loro versato. Certamente i cospiratori avevano scelto quella pietra con un fanatico riferimento al desiderio di sacrificare la propria vita per il trionfo della vera e unica Fede cattolica. C'era effettivamente un calice sormontato da un'ostia, come aveva intravisto nella luce debole dell'alba. Non ricordava nemmeno di averlo guardato mentre lo staccava dalla mano dell'uomo, eppure quell'immagine si era impressa nitidamente nei suoi occhi. L'ostia aveva al centro un buco profondo che si era impresso nella ceralacca dei sigilli come un cono appuntito vistosamente in rilievo. Provò a infilare l'anello al medio. Era grande, nessuno avrebbe mai creduto che potesse essere suo. Era stato tagliato sulla misura del dito dell'uomo, per certificarne insieme ai sigilli l'identità. Doveva farlo stringere intorno al suo dito. Poteva essere una trappola. Non c'era molto tempo.

Si alzò come una furia prendendo dalla borsa la pistola e un pugnale che fece sparire sotto il saio appena indossato. Trovò l'oste sulle scale con in mano una caraffa di vino e un pezzo di pane bruno. «Devo trovare un gioielliere. Un uomo discreto.»

Nella mano aveva mezzo scudo che l'altro intascò senza guardare. «Prendete il primo vicolo a sinistra. Accanto allo speziale della Campana c'è la bottega di Luigi il Milanese. Chiedete a nome mio, se può vi aiuterà.»

7

Il cavallo di Michelangelo era un ginetto piccolino con il pelo lucido color castagna. Se ne prendeva cura lui stesso. Gli parlava e lo accarezzava come un amico. Ma solo quando erano lontani da occhi indiscreti. Non manifestava sentimenti affettuosi in pubblico, fossero anche quelli rivolti al cavallo. Cavalcava ogni giorno, con la pioggia e il solleone, il contatto con l'animale era la consolazione certa anche dei momenti più neri. Ma quel giorno neppure la vista e poi il calore dell'animale riuscirono a placare l'ansia che lo divorava. Il vicolo del Macello dei Corvi era tutto in ombra perché il sole non era abbastanza alto da superare i muri di tufo che chiudevano le vigne e i cortili delle case, tutte recintate in quella zona malfamata. Una patina copriva le pietre del lastricato facendo brillare la via come un fiume quando un raggio di sole arrivava a infilarsi tra gli sporti dei tetti. Il cavallo con il piccolo uomo vestito di nero fiancheggiò il muro sbrecciato della casa di Eleonora, una giovane e bella puttana di Foggia che era venuta a cercare fortuna a Roma. Il portone d'ingresso era aperto e Michelangelo scambiò un cenno di saluto con la vecchia che stava spazzando le prime foglie cadute dalla vite davanti alla porta di casa. Anche per lei come per lui, come per tutti i vecchi del mondo, la notte durava poche ore, e molto prima dell'alba si alzava per fare piccoli lavori nell'aia per non disturbare la giovane donna che dormiva fino a tardi la mattina. Le cene con qualche cardinale e il lavoro con i pellegrini più facoltosi la impegnavano fino a notte fonda.

All'uscita del vicolo, una rampa attraversava un pezzo di orto inselvatichito pieno di ostinati fiordalisi che mantenevano, anche nei mesi più torridi, le loro corolle azzurre ancora più belle contro il marmo bianco della Colonna Traiana. Anche quella mattina Michelangelo non poté fare a meno di fermare il suo cavallino sotto il fusto indorato dal sole. Nei mattini d'estate il marmo diventava bianco e luminoso come alabastro. La luce incideva i rilievi di battaglie, i ponti, le palizzate delle fortificazioni, le tende degli accampamenti e perfino le piume delle ali della Vittoria che compariva qua e là a reggere una coroncina di lauro dietro la testa del fiero imperatore. La spirale del racconto si perdeva in alto contro il cielo terso pieno di profumi come se l'aria stessa emanasse un suo odore.

Una tortora volò sulla sommità della colonna, si poggiò sul ciglio del marmo per osservare meglio l'ometto seduto sul cavallo che strizzava gli occhi per afferrare i dettagli delle sculture proprio sotto i suoi artigli grigi.

Un colpo leggero ai fianchi del cavallo e Michelangelo riprese il cammino verso i merli del palazzo di Venezia, che si ergeva con il suo profilo bellicoso sulle casupole di legno e fango che circondavano la Colonna. Dietro il basamento di marmo si risvegliava un pastore con un piccolo gregge di pecore che avevano passato lì la notte e si spingevano a cercare erba verde fin davanti alle case. Passato sotto l'arco di mattoni appoggiato alla facciata settentrionale del palazzo, il cavallo aumentò il trotto con un moto irrequieto e il padrone capì che aveva sete, il caldo si faceva già sentire sull'animale benché il sole si alzasse appena all'altezza della seconda corona di archi del Colosseo alle sue spalle. Tirò leggermente la briglia sinistra stringendo le gambe intorno alla sella e il cavallo, docile, si diresse verso la piazza della Società di Gesù, dove il giovane ordine ecclesiastico stava costruendo una chiesa che avrebbe certo visto la fine prima del nuovo San Pietro. Nello slargo lo sorprese un capannello di operai e, sotto un ricovero di fortuna, seduto su comodi cuscini di cuoio imbottito, il cardinale di Santa Fiora, nipote del papa. Gli operai e il cardinale si girarono al rumore del trotto del morellino e riconobbero Michelangelo. Il gruppo fu attraversato da un fremito di eccitazione. Il cardinale si alzò in piedi e cominciò a indicare il nuovo arrivato.

«Vostra Eccellenza mi rassicuri subito sul suo stato di salute. Un uomo giovane come Vostra Signoria reverendissima dovrebbe stare a dormire a quest'ora, lasciando a noi poveri vecchi tormentati dall'età le strade ancora in ombra.»

Il cardinale, vestito con un elegante giubbetto di raso azzurro, sorrise mostrando i denti bianchi e sani, orgoglio dei suoi trent'anni ben portati. «Avete ragione, Michelangelo. Ma certe passioni tirano fuori dal letto più di quante altre vi tirino dentro.»

Nessuno trovò troppo ardito quel motto di spirito venuto da un giovane che prima di essere un principe della Chiesa era un principe e basta. E siccome apparteneva a una nobiltà molto recente, assurta al potere con il papa regnante, il cardinale, come tutti i propri familiari, si compiaceva di esibire di continuo, con i modi e le parole, la libertà garantita dai nuovi privilegi.

«Gli operai, che stanno scavando le fondamenta della chiesa, ieri hanno toccato con la vanga un blocco di marmo durissimo che ha mandato scintille. Hanno spazzato via un po' di terreno ed è venuta fuori una statua di porfido quasi intatta; non sappiamo ancora di che si tratti ma conoscendo la mia passione per le sculture antiche il capomastro è venuto a palazzo ad avvertirmi e io l'ho acquistata per la mia collezione. Vorrei ora cavarla prima di chiudermi in Concistoro. O almeno vorrei vedere di che si tratta.»

Fece una pausa chiedendo comprensione all'artista, che viveva a corte da cinquant'anni e conosceva meglio di molti altri la fatica del governo della Chiesa.

«È sicuramente la mia fortuna ad avervi spinto qui stamattina, perché non date un'occhiata alla fossa e qualche consiglio? Chi meglio di voi può aiutarci a estrarla intatta, visto che avete tirato fuori il groviglio del Laocoonte tanti anni fa.»

Michelangelo si abbassò sul collo del cavallo per carezzargli il muso.

«Vostra Eccellenza è troppo generosa. Non ho cavato io il Laocoonte, ero solo lì a guardare mentre lo scoprivano. A ogni modo mi avete incuriosito, se mi fate aiutare dai vostri uomini scendo a vedere di che si tratta.»

Era già smontato dal cavallo lasciandosi scivolare sul suo fianco sinistro. Un ragazzo scalzo si fece avanti per prendergli le briglie dalle mani.

«Per favore dagli dell'acqua. Stamattina me ne sono dimenticato e sente troppo il caldo.»

Tre uomini avevano avvicinato una scala a pioli alla buca. Lungo le pareti erano stati incrociati dei pali e delle tavole di olmo per contenere il terreno franoso. Tra gli interstizi della parte superiore continuava a scorrere a intervalli regolari un rivolo di pozzolana viola, polverosa e asciutta per la lunga siccità dell'estate. Più a fondo il terreno era umido, rosso come il ferro e compatto come un'unica roccia da cui sporgeva il fianco di un uomo con un braccio disteso lungo il corpo e per metà ancora coperto dalla pozzolana.

«Passatemi una pennellessa larga.»

Gli passarono il pennello e lui si chinò sul porfido appena velato da una leggera incrostazione grigia.

«Un coltello affilato se l'avete.» Comparve anche quello dalle bisacce degli operai. Con la lama Michelangelo cominciò ad accarezzare la pietra quasi senza toccarla ma dopo pochi istanti il velo grigio era sparito e il porfido lucente, rosso e levigato come una gemma preziosa, affiorò dal terreno.

«Lavorazione straordinaria, liscia come una corniola. Marmo africano, deve essere dell'età dei Cesari, avete fatto un acquisto magnifico, eccellenza. Mi sembra di scorgere una barba folta, è troppo presto per capire di che si tratti ma sembrerebbe un dio barbuto, forse Giove o un Fiume, chissà. Lascio a voi la sorpresa, ancora qualche ora e il marmo sarà tutto scoperto. Mi raccomando però, non provate a tirarlo fuori prima che sia liberato anche l'altro fianco;

soltanto alla fine, quando sarete riusciti a imbracarlo con i canapi su tutti i lati potrete sollevarlo. Qualcuno mi aiuti a risalire.»

Il cardinale di Santa Fiora aveva il viso raggiante e fece schioccare rumorosamente le palme delle mani.

«Ah, Michelangelo! Lo sapevo che mi avreste portato fortuna. Quando avrò sistemato a casa la scultura mi farete l'onore di venire a pranzo da me. Voglio che vediate le mie statue e che assaggiate il mio Grechetto d'Ischia, quello della vendemmia passata è stato il migliore da molti anni a questa parte. Vi manderò i miei servi per l'invito. Grazie e fate buona giornata.»

Michelangelo risalì sul cavallino acquietato dall'acqua e riprese la sua strada verso il Vaticano senza poter fare a meno di pensare a quanto bizzarri fossero i tempi e quella città. Stava per consumarsi un dramma che avrebbe avuto ripercussioni in tutto il mondo per il futuro della Chiesa, l'alienazione di due città dello Stato pontificio a favore del figlio del papa. Eppure i cardinali che avrebbero dovuto proteggere la Chiesa nello spirito e nelle sostanze si esaltavano nel recupero delle statue pagane. Quanti pellegrini quella mattina sarebbero passati di lì e avrebbero giudicato indegno quel comportamento.

Anche quella volta ricacciò indietro i pensieri molesti ripetendosi che non stava a lui giudicare. Lui sapeva dipingere e avrebbe fatto quello a gloria della sua fede.

Il primo raggio di sole lo raggiunse alle case dei principi Massimo, facendo brillare le colonne bianche del portico. Pensò con malinconia all'amico che aveva costruito quella meraviglia ed era morto poco prima della fine dei lavori dopo una vita di stenti. Aveva avuto un'idea straordinaria curvando la facciata del palazzo come un pezzo di Colosseo. Quel movimento così originale, sottolineato dalle robuste colonne del portico e dalle bugne squadrate, faceva vibrare di energia il palazzo, come fosse stato un corpo vivo. Il sole che cominciava a illuminarlo, creando contrasti violenti intorno al minimo rilievo delle cornici, ritagliava le spirali di stucco che ammorbidivano la geometria severa della costruzione. La luce limpida del Mediterraneo, che aveva favorito già in Grecia la purezza dei rilievi architettonici, cercava e trovava ogni minuscolo dettaglio, lo esaltava e lo sposava alle fabbriche antiche che affioravano dal suolo di Roma. Altro che i palazzi di Raffaello, ricamati e decorati come un pizzo di sposa. Freddi, immobili.

Senza volerlo girò la testa all'indietro verso il palazzo Vidoni, ancora in ombra. Alzò le spalle sdegnato accalorandosi con se stesso.

Si sentì ridicolo e si guardò intorno sperando che nessuno l'avesse visto. Strinse di nuovo le gambe intorno al cavallo spingendolo con lo stivale sinistro a imboccare la via dei Banchi che cominciava ad animarsi.

I commercianti aprivano le botteghe e tiravano i teloni cerati davanti agli usci appoggiandoli su pertiche di castagno per proteggere dal sole la mercanzia. Orefici e maniscalchi appendevano insegne fuori dalle porte per offrire veloci servizi ai pellegrini più facoltosi, che volevano presentarsi a San Pietro con una cintura nuova e stivali di cuoio lucidi o riparare i finimenti dei cavalli consunti dal viaggio. Dai retrobottega arrivava l'odore della merce stipata nella notte. Le pesche e i meloni, bagnati con generosi spruzzi d'acqua per riprendere colore, mandavano un profumo quasi insopportabile mescolato al puzzo del letame spinto verso i vicoli laterali della strada per occultarlo ai viaggiatori in arrivo.

Erano lavori fatti con lentezza da un popolo di vecchi, i giovani sarebbero arrivati più tardi con i loro richiami urlati da un capo all'altro della strada. Qualcuno rovesciava per terra secchiate d'acqua tentando di rimuovere gli escrementi depositati nella notte, per evitare che il sole ne accelerasse la putrefazione aggiungendo il loro tanfo a quello delle fogne a cielo aperto che serpeggiavano per i vicoli. Il cavallino di Michelangelo allungava il collo verso le pozzanghere, trattenuto con fermezza dalle braccia del vecchio padrone. Era quello il percorso più faticoso della giornata. La sosta nella piazza del Gesù lo aveva ritardato quanto bastava a far coincidere il suo passaggio con la riapertura delle botteghe, accuratamente evitata negli altri giorni.

Per abitudine, attraversava all'alba la città deserta perché non sopportava il rito del risveglio officiato di prima mattina dal popolo di Roma, accompagnato dalle stesse battute, gli stessi insulti, le risposte e le risate sempre eccessive per i suoi gusti. Lui non si era mai inserito in quelle commedie improvvisate in cui tutti recitavano il loro ruolo modesto ma significativo. Almeno tanto significativo da dare senso alle giornate e alle vite di tanti uomini e tante donne, che senza quella commedia non avrebbero mai saputo che altro posto occupare nel mondo. I banchi ancora vuoti formavano un'unica fila addossata ai palazzi come una panca ininterrotta fino al Tevere, dove i cespugli bagnati dall'acqua del fiume diventavano verdi e rigogliosi inframezzando tra le case il colore e l'odore della palude.

Il cavallo si animò a metà della via alla vista di altri cavalieri. Lì confluivano altre strade dirette a San Pietro e la folla aumentava incanalandosi verso il ponte. C'erano altri passaggi sul Tevere, più a sud, il ponte Sisto e poi ancora barche che attraversavano la corrente soprattutto in quella stagione, assicurate a canapi stesi da una riva all'altra del fiume. Ma la gran parte finiva per arrivare a San Pietro passando per il ponte Sant'Angelo, e a metà della via il traffico era già molto intenso. I migliori palazzi di Roma erano costruiti in quell'area e i loro abitanti, banchieri, cardinali e ambasciatori, si muovevano con un seguito che appesantiva il traffico. I nuovi arrivati comprendevano subito di essere giunti sulla ribalta più vivace della città e rallentavano il passo per vedere ascoltare annusare e, senza saperlo, dare al popolo dell'Urbe il privilegio di un pubblico internazionale.

Dal palazzo dei Capodiferro uscì una portantina circondata da quattro uomini armati e sei valletti in livrea, che portavano sulle spalle il bagaglio e nello stesso tempo tenevano lontani i curiosi allungando calci ai bambini, pronti già a quell'ora a sfidare la brutalità dei servi pur di soddisfare la curiosità e mitigare la noia della lunga giornata estiva. Una giovane prostituta accompagnata dalla vecchia mezzana stava per entrare nella bottega del Sarto di Ponte.

Si fermò allentando distrattamente il velo sulla scollatura. Per il caldo. E intanto saettò uno sguardo alla portantina, capace di attraversare il legno massiccio di rovere. Non serviva, perché la tendina era già stata scostata per lasciar ammirare al passeggero i seni bianchi sollevati dal corpetto di raso azzurro. Michelangelo sorrise dentro di sé di quel fulmineo palleggio che rimase senza conseguenze. Un bambino al seguito delle due donne, subito mandato dalla vecchia verso la portantina, fu allontanato in malo modo da un uomo della scorta.

Michelangelo si sentiva molto più offeso da altri commerci, come quello che si stava avviando a meno di dieci passi da lui, sotto il cantone del palazzo dei Gaddi, dove un'edicola di marmo incorniciava l'immagine della Vergine dei sette dolori. Sotto i fiori freschi lasciati all'alba sul davanzale dell'edicola dalle devote vecchiette del quartiere per consolare la Vergine dal cuore trafitto, un monaco corpulento aveva già sistemato sul suo banchetto la merce più infernale in vendita a Roma: le reliquie dei santi.

Sulle assi di legno unte dalla sporcizia erano allineati una decina di sacchetti di cuoio lacero.

«Le ossa del piede di san Ciriaco, portate dalla Terra Santa da un pellegrino appena un mese fa. Contro le malattie dello spirito e della carne. Acquistate le reliquie più potenti della cristianità.»

Con voce solenne ma più alta di quella dei venditori di frutta il frate offriva ai pellegrini reliquie a prezzi molto accessibili. In ogni strada di Roma si poteva trovare un venditore di reliquie. Il commercio che destava scandalo da almeno un secolo nel resto d'Europa continuava indisturbato a Roma. D'altronde, come fermarlo se nelle maggiori chiese della città si veneravano allo stesso modo le catene che avevano imprigionato san Pietro, le cinture con cui era stato battuto san Giovanni e persino i denti di san Paolo? Le chiese erano visitate principalmente in funzione delle reliquie che custodivano o vantavano di custodire, e la loro ricchezza era proporzionale alla fama di queste. Michelangelo aveva trovato già disgustoso quel commercio superstizioso ai tempi del suo arrivo a Roma cinquant'anni prima, ma adesso criticare quella superstizione come ogni altra alimentata dal clero per tenere sotto controllo la devozione popolare poteva costare il capestro o il rogo. Due frati calabresi pendevano da tre giorni dalle forche di Campo dei Fiori perché si erano pubblicamente scagliati contro i preti di San Cosimato, che avevano messo sull'altare un brandello di cuoio rinsecchito e accartocciato dicendo che era il cuore appartenuto alla Beata Martire Sabina appena riesumata da una tomba sull'Aventino.

Sì, da qualche decennio andava affermandosi anche in Vaticano un sentimento di disapprovazione per quel commercio, ma presto i prelati si erano accorti che combattere la superstizione popolare dichiarando false le reliquie sparse per la città avrebbe portato a dubitare anche di quelle custodite gelosamente a San Pietro, come la lancia di Longino che aveva trapassato il costato di Cristo e il frammento della Croce a cui era stato inchiodato. Ogni anno il Venerdì Santo queste due straordinarie testimonianze del martirio di Cristo venivano esposte in San Pietro insieme al velo della Veronica davanti a decine di migliaia di fedeli, romani e forestieri, che singhiozzavano fino all'alba in una interminabile fila nera, interrompendo per quel solo giorno il frenetico commercio di fatiche, sentimenti e piaceri. Svuotare le reliquie del loro fascino equivaleva a svuotare la Chiesa del proprio potere di impressionare le menti. Perciò il commercio continuava indisturbato in città.

Con un senso di sollievo profondo Michelangelo pensò che lui non aveva bisogno di criticare a voce quegli imbrogli e quelle tirannie mettendo a repentaglio la propria vita. Aveva un modo unico e straordinario di testimoniare la propria fede, quello della sua pittura, e lo poteva fare nel cuore stesso della Chiesa, nella Cappella del Santissimo Sacramento dove in meno di mezz'ora sarebbe arrivato.

8

Il ragazzo uscì dalla camera da letto del papa come un galeotto in fuga dalle carceri di Castello, senza guardarsi indietro. Le poche ore passate in quella camera avevano portato più scompiglio nella sua testa di quanto avesse fatto ogni altro avvenimento nei diciassette anni passati dalla sua nascita. La vista indebolita non aveva impedito al suo maestro di cogliere la sua angoscia. «Mentre Sua Santità officia la messa per i parenti nella Cappellina di San Nicola, qui accanto, tu vai nella stanza della Segnatura a prendere le lettere di Cicerone. Sono in fondo allo scaffale accanto alla finestra che guarda Belvedere. Mi serviranno per scrivere l'allocuzione di Nostro Signore in Concistoro.»

Poi guardando il ragazzo che continuava a fissare il pavimento per non mostrare il viso arrossato, aveva aggiunto con voce affettuosa e un tono più basso: «Non c'è fretta. La messa durerà un'ora almeno e tu vai pure a prendere un po' d'aria nel tuo giardino. Ti farà bene».

Assentendo solo con un cenno della testa, Andrea aveva lasciato la camera, attraversato il corridoio stretto sospeso sul cortile di Belvedere e disceso la scala fino alla porta dei giardini. Era quello il posto che amava di più nei palazzi. C'era il giardino dei melograni con i frutti che cominciavano a spaccarsi e offrire i chicchi sanguigni. Continuò verso nord attraversando poi il giardino degli aranci, ancora carico di frutti dorati con la scorza avvizzita. Ma non si potevano cogliere perché il papa adorava il contrasto tra le foglie scure e lucide e le palle d'oro che arrossavano fino all'autunno. Si cominciavano a distinguere le arance nuove che sbiadivano il verde scuro mentre crescevano. Tra poco sarebbero diventate gialle e gonfie e per Natale tanto rosse da poter realizzare le ghirlande più belle d'Italia, invidiate dai fiorentini.

Arrivava anche il profumo dell'uva matura e si mescolava a quello degli aranci. La vendemmia sarebbe stata anticipata di qualche settimana e tutta Roma, come ogni estate, sarebbe stata invasa a fine agosto dall'effluvio leggero e insieme penetrante dell'uva spremuta.

Ma il luogo che lo attirava di più era il giardino delle erbe medicinali. Era uno dei più vecchi d'Italia e venivano da tutto il mondo a visitarlo, chiedendo il permesso al papa. Paolo III era diventato un cultore di medicina, spinto dalla voglia di allungarsi la vita e irrobustirsi la salute preparandosi da solo le cure più efficaci con gli ingredienti migliori. Appena eletto papa aveva fatto arrivare da Bologna il botanico più esperto d'Italia, Antonio Calentani, che aveva raccolto nel giardino le specie preziose conosciute. Poi, grazie al nuovo ordine dei Gesuiti che stava raggiungendo le parti più remote della terra, andava raccogliendo le specie vegetali appena scoperte, ricche di proprietà curative portentose, che facevano invidia persino ai botanici di Leyda, dove era stato fondato il primo orto botanico d'Europa. Calentani aveva da poco innestato una nuova acacia venuta dall'India con una specie mediterranea dandole il nome del papa. L'"acacia Farnese" era già un'attrazione tra gli esperti, che correvano a vederla insieme alla magnolia rubra, da cui si ricavava un succo formidabile per il catarro e il flusso biliare.

Ma non era della medicina che si occupava Andrea. Ammirava il giardino per la sua varietà e per l'ordine con il quale erano tenute quelle piante misteriose. Visto da vicino, l'orto somigliava a una tavola di geometra nella quale sfumavano tutti i colori dell'iride. Appena poteva vi si rifugiava.

Era arrivato quasi di corsa in cima al colle, di fronte alla palazzina di Innocenzo X trasformata da Giulio II in una spettacolare esedra che accoglieva le più preziose statue scavate a Roma. La palazzina, chiamata del Belvedere, per la splendida vista che godeva su Roma, quarant'anni prima era stata collegata da Donato Bramante ai palazzi e alla Basilica attraverso un lunghissimo corridoio di arcate alte quattro piani. Ma i lavori così ciclopici erano ancora in corso, e pochi mesi prima un incendio aveva fatto crollare una parte del corridoio meridionale. Andrea preferiva arrivare in Belvedere dal giardino, anche se era più faticoso. Non vi si incontrava quasi nessuno, eccetto i giardinieri, e poteva capitare di imbattersi in un cervo o un cinghiale, una volpe o un tasso, rifugiatisi dai boschi dei monti vicini nella tenuta del papa.

«Vengono perché sentono i versi e gli odori degli animali del serraglio» gli aveva spiegato Omero, il vecchio giardiniere che compariva ogni tanto all'improvviso davanti a lui. «Quando il Pascià di Costantinopoli regalò a Giulio II la coppia di tigri che ancora si può vedere impagliata nella camera del cardinale Santi Quattro, faticammo a tenere lontani i lupi che quell'inverno si spinsero fin sotto le finestre del papa. È vero che aveva nevicato tanto, per settimane, ma i lupi erano attirati dai ruggiti delle tigri.»

Quelli erano i discorsi che poteva rimanere ad ascoltare per ore e che lo trasportavano in un mondo fantastico e senza tempo, così diverso da quello frenetico degli uffici vaticani dove transitavano solo affari scabrosi.

Si guardò intorno in cerca di Omero. Quanto gli sarebbe piaciuto incontrarlo adesso, lo avrebbe aiutato ad allontanarsi ancora di più dalla camera del papa, ma non si vedeva nessuno a perdita d'occhio, solo le cime immobili degli alberi contro il cielo che prendeva lentamente forza e colore. Anche volendo non avrebbe saputo dove cercarlo. Nessuno sapeva dove abitava, perché in Vaticano nessuno sapeva esattamente quante camere ci fossero e per quali strade o scale vi si accedesse. Era un labirinto dove si perdevano uomini e ricordi, e Omero sembrava tenere legati con le sue ossa quasi immateriali gli ultimi fili di quei ricordi. Diceva, ridendo, di essere diventato cieco perché da troppo tempo aveva lo sguardo rivolto all'indietro. La sua memoria arrivava fino alle giraffe inviate alla corte di Niccolò V, sbranate dagli orsi perché non erano state approntate delle gabbie di metallo ma solo un recinto di pertiche. Alla prima neve erano arrivati gli orsi e avevano fatto strage delle povere bestie.

Andrea aveva studiato tutti i bestiari della biblioteca e il suo massimo divertimento era quello di aggirarsi nei giardini segreti per immaginare gli animali esotici tra i lecci e i lauri della collina. Fu allora, mentre si abbandonava a quelle visioni, che per la prima volta percepì la forza del silenzio estivo. Un silenzio perfetto che avvolgeva Roma, ridotta a un fumo tremolante di torri e cupole bianche.

Immaginò quello stesso silenzio mentre avvolgeva il mare intravisto a occidente, oltre Ostia, immaginò il Mediterraneo delle favole antiche, delle ninfe e degli dei.

Anche le fronde degli alberi erano immobili, arrese al sole che cominciava a bruciare. Tra i rami, gli uccelli avevano interrotto il loro canto e perfino le cicale risparmiavano ogni sforzo. Fiordalisi nei radi spiazzi di prato incolto rimasto tra l'orto dei semplici e il bosco. Immobili sugli steli ingialliti.

Dalle querce che proiettavano ombre scure arrivava ogni tanto solo il timido rumore delle ghiande che si lasciavano cadere a terra esauste. Sul fianco nord della collina si alzavano i castagni carichi di ricci ancora verdi. Le loro foglie, sempre tremolanti contro il cielo, ora erano immobili.

Immobile era l'immenso corridoio di mattoni con al centro il suo teatro.

Immobile il cortile davanti all'esedra di Belvedere.

Sulla gigantesca pigna di bronzo posta al centro cominciava a luccicare il sole. Ma senza nessun rumore. Dal bordo della fontana dove si era rifugiato, poteva distinguere la disperazione del Laocoonte stretto dai serpenti in una delle nicchie del cortile. Disperazione teatrale ma muta. Si girò a fissare le gocce che scivolavano sullo scoglio coperto di muschio prima di perdersi nell'acqua della vasca, anche loro nel silenzio.

L'unico suono che poteva sentire o immaginare era quello provocato dal tumulto dei suoi pensieri che vorticavano tornando sempre allo stesso punto, alla stessa domanda bruciante: come poteva il papa suscitare in un momento tragico per i cattolici d'Europa uno scandalo che avrebbe provocato conflitti e morti, solo per ingrandire la sua famiglia? Per gratificare il figlio Pierluigi, un mostro di perversione che aveva stuprato perfino un giovane vescovo, per non parlare delle decine di crimini commessi ai danni di bambine e ragazzi da quando suo padre era stato eletto papa?

Malediceva il suo lavoro che lo aveva portato a vivere nell'archivio segreto, facendogli passare sotto gli occhi ogni sorta di documento impregnato della miseria dei potenti. Lettere e dispacci senza ipocrisie, che raccontavano uno squallido mondo molto più efferato di quanto potessero immaginare la più scandalosa invettiva di Pasquino e il più feroce dei pettegolezzi che strisciava tra i banchi dei mercati.

Immerse la mano nell'acqua fresca per allontanare con la violenta sensazione di piacere i pensieri angosciosi. Durò solo un istante. Gli occhi si riaprirono sulla statua poggiata sull'acqua. Una Venere accoccolata che si raccoglieva i capelli con le mani, lasciando scoperte le natiche morbide, i seni pieni e il pube appena segnato tra le cosce. Era inevitabile che la mente andasse ora a Giulia Farnese, la bellissima Giulia che aveva concluso la sua vita sposando un gentiluomo napoletano povero ma dotato di un membro tale da assurgere a leggenda oscena tra le donne d'Italia di ogni condizione. Almeno così aveva raccontato a Isabella d'Este il suo ambasciatore a Roma. Andrea si era chiesto più volte, leggendo quella incredibile lettera, se Isabella avesse invidiato o commiserato Giulia.

Certo la bellezza sembrava averla vinta sull'eleganza, se davvero Giulia era quella stessa donna che aveva visto santificata per l'eternità nelle volte del palazzo Vaticano. Era diventata una Madonna addirittura. Il ricordo di Isabella invece già sbiadiva con le lettere stipate e dimenticate negli archivi delle corti italiane.

Come affrontare un mondo così lontano da quello che si

era aspettato? Aveva sperato di trovare tra quelle mura un rifugio sicuro alla violenza della vita, ma in quei palazzi la violenza si concentrava ancora più spietata che in ogni angolo del mondo. Com'erano diversi i potenti, scandagliati e messi a nudo dalle informative diplomatiche, dagli uomini raccontati nei libri che aveva divorato. Nel monastero non c'erano state balie né madri a intrattenerlo e raccontargli il mondo. I frati lo avevano tenuto a bada lasciandolo in compagnia dei libri. Ovidio e Cesare gli erano familiari come a un altro bambino la palla di pezza o il cavallo di legno. Era cresciuto in un mondo di virtù e di eroi e si era aspettato di entrarvi finalmente da grande. Era finito in un incubo di cinismo e di perversioni, appena nascosto dal trono di Pietro. Biagio cercava a suo modo di proteggerlo da quel male, ricordandogli che doveva prestare al papa i suoi occhi e non il suo cuore. Che avrebbe lentamente capito com'era il mondo e avrebbe imparato con il tempo ad apprezzare il bene e la necessità del governo. Ma quel tempo non gli era mai sembrato tanto lontano.

Avvertì un rumore leggero alle sue spalle, una presenza più che un rumore. Sullo scoglio di travertino da cui zampillava l'acqua si erano posate due tortore che tentavano di coglierne gli schizzi con il piccolo becco chiaro. Si erano posate in alto per paura della sua presenza, ma stentavano ad arrivare all'acqua. Si alzò sorridendo per lo sforzo dei due uccelli e si allontanò per lasciarli liberi di bere poggiati sul bordo della vasca. Era forse già trascorsa l'ora che aveva avuto libera, e doveva ancora passare nella biblioteca a prendere il libro per Biagio. Discese la collina per raggiungere il sentiero che fiancheggiava le mura. Cambiò idea a metà strada pensando che fosse troppo tardi per riattraversare il giardino e salì la gradonata che portava all'ingresso del corridoio di Bramante. Da lì avrebbe raggiunto i palazzi e la biblioteca percorrendo in piano il terzo loggiato in cima al corridoio. La lunga galleria dove una squadra di artisti stava dipingendo le mappe del mondo conosciuto e del Nuovo Mondo era luminosa ma fresca a tutte le ore. Le mura spesse trattenevano l'aria che arrivava dal nord, rinfrescata dall'ombra della facciata dove non batteva mai il sole. Lungo il corridoio si vedevano a intervalli di cinquanta, sessanta passi i palafrenieri in piedi o seduti montare la guardia per i pochi uomini che l'attraversavano. Si trattava per lo più di persone che vivevano in Vaticano, camerieri, scrittori, abbreviatori apostolici addetti alle pratiche di Curia, ma anche artigiani che lavoravano nei laboratori intorno alla palazzina di Belvedere dove fabbricavano vetrate, profumi e altre merci troppo raffinate per trovarle nelle botteghe oltre il Tevere. Aveva appena percorso pochi passi quando una mano energica lo afferrò per la spalla. «La mia padrona vuole offrirti un passaggio nella sua lettiga.»

Rosso in viso Andrea si girò e vide ferma in mezzo al corridoio, poco oltre l'ingresso appena attraversato, una lettiga circondata da tre robusti uomini con le mani ferme sulle assi di rovere, diventate lucide e lisce all'impugnatura per la lunga usura. Il quarto continuava a impugnare la sua spalla senza lasciargli scampo. Una piccola mano bianca spostò dall'interno la tendina di pizzo facendone uscire un profumo di gelsomino che si fuse all'aria del giardino entrata dalle finestre aperte. «Perdonatemi signore ma devo raggiungere in fretta la biblioteca per ordine di mastro Biagio, il segretario di Sua Santità.»

Dalla lettiga arrivò prima una risata armoniosa come un accordo musicale. Poi la voce ancora più melodiosa di una donna giovane. «Ci arriverai prima con noi alla biblioteca. Il tuo zelo non ne risentirà. Non ti hanno ancora detto che le lettighe non mangiano i ragazzi?»

La mano sulla sua spalla lo aveva spinto già fino alla cabina profumata. La porticina si aprì sul volto di Vittoria Farnese, la sorella del cardinale Alessandro e del duca Ottavio, unica nipote femmina del papa.

In lei la natura aveva concentrato la bellezza della dinastia Farnese come tra i suoi due fratelli aveva diviso l'astuzia dall'imbecillità. Aveva una rete d'argento tra i capelli raccolti in maniera da lasciare tutto libero il collo. I denti in mostra nel sorriso erano bianchi come perle. Se non fossero stati verdi invece che neri gli occhi dal profilo di mandorle, avrebbe detto di trovarsi di fronte a Giulia sua zia, tanto forte era la somiglianza tra l'apparizione che gli stava di fronte e la donna che aveva visto ritrarsi all'annunzio dell'angelo nella volta della camera del papa.

Senza respiro, spaventato dal rumore del cuore che gli batteva in petto, Andrea atterrò sull'altro sedile della lettiga spinto dall'uomo alle sue spalle. Lo spazio così angusto della lettiga obbligava le sue ginocchia a sfiorare quelle di Vittoria, coperte da un tessuto di damasco verde su cui erano state ricamate foglie d'oro alternate a fiori di perle. Eppure, attraverso il raffinato intarsio tessile poteva sentire le ginocchia calde della giovane contro le sue. Si avvilì al pensiero meschino che gli attraversava la mente. Aveva trascritto lui stesso sui conti della speseria segreta il costo di quel vestito. Trecento ducati gli erano sembrati un'enormità, il costo di una casa di tre camere. Ora che li vedeva cuciti addosso a Vittoria pensava che nessuna somma fosse mai stata spesa meglio.

Sperava che l'odore primaverile emanato dalla pelle della ragazza coprisse il leggero afrore caprino che esalava dalle sue ascelle. Ma a farlo vergognare di più non era tanto la consapevolezza di non essersi lavato da tre giorni, quanto il ricordo del piacere che aveva preso trascrivendo i lazzi ingiuriosi di Pasquino contro quella celestiale figura.

La ragazza, per la sua bellezza e per la sua solitudine, era diventata da anni il bersaglio prediletto della ferocia popolare contro la famiglia del papa. Nelle numerose invettive fatte ritrovare da Pasquino nei luoghi più frequentati di Roma, Vittoria era oscenamente ritratta nelle attitudini più mortificanti. Vittima dell'avidità della famiglia che non voleva maritarla perché nessun partito sembrava abbastanza ricco, la ragazza smaniava tormentata da un'esuberanza erotica che rinverdiva la leggenda della zia Giulia.

Eccola un giorno accusata, da fogli passati di mano in mano da eccitati fruttaroli di Campo dei Fiori, della pratica di trastullarsi con le fave più rigogliose del mercato. Un altro giorno, tra sorrisi ammiccanti e complici, i senatori che si recavano in Campidoglio si passavano anonime denunzie incollate alle colonne del portico, secondo le quali la nipote del papa si era data contemporaneamente a cinque stallieri negri per spegnere l'insopportabile sete d'amore che la infoiava. E via dicendo in decine e decine di invettive raccolte scrupolosamente dagli agenti vaticani e classificate dallo stesso Andrea, che ora la guardava vergognandosi di aver toccato e sorriso di quei fogli. Come se quel gesto lo avesse reso complice della spietata crudeltà popolare, più propensa ad accanirsi contro una ragazza che sui suoi parenti mostruosi.

Oltre a essere bella come aveva già constatato incontrandola altre volte nelle anticamere del papa, Vittoria si mostrava adesso anche delicata e magnanima al punto da lasciargli il tempo di digerire il proprio imbarazzo.

Quale destino aveva potuto portarlo a incontrare per la prima volta una donna facendolo imbattere in quella più bella del mondo? Ma doveva rispondere, lei già lo interrogava mentre lo accarezzava con lo sguardo. «Tu sei Andrea, il bravissimo archivista di palazzo. Gli occhi nuovi del vecchio Biagio.»

Si fermò per dare il tempo al ragazzo di annuire con la testa e sibilare con le labbra tremanti un sì che non produsse nessun suono.

«Dicono che la tua discrezione e la tua fedeltà al maestro siano la cosa più vicina al miracolo accaduta in Vaticano negli ultimi cento anni.»

Il sorriso divertito con cui aveva accompagnato quella frase la rese leggera come un seme di soffione sospeso in aria a primavera. Fu una sorpresa per Andrea, che aveva visto donne pregare con devozione in chiesa, abbassare con umiltà la testa davanti agli uomini o lanciare sguardi velenosi alle loro spalle: ma mai sedurli con una conversazione. Il seme si impigliò subito nel suo cuore e cominciò a fecondarlo.

La lettiga si era messa in moto retta dalle braccia dei quattro portatori che l'avevano sollevata da terra senza provocare nessuno scossone, quasi fosse piena di piume e non dei due giovani. Vide sfilare sul lato le finestre aperte del corridoio.

A un leggero tocco della mano di Vittoria sullo sportello, la lettiga si sollevò ancora. Gli energumeni avevano poggiato le stanghe sulle spalle di modo che i due passeggeri furono sottratti alla vista di chi sostava o attraversava il corridoio. Vittoria si raddrizzò sulla schiena trovandosi vicinissima a lui. Le ginocchia si intrecciarono per un momento, poi la ragazza ritirò le sue da quelle di Andrea con un gesto lento che fece scorrere la sua gamba contro quella dell'altro per un tempo interminabile, durante il quale i suoi occhi divenuti imploranti si mantennero fissi su quelli di lui. Andrea non sapeva perché lo guardava in quel modo non avendo nulla da farsi perdonare, ma quell'espressione timida, imbarazzata e indifesa, e nello stesso tempo resa audace dal contatto delle gambe, gli provocò un tale slancio di tenerezza che fu preso dalla voglia di buttarsi alle sue ginocchia, se appena ci fosse stato un po' più spazio nella lettiga.

Forse quell'intimità forzata e non prevista metteva in imbarazzo Vittoria. Il viso le divenne rosso, e spinta da uno scossone della lettiga che Andrea non avvertì, ma solo perché era troppo preso dalla sua emozione, Vittoria gli finì quasi in braccio premendo il seno sul petto di lui e girando il collo con un'esclamazione soffocata, tanto che il giovane ebbe il tempo di perdersi lungo la linea bianca della nuca di cui vide la peluria leggera sfumare all'attaccatura dei capelli.

Quando la ragazza ritrovò la sua posizione sul sedile, aveva il viso in fiamme e gli occhi bassi. Parlò premendosi sulla bocca i guanti di vitello impregnati di un profumo aggiunto già nella concia. «È stata un'avventatezza farvi salire sulla mia lettiga, perdonatemi vi prego Andrea, la fama della vostra generosità mi ha spinto troppo oltre i limiti della decenza.»

Andrea scuoteva la testa stordito. Cercava di non respirare per trattenere ancora nelle narici il profumo della sua nuca e sul petto l'impronta che vi aveva impresso lei con il suo. Il tormento della ragazza gli divenne insopportabile. «No, vi prego, non dite così, nessuna avventatezza, sono ai vostri piedi.»

Si maledisse per la frase così stupida e per non aver trovato niente di più gentile da dire, ma lei gli venne subito in aiuto aggrappandosi più alle intenzioni che intuiva nel suo cuore che alle parole semplici che gli erano uscite dalla bocca. «È che sono disperata!»

Le ciglia brillavano di lacrime che lasciarono una macchia scura sui guanti. Andrea fece per allungare le braccia verso di lei ma si trattenne all'ultimo momento. La commozione stava per avere il sopravvento anche su di lui.

Vittoria se ne accorse e, dopo un rapido sguardo verso la tendina che l'avvertì di essere quasi arrivata alla fine del corridoio, riprese a parlare con aria più risoluta. Questa volta gli occhi ancora umidi si erano fatti imploranti. «Il fatto è che mi è giunta voce che mio padre, per calmare la rabbia dell'imperatore per la cessione del ducato di Parma a lui e non a mio fratello Ottavio, ha deciso di passare a Ottavio anche il piccolo ducato di Camerino, insieme a quello di Castro che gli era destinato negli accordi precedenti. Quel piccolo ducato è la mia dote. Il duca di Urbino, Guidobaldo della Rovere, mi ha chiesta in moglie.»

Si fermò accorgendosi che Andrea la guardava con aria interrogativa senza afferrare il significato di quella trattativa che a lei sembrava chiarissimo. Riprese sforzandosi di sorridere e rallentare il fiume di parole che le usciva dal cuore. «Il ducato di Urbino è confinante con il piccolo ducato di Camerino. Con il matrimonio, i due possedimenti sarebbero stati unificati. E il duca Guidobaldo è un degnissimo partito, non avrei potuto aspirare a niente di meglio. Ma l'imperatore, spinto dalla figlia Margherita, pretende che il ducato di Parma sia concesso a Ottavio, e mio fratello e mio padre, per placarlo, hanno deciso di sacrificare la mia dote e di aumentare il risarcimento di Ottavio e sua moglie Margherita.» Si fermò guardando fisso negli occhi Andrea. Era pronta alla rivelazione che gli avrebbe lacerato il cuore. «Se questo è vero, io sarò destinata a un futuro infelice. Andrò in moglie al principe di Saragozza, un nipote dell'imperatore vecchio e malato.»

Andrea cominciava a capire e aveva assunto un'espressione desolata trascinato dal dolore di Vittoria, ma non capiva ancora cosa c'entrava tutto questo con lui. «Devo sapere se davvero questa proposta è stata inviata a Carlo V. In tal caso devo incontrare mio nonno prima che venga ratificata la cessione del ducato, entro un paio di giorni al massimo, e convincerlo a promettere a Guidobaldo, in cambio del piccolo ducato di Camerino, un cappello cardinalizio per il fratello minore Francesco Maria. Lui mi ha fatto già sapere che potrebbe accettare la nomina in luogo della dote, in risarcimento della privazione di Camerino. Devi solo copiarmi la lettera in archivio. Soltanto questo, perché possa recarmi da mio nonno. Sono certa che mi aiuterà. Non so neppure se è a conoscenza di questa manovra di mio padre e mio fratello.»

Come se quella richiesta le fosse costata uno sforzo sovrumano, Vittoria fu sopraffatta dall'emozione e si aggrappò alle mani di Andrea. Lacrime nuove e ancora più luccicanti presero a scorrere dai begli occhi verdi, senza che nessuna mano le fermasse, scivolando veloci lungo il collo fino a perdersi tra i seni.

Singhiozzando trovò ancora la forza di evocare l'orrore di un destino che la consegnava al vecchio principe di Saragozza. «Non è solo la sua vecchiaia a spaventarmi, quanto la sua cattiveria. Immaginati cosa sarebbe la mia vita in un paese straniero in balia di un vecchio crudele.»

Andrea le strinse le mani fino a farle male all'evocazione di quel destino mentre tra le vampate dell'emozione cominciava a intuire il motivo della sua presenza in quella lettiga. Nonostante lo stato confusionale da cui non riusciva a emergere, intravedeva l'enormità di quella richiesta. Avrebbe dovuto tradire Biagio, il suo maestro, la fiducia che gli aveva sempre mostrato. Ma in quel momento Biagio era lontano, incatenato alla cupezza dei ricordi del mattino. E di fronte a lui c'era Vittoria, un angelo in preda alla disperazione che solo lui poteva salvare. Gli occhi imploranti non gli davano tregua. Non gli davano tregua la mano che stringeva la sua e il respiro affannoso che sollevava il petto alla ragazza spingendo in alto il broccato apertosi accidentalmente su una striscia ancora più bianca della sua pelle lucente.

I seni erano stati l'arma imbattibile di sua zia Giulia. La sua bellezza era diventata leggendaria dal giorno in cui a un festino, accondiscendendo all'invito del cardinale di Sanseverino, si era sbottonata il corpetto per accogliere i confetti che i commensali le lanciavano. Ne fermò otto, insieme al respiro di altrettanti uomini. Vittoria era molto vicina ad Andrea e il suo seno, altrettanto bello di quello della zia, poteva suscitare reazioni ancora più sconvolgenti. Andrea se ne rese conto quando sentì i lacci della patta diventare improvvisamente stretti tanto da provocargli un piacevole acuto dolore. Accadeva contro la sua volontà e fu invaso dal terrore. Non aveva le brache dei ricchi con la provvidenziale conchiglia, che avrebbe potuto accogliere discretamente l'esuberante reazione dei suoi diciassette anni al cospetto di quella bellezza. Le sue brache avevano davanti una brachetta agganciata con semplici lacci che non opponevano nessuna resistenza al crescere del desiderio.

Si chinò in avanti per nascondere a Vittoria quel cedimento alla bestialità e per un attimo gli sembrò addirittura di veder dardeggiare gli occhi della ragazza verso quella parte del corpo che cercava di nascondere.

La voce di lei diventò improvvisamente risoluta, conservando allo stesso tempo una sfumatura implorante. «Vieni oggi pomeriggio al bosco dei ciliegi. E non avere paura.»

Con le dita sfiorò le guance bollenti di Andrea e poi si girò verso il giardino per dargli il tempo di riaversi. Anche Andrea seguì il suo sguardo e si perse nell'azzurro del cielo, con l'impressione di stare sospeso sulla cima degli alberi oltre la finestra aperta. La voce ritornò carezzevole a ripetergli quello che aveva già chiesto, per accertarsi di essere compresa appieno. «Devi soltanto leggere la lettera che mio fratello Alessandro ha indirizzato all'imperatore. Sincerarti che abbia davvero offerto di destinare a Ottavio anche Camerino. Solo questo per aiutare una povera ragazza tormentata dal destino.»

L'espressione afflitta del giovane le confermò che avrebbe esaudito il suo desiderio e che era pronto a esaudirne di ancora più temerari.

Con quel che rimaneva del suo raziocinio Andrea stava pensando che la porpora cardinalizia transitava di nuovo per il letto di una donna Farnese e, cosa davvero inaspettata, che non provava nessuno scandalo per quel maneggio. Ciò che cercava di capire era quanto grave sarebbe stato tradire il suo maestro per accontentare Vittoria. In fondo lei gli chiedeva soltanto di leggere una lettera che era a sua disposizione nell'archivio, non di trafugarla. E poi sentì una fitta di vera pena al cuore per quella ragazza che non poteva fidarsi della sua stessa famiglia, dei suoi stessi fratelli. Quanto doveva essere infelice.

Il pensiero affiorò nei suoi occhi limpidi in cui Vittoria leggeva come in un libro aperto. Si fece ancora più insistente anche perché la lettiga era arrivata in fondo al corridoio e gli uomini aspettavano immobili il suo segnale per abbassare la cabina. «Andrea, pensa a Paride e alla promessa che gli fece Venere, io non potrò darti l'amore eterno ma posso farti conoscere la felicità per qualche ora. E tu sai che c'è chi è disposto a morire per molto meno. Se tu leggerai questo documento per me, non te ne pentirai. Oggi, quando tutti saranno occupati nel Concistoro, raggiungimi nel bosco dei ciliegi, io sarò lì ad aspettarti. Ti prometto che non ti pentirai del servizio che mi stai rendendo.»

Come se lui avesse già accettato accostò la bocca alla sua fino a sfiorargli le labbra. Andrea sentì il sapore di mandorle e ferro che emanava da quel frutto morbido appena dischiuso. Vittoria si ritrasse e batté le nocche sullo sportello senza smettere di guardarlo. La lettiga calò dolcemente al suolo consentendogli di rotolare agilmente fuori.

Andrea atterrò sul corridoio con in cuore la stessa disperazione che ebbe Adamo scaraventato fuori dal paradiso terrestre.

9

Uscito dalla locanda, l'uomo si inoltrò in un dedalo di viuzze che sembrava avvolgersi su se stesso. Le case basse si fronteggiavano a poca distanza l'una dall'altra tanto che gli sporti di legno dei tetti si toccavano, impedendo al sole di rischiarare i vicoli umidi e maleodoranti. Raggiunta la strada più larga svoltò a sud dove si intravedeva un palazzo di pietra attaccato alla facciata di una chiesa. Era nel quartiere di Campo Marzio, una volta luogo delle esercitazioni militari di giovani romani e ora area dove una nuova città di banchieri e di mercanti cercava di rinascere facendo invidia al resto d'Italia. Arrivato a pochi passi dal palazzo, ne vide altri, con le facciate bianche e ben proporzionate. Uno di questi aveva al pianterreno quattro botteghe tutte uguali, a fianco di un portale con una ghiera di bugne giganti incastrata tra lesene appena aggettanti. Il contrasto con le casupole di legno e tufo che lo circondavano lo rendeva ancora più imponente. Fuori dalla bottega, nell'angolo sinistro, sporgeva un'insegna di ferro battuto con una grossa campana. La bottega era chiusa e nella piazza prospiciente il palazzo ciondolavano poche persone insonnolite.

Il tempo passava e non ce n'era più tanto davanti. Avvicinatosi alla bottega dello speziale, guardò i battenti del gioielliere a fianco, solo accostati. Il proprietario del palazzo aveva voluto che tutte le botteghe fossero uguali tra loro, con uguali finestre e identici sportelloni in legno, era la nuova moda di Roma che esigeva ordine e rigore perfetti. Si sentivano arrivare dall'interno rumori fiochi, un picchiettio svogliato di martello su lamine di metallo. Spinse il battente e infilò dentro la testa. C'era un uomo seduto accanto a un tavolo ricoperto da una lastra di marmo bianco. Stava ripassando una lama o una striscia d'argento sul fornello acceso per poi poggiarla sul tavolo e batterla con un martelletto scuro che teneva nell'altra mano. Un ragazzo, quasi un bambino, scalzo e con addosso una camicia di colore indefinito, stava raccogliendo da terra i rifiuti della cena con una spazzola di saggina. Dal fondo della bottega arrivava la voce di un vecchio, lamentosa e insistente, ignorata dagli altri due. I tre vivevano nella parte retrostante della bottega, dove custodivano l'oro e le pietre che lavoravano. Una finestra sul retro dava sul cortile del palazzo, arieggiando la bottega e l'abitazione. Oltre le grate si intravedeva il verde luminoso di un giardino ben curato.

L'uomo seduto staccò gli occhi solo per un momento dal lavoro, poi con tono cantilenante, privo tanto di astio quanto di cortesia, avvertì quella testa bionda che si era sporta dal battente accostato. «È ancora presto. Tornate più tardi, tra un'ora almeno. Vi serviremo di tutto quanto volete.»

L'altro non si fece scoraggiare dall'invito. Come se avesse udito il contrario spinse oltre il battente la mano aperta con dentro uno scudo luccicante. Parlò in tedesco, con la mano tesa, pensando che questo avrebbe semplificato il dialogo riducendo le informazioni che doveva scambiare con l'artigiano. Con lo sguardo fisso sullo scudo, l'altro fece ciondolare la testa per significargli che non capiva il tedesco. «Niente tedesco.»

Iniziò allora in latino, con una voce gentile che sembrò fuori posto in quel corpo così massiccio. Questa volta l'orefice posò il martello e si rivolse alla voce che continuava a lamentarsi cantilenando nel retrobottega. Comparve un uomo anziano corpulento, con indosso brache di panno nere più che decorose e una camicia non del tutto allacciata sulla pancia gonfia. «Eccone un altro che è arrivato pensando di trovare Giulio Cesare e le legioni marciare intorno al Colosseo. Non capiamo il latino, solo i preti lo capiscono. E neppure loro ormai, la maggior parte non sa neppure più leggere. Di cosa avete bisogno? Cercate un ricordino da portare in Germania?»

Mentre parlava il vecchio gioielliere si avvicinava al cliente. Aveva riconosciuto nei tratti distinti del forestiero la possibilità di un buon affare. Sillabò con la massima cortesia possibile un «non conosciamo il latino».

Poi, sembrandogli troppo desolata l'espressione dello straniero, azzardò un «Quod necessitate?».

L'uomo aprì la mano sinistra dove teneva racchiuso l'anello e se lo portò all'indice destro infilandolo senza nessuno sforzo. Fu subito chiaro di cosa avesse bisogno. Il vecchio aveva finito di allacciarsi la camicia e si girò intorno in cerca del bambino. Lo vide fermo vicino alla porta con in mano il secchio dove aveva raccolto i rifiuti, incerto se correre fuori a rovesciarli sul carro dei pastori che li raccoglievano per i maiali. «Portami la lente, che fai lì impalato?»

Il tono era diventato molto più severo. Poi rivolto di nuovo all'uomo «Dobbiamo restringerlo? Va bene, è un lavoro delicato, vi costerà più di quel ducato d'oro. Venite però stasera a riprenderlo, adesso vi misuro il calibro del dito. Portami anche gli anelli di rame, sono nel credenzone, l'ho già aperto.»

«No. Ora.»

Il tono non ammetteva repliche ma il vecchio non si scoraggiò. «Ha molta fretta lo straniero.»

E intanto si rigirava tra le mani l'anello avvicinandolo alla lente che aveva poggiato sul naso. Un vetro veneziano montato su piede d'argento. Degno della sua fama, comprese subito il valore dell'anello. «Un diaspro verde. La pietra dei martiri. Scavato magnificamente. Avrei detto che fosse una pietra antica se non avesse sopra un simbolo cattolico. Il calice e l'ostia. Ormai si vede sempre più spesso questo simbolo. Negli altari, nei dipinti. Chi l'avrebbe detto che Roma sarebbe tornata di nuovo così fervente. Neppure venti anni fa fondevamo gioielli pagani anche per i papi. Venere e Amore, perfino Giove e Ganimede per Giulio II. Ma i tempi sono cambiati in fretta. Dagli un'occhiata.»

Fece pochi passi e lo poggiò sul tavolo dove stava seduto a lavorare il più giovane. Lui non aveva bisogno di lenti per valutarlo. «Una pietra magnifica. Lavorata certamente a Firenze. Un diaspro sì, quello dei martiri. Sembrano davvero gocce di sangue i puntini rossi. Il principe Massimo darebbe un occhio per aggiungerlo alla sua collezione.»

Guardò il vecchio sollevando in un sorriso obliquo metà della bocca. Certo che lo straniero non avrebbe capito le sue parole e tanto meno l'intenzione che celavano. Sostituire quella pietra con una copia in vetro, facile da incidere con una mola. E vendere l'originale al principe Massimo, il maggior collezionista di gemme di Roma. «Lascia perdere, questo non si muoverà di qua fino a che non riavrà l'anello. È tedesco e malfidato. E poi guardalo bene. L'ostia è incisa in maniera esagerata. Un lavoro da virtuoso, nessuna mola potrebbe arrivare così in fondo e levigare così bene i bordi. Accontentati dei sei ducati che possiamo chiedergli per restringere l'anello.»

Il ragazzo emise un sibilo di stupore appena trattenuto. Sei ducati per restringere un anello, perfino lui così giovane, dopo tre anni passati in quella bottega ad accendere e spegnere fornelli, pulire pavimenti e macinare frammenti di pietre da vendere ai medici e agli speziali, poteva capire che era un prezzo esorbitante. Ma con gli stranieri si poteva fare, e la loro bottega per fortuna era collocata sulla via di San Pietro e aveva i ricordi più preziosi e più cari che si potessero trovare in città.

Il monaco non sembrava sorpreso. Ora era dentro la bottega e poggiava fiducioso la mano sinistra sul fianco rassicurandosi a contatto della pistola, sapeva che per gioielli di minor valore molti forestieri non avevano rivisto casa. Poi, ostentando una sicurezza che cancellò dalla mente del vecchio gioielliere ogni tentazione di truffa, allargò il palmo della mano destra. «Quattro ducati.»

Aveva scandito la cifra in un italiano più che comprensibile seppure stentato.

«Va bene per quattro. Questo ha l'aria di non voler discutere. Prendi le pinze, lo facciamo subito.»

Il vecchio si avvicinò al bancone accanto alla finestra con un passo diventato inaspettatamente molto energico e diede una spinta al portellone per far entrare più luce. La solida grata di ferro proteggeva il banco di lavoro dall'esterno lasciando vedere all'opera il gioielliere per invogliare i clienti. Strinse l'anello in una morsa fissata al bancone e prese a tagliarlo muovendo un piccolo trapano ad arco con scatti regolari. Il pollice e l'indice con cui stringeva l'arco sembravano anch'essi una morsa d'acciaio. «Anche l'oro è di ottima qualità, e lo spessore eccezionale per un anello. Deve essere un anello di un cardinale, o di un banchiere.»

Il forestiero in piedi accanto a lui seguiva con gli occhi il lavoro mostrando per il resto l'espressione vuota di chi non comprende la lingua. Quando la lama aveva quasi tagliato del tutto l'oro, entrò una donna con capelli neri come la pece e denti ancora tutti sani in una bocca lucente come seta siriana. «Buongiorno mastro Lorenzo. Vi ho portato delle pere appena colte dall'orto. E un melone arrivato da Lunghezza, è dolce come miele, sentite che profumo.»

Lo accostò al viso del vecchio senza staccarlo dai seni che scoppiavano nel corpetto azzurro. La camicia bianca che avrebbe dovuto coprirli era aperta e ne metteva in risalto il colore ambrato dovuto al sole della campagna. Il profumo sembrava arrivare dalla sua pelle liscia invece che dalla frutta. Il vecchio lasciò andare un sospiro di desiderio senza interrompere il lavoro. Arrivò quasi di corsa il suo assistente. In piedi sembrava più vecchio dei suoi trent'anni. Le spalle erano curve per il lavoro sedentario, e una pancia prominente, innaturale su quel corpo magro, spingeva avanti la giubba di cuoio. Solo le braccia, tornite e coperte sulle spalle da una casacca di tela, mostravano tracce di vigore giovanile. «Falle sentire a me quelle pere, Caterina, lo sai che mastro Lorenzo ormai ha il naso sempre a terra.»

Prima che la ragazza potesse rispondergli aveva allungato la mano infilandola tra il melone giallo e i seni. Ma la giovane scartò indietro girando il busto con violenza. Se l'altro non avesse ritirato subito la mano avrebbe potuto spezzargliela. «Giù le mani, Agostino. Le pere che vuoi sentire tu sono molto più costose. Tu non te le puoi permettere.»

«E per chi le conservi allora? Lo sai che la frutta appassisce, soprattutto quando nessuno la coglie.»

«Tu preoccupati della tua di frutta. Ci sono uomini più generosi di te a Roma.»

Guardò il forestiero impigliandosi nei suoi occhi azzurri e nella bocca carnosa. Poi vide il saio marrone che lo copriva e si vergognò dei suoi pensieri. Sorrise confusa e ritornò al vecchio. «Allora mastro Lorenzo. Le prendete o no queste pere, e il melone? Sapete che con il caldo il melone è un portento. Sono sicura che se entro nell'androne, il principe Maccarani non si farà sfuggire una meraviglia del genere.»

«Di questo puoi star certa, Caterina, il nostro padrone di casa ne mangia tutti i giorni di queste meraviglie, e anche più acerbe però. Ieri ha fatto salire la figlia di Lucrezia la sediara, che ha appena compiuto undici anni.»

Mastro Lorenzo scoppiò in una risata cattiva alle sue stesse parole, come se la ragazza fosse colpevole della lussuria del principe o del sacrificio della bambina. O forse solo per ricordarle che prima o poi avrebbe finito anche lei a dover cedere alla prepotenza di uomini meno gentili di lui. Poi l'amarezza comparsa sul volto di Caterina arrivò al suo cuore di vecchio non del tutto pietrificato e si pentì. Il tono divenne paterno. «Lascia pure la frutta a Matteo che la porta nella dispensa. Prendi due giuli, e torna sempre quando hai frutta così bella. Buona giornata.»

La ragazza poggiò la frutta nel cesto di corteccia che Matteo aveva tra le mani. Poi prima di uscire accarezzò veloce le guance lisce del bambino che la guardava pieno di ammirazione. «Addio Matteo, impara presto a fare gli anelli così ne potrai dare uno bellissimo alla tua innamorata.»

Lo straniero si lasciò scappare un sorriso che animò la bella bocca ammirata dalla ragazza e le lanciò un saluto con un cenno degli occhi. Quelle parole così gentili le aveva capite o forse sorrideva solo per il bel viso di Caterina.

Lei lasciò la bottega contenta per aver venduto la frutta e più contenta ancora di aver incontrato un religioso che non si era mostrato arcigno verso le sue fantasie di ragazza. E per giunta così bello.

«Ecco, l'anello è aperto. Se volete possiamo restringerlo rigirando il superfluo e ingrossando il cerchio, verrà ancora più massiccio, fino a perdere di bellezza. Oppure posso tagliarne un pezzetto, staccarlo e poi saldarlo. Naturalmente il pezzo amputato vi sarà restituito.»

Guardava l'uomo aspettandosi una risposta ma lui non si tradì. Si limitò a sollevare in maniera interrogativa le sopracciglia ben disegnate. «Questo non capisce, c'è il rischio di rimanere tutto il giorno qui a discutere. Va bene, decido io, un anello così bello non può esser guastato per risparmiare fatica e perché un testone tedesco arriva a Roma senza parlare una parola d'italiano.»

Riprese a segare un altro frammento di anello così da poterlo poi saldare senza ingrossarlo. Il forestiero, che aveva capito benissimo, approvò quella decisione con un gesto chiaro della testa. Non si sarebbe mai aspettato di trovare un tale amore per il lavoro in un uomo che, se avesse potuto, l'avrebbe derubato di tutti i suoi soldi.

Era evidente che a Roma gli uomini avevano molto più rispetto per la bellezza che per l'onestà.

Quando lasciò la bottega dell'orefice i battenti degli altri commerci erano ancora chiusi. Aveva perso poco più di mezz'ora, la città si rianimava. Le finestre delle case cominciavano ad aprirsi e il sole aveva scavalcato il tetto del palazzo Maccarani stampando sulla piazza la sagoma sbilenca del profilo disegnato con coraggiosa eleganza da Giulio Romano.

L'orefice gli aveva detto di tornare indietro e svoltare a sinistra al primo cantone per il convento di Sant'Agostino. Avrebbe trovato una fontanella con un vecchio rilievo di una scrofa che dava il nome alla strada e si sarebbe trovato davanti alla chiesa con l'annesso convento. Impiegò solo pochi minuti per compiere il tragitto. Di fronte ebbe per tutto il percorso un palazzo di straordinaria bellezza, piccolo ma perfettamente proporzionato. Un portone fiancheggiato da colonne, e sulla facciata liscia finestre in pietra scolpite con disegno tagliente. Lo sguardo era attratto dal cortile che si intravedeva oltre l'elegante ingresso. Felci intorno a una fontana e un portico bianco di colonne. Quando fu più vicino poté distinguere addirittura tra gli archi del cortile delle teste di imperatori dipinte così bene da sembrare scolpite.

L'immagine gli risultò piacevolmente familiare e sorrise cercando di ripescare nella memoria quei profili così impressionanti, già visti forse in qualche disegno. Quando il ricordo di quelle teste smise di galleggiare per ancorarsi a una serie di fogli ammirati molto tempo prima in una raffinata incisione, il cuore ebbe una accelerazione improvvisa che gli fermò il respiro in gola. Di fronte a lui c'era il cortile degli imperatori dipinto da Polidoro da Caravaggio e Maturino nella casa dei Baldassini. Il palazzo era stato acquistato appena cinque anni prima dal Nunzio apostolico a Venezia Monsignor Giovanni della Casa, che gli aveva poi mostrato compiaciuto i disegni dell'edificio di cui andava fiero. Se fosse tornato ora a Roma, per qualsiasi accidente, e fosse uscito da quel palazzo a pochi passi da lui, lo avrebbe potuto senz'altro riconoscere. Sarebbe stata la fine della missione. Si abbassò con un gesto rabbioso il cappuccio del saio fino alle sopracciglia e solo quando ebbe svoltato nel vicolo di Sant'Agostino il sangue tornò a circolargli nelle vene.

Salì svelto le scale davanti alla facciata di pietra e infilò il portone di destra da cui usciva l'odore forte di incenso e di gigli. Si avvicinava l'Assunzione e le chiese di Roma erano piene dei fiori che celebravano la purezza della Madonna. A sinistra dell'ingresso vide una scultura circondata da candele e da ex voto di ogni tipo. Piastrine metalliche appese ovunque e quasi tutte decorate con sagome di bambini. La scultura rappresentava una donna, era antica eccetto la testa rifatta in epoca moderna. Aveva il paludamento pesante e accurato di una matrona romana, ma da secoli era venerata come una sant'Anna patrona delle partorienti. Le donne romane in procinto di sgravarsi passavano ore inginocchiate davanti a lei. Ora ce n'era soltanto una, ma così gonfia che l'uomo non poté fare a meno di chiedersi con quale forza era riuscita a spingere il ventre immenso su per le scale della chiesa.

La navata centrale era larga e luminosa, tanto diversa dalle chiese cupe dei paesi nordici. La luce entrava dal rosone della facciata e arrivava fino all'abside facendo scintillare i marmi colorati del pavimento perfettamente puliti. Nelle navate laterali si aprivano cappelle semicircolari con altari splendenti per le molte candele.

Camminò piano verso il transetto dove doveva aprirsi la porta che immetteva al convento retrostante. Passò in rassegna le cappelle e le immagini che contenevano. Una statua di san Giovanni, un Cristo crocifisso, un dipinto rosso con una deposizione, una Madonna con in braccio un bambino. Nell'ultima cappella a sinistra c'era un dipinto molto antico, un'icona affumicata in cui poco o nulla si distingueva. Ma sulla mensa dell'altare spoglio di pietra era poggiato un pannello di legno dorato. Sbalzata al centro vide l'immagine del suo anello, il calice sormontato dall'ostia. Intuì che doveva fermarsi lì e qualcosa sarebbe successo.

Poche persone erano in chiesa in quel momento, alcune donne entrarono fermandosi di fronte alla statua all'ingresso, gruppi di vecchie signore vestite di nero passavano da un altare all'altro inginocchiandosi e mormorando una breve orazione. Nei banchi più vicini all'altare maggiore c'erano due frati assorti in preghiera che lanciarono uno sguardo distratto nella sua direzione. Lui non si mosse, inginocchiato davanti al calice mormorava lentamente un'indistinguibile preghiera in tedesco. L'uomo a cui aveva rubato la vita e l'identità era tedesco e, anche se parlava perfettamente l'italiano e il latino, non c'era ragione per farlo pregare in una lingua diversa dalla sua.

Passarono pochi minuti e la porta nella parete settentrionale del transetto sinistro si aprì sulla figura di un monaco giovane e smilzo, consumato dall'ascesi, che lo guardava con espressione preoccupata. Gli si avvicinò senza staccargli gli occhi di dosso. Così fece lui.

Quando gli fu accanto, il monaco si inginocchiò lodando Gesù Cristo. Lui rispose e l'altro gli si rivolse in latino. «Posso aiutarla fratello?»

«Sì, vorrei confessarmi, ma vorrei farlo in tedesco, non parlo bene l'italiano.»

Il monaco dal viso emaciato mostrò con un guizzo degli occhi di aver capito molto più di quanto le parole gli avessero detto. «Seguitemi pure, il priore sarà felice di ascoltarvi.»

Nella fretta di lasciare la navata si girò verso la porta senza farsi il segno della croce davanti all'altare maggiore. I due monaci seduti poco distante si scambiarono un'occhiata di disapprovazione che non sfuggì al forestiero. Si trattenne ancora un momento davanti all'altare, in piedi con la testa abbassata fino a comprimere il petto con il mento, mentre l'altro fermatosi sulla soglia della porta aperta lo aspettava.

Attraverso un corridoio sbucarono nel cortile del convento, largo e assolato come una piazza. Alle spalle avevano la sagoma altissima della tribuna della chiesa, davanti il cielo azzurro sui tetti bassi del convento. Due piani di arcate sorrette da colonnine doppie. I marmi erano tutti diversi tra loro e i capitelli erano scolpiti con fogliami da cui spuntavano animali fantastici e figurine mostruose.

Dai quattro angoli del loggiato partivano quattro sentieri lastricati di pietra rossa che dividevano il quadrato in altrettante aiuole. Solo una era coltivata con fiori, rose gigli e margherite ancora fiorite in quella stagione. Nelle altre tre c'erano erbe medicinali preziose per i farmacisti dell'ordine. Il loggiato superiore ripeteva le arcate ma su colonnine singole, e i capitelli erano soltanto abbozzati, come se non ci fossero stati più né il tempo né la voglia di addentrarsi nel mondo fantastico raffigurato nell'ordine inferiore.

Nell'angolo verso cui si stavano dirigendo, sul lato opposto del cortile, un tronco nodoso spingeva fino al tetto un vitigno a cui erano appesi grappoli di uva bruna. L'aria chiusa del cortile era impregnata dell'odore dell'uva, più forte di quello delle rose. Il monaco bussò leggermente alla porta al centro del loggiato e poi spinse il battente che si aprì senza resistenza.

La cella del priore occupava due campate e affacciava su un piccolo chiostro soprelevato e umido pieno di rare ortensie blu. Seduto a uno scrittoio accostato alla finestra c'era il priore, che si alzò con uno slancio troppo energico per non tradire un'attesa snervante. Fece cenno al giovane di allontanarsi e questi si richiuse alle spalle la porta ma comparve quasi immediatamente tra le ortensie, armato di una minacciosa cesoia. Spropositata al confronto dei rami da potare. «Benvenuto, frate Glaser.»

Gli occhi puntati sul forestiero erano ardenti come brace. Nella barba nera spuntavano due ciocche bianche simmetriche che scendevano ai lati delle labbra sottili ed esangui. Ogni dettaglio in quel viso così particolare ricordava gli anacoreti greci dipinti nelle antichissime icone di cui Venezia era piena. Persino il colore olivastro della poca pelle libera dai peli, dai capelli e dalla tonaca ricordava il fumo che con gli anni anneriva e velava i colori degli incarnati.

Il priore era alto più del normale e forte senza essere robusto. Le spalle appena incurvate dall'età e dallo studio erano strette e le braccia allungate finivano con due artigli bianchi. Il suo sguardo si posò sull'anello e la mano sinistra si sporse per afferrarlo trattenendosi all'ultimo istante.

Frate Glaser, o meglio colui che ne aveva preso il posto, capì che all'anello era legata la sua sorte e sollevò la mano a mezz'aria benedicendo in cuor suo l'orefice che senza fare domande aveva reso la pietra preziosa così naturale sul suo indice. Il priore si girò diffidente verso lo scrittoio e aprì un cassetto minuscolo dopo aver armeggiato con un meccanismo segreto posto accanto alla serratura. Afferrò con le dita una placchetta d'oro. Il calco in positivo dell'incisione scavata nel diaspro. Il tedesco allungò l'indice con tranquillità, sapeva di poter superare senza intoppi quella prova.

Le dita nervose del priore all'inizio non trovarono la strada. Dovette sorreggere con la sua mano sinistra la destra dell'altro e trattenere il fiato per infilarvi la placchetta d'oro con il rilievo del calice e dell'ostia prolungata in un cono sproporzionato.

Glaser sentì con disgusto il contatto delle mani fredde e sudate del priore. Ma nello stesso tempo si rallegrò dell'ansia che tradivano. Le sue erano calde e asciutte. Un vantaggio da sfruttare con abilità.

La piastrina si adagiò finalmente sull'anello e vi entrò dentro con la naturalezza con la quale una chiave entra nel chiavistello ben oleato, rimanendo perfettamente aderente al diaspro. Solo allora sul viso del priore comparve un sorriso. «Dio sia lodato, siete voi.»

Glaser sentì gli artigli intorno alle spalle e la barba stopposa dell'altro accostarsi alla sua corta e riccia.

Oltre la finestra vide distendersi anche il viso del monaco che l'aveva accompagnato. Era il momento di allungargli la lettera sigillata. «Sono stato molto in ansia perché vi aspettavo da ieri. Temevo che vi fosse accaduto qualcosa. Vi aspettavo già ieri mattina, e come mai siete venuto da solo, la vostra guida?»

Glaser sibilò con tale sofferenza che si sarebbe detto prossimo a esalare l'ultimo respiro. «Si è ammalato alla stazione di posta di Poggibonsi. L'ho curato per un giorno ma poi sono ripartito da solo, non potevo più aspettarlo. Non possiamo più aspettare.» Pronunziò quelle ultime parole come una sentenza, per aumentare l'angoscia dell'altro e vincerne le resistenze.

«Avete ragione. Avete senz'altro ragione. Il tempo sta fuggendo, abbiamo solo qualche ora. Perdonate la mia emozione, ma per quanto mi sia preparato da giorni e con tutte le mie forze a un'impresa tanto terribile, avvicinandosi l'ora mi sento morire. Sono due notti che non dormo.»

«Io non dormo da una settimana e ho cavalcato da Orvieto senza quasi mai fermarmi.»

«Perdonatemi, perdonatemi, avete ragione, siete stanco e... sì, non c'è più troppo tempo.»

Poi prima di continuare a parlare si fermò come se si fosse ricordato di qualcosa di terribilmente importante. Abbassò gli occhi a terra e chiese solo un momento per controllare i documenti.

«Mi aspettavo che lei lo facesse.» Fu la risposta rassicurante dell'altro. La sua sagoma si indovinava solida come quella di un gladiatore sotto il saio. Bilanciò il peso sulle gambe per immobilizzarsi al centro della stanza. Quel gesto che chiamava a raccolta le sue forze vacillanti lo fermò come un tronco centenario in quella piccola cella bianca. Il priore era troppo agitato per non subire il fascino della forza che emanava dal visitatore. Si avvicinò al tavolo per aprire un cassetto da cui estrasse dei fogli. Strappò i sigilli di ceralacca con furia. I frammenti rossi schizzarono a terra emettendo un leggero rumore di vetro rotto. Si girò verso la finestra e accostò i fogli che il nuovo arrivato gli aveva dato a quelli presi dal cassetto. Poi ripose tutto nella scrivania e tornò con tono implorante dall'ospite. «Perdonatemi, ma le istruzioni sono queste.»

«Bene, a che ora è il primo appuntamento?»

«Alle undici, tra non molto. Dovete presentarvi alla Porta Sant'Anna e chiedere del protonotario.»

Si fermò aspettandosi un rapido commiato, ma l'altro rimaneva immobile come se aspettasse il resto delle istruzioni. Per un istante lunghissimo i due si guardarono senza parlare. Dal cortile arrivavano il rumore dell'acqua e un profumo di gigli bianchi, coltivati con cura perché adatti più di ogni altro fiore a ricordare ai monaci la purezza che veniva chiesta a loro da Dio.

Il visitatore si sforzava di mantenersi immobile nella luce che lo inondava, pensando che la stanchezza del viaggio avrebbe giustificato la sua espressione intorpidita. Quel torpore, gli avevano insegnato già da ragazzo, era l'arma migliore per rassicurare anche l'interlocutore più diffidente. Ma quella volta non sembrava bastare.

Forse la stanchezza gli impediva di recitare alla perfezione la parte di un martire votato al sacrificio. O forse l'enormità dell'impresa faceva affiorare l'inquietudine anche sul suo viso. Pensò alla seconda ipotesi come alla più legittima da sostenere e aggrottò la fronte guardando fisso il priore che sembrava paralizzato dal dubbio. Gli vide fremere il labbro sottile tra le due strisce bianche. Ora sembravano due zanne pronte ad assalirlo.

Il priore non trovava la forza di pronunziare le parole che gli martellavano nella testa. Le orbite scure divennero ancora più torve e, nonostante fosse in controluce, il monaco vide la fronte coprirsi di un untuoso velo di sudore che la rese lucida. Capì che doveva incalzarlo subito o avrebbe perso la partita. Lo fece con una voce dolce, rassicurante. «Il nome. Il nome del protonotario che devo incontrare.»

Ora l'altro combatteva contro il dubbio. Il fremito del labbro superiore era diventato incontrollabile. Gli occhi scavavano nel viso del forestiero per cercarvi conferma di sospetti che aveva persino paura di formulare apertamente nella propria mente.

Era accaduta una cosa inaspettata e quel piano non prevedeva nessuna deroga alle istruzioni. Il frate tedesco avrebbe dovuto già sapere il nome del protonotario da incontrare in Vaticano. Ma ammettere che quella lacuna fosse indizio di un pericolo gli apriva scenari che non era in grado di governare. Si era preparato a veder sfumare il piano, ma non in quel modo. Aveva temuto e immaginato che il forestiero potesse non arrivare, ma non aveva mai preso in considerazione l'idea che potesse giungere con istruzioni lacunose.

E se non fosse stato lui l'uomo scelto per il piano? Se qualcun altro avesse preso il suo posto nel viaggio? In fondo era arrivato da solo, senza il generale di Bologna che lui conosceva. Ma aveva la lettera i sigilli e l'anello, e la descrizione fattagli per lettera tornava perfettamente. E se il sospetto fosse stato fondato, cosa doveva fare adesso? Adesso che non c'era più tempo? Gli sembrò di sentire il rumore della sabbia che scorreva nella clessidra di vetro poggiata accanto al letto. «Ma, il nome dovreste già saperlo. Le istruzioni dicevano che io dovevo offrirvi solo l'ora e il luogo.» Alla fine della frase sembrava che non riuscisse a tenere fermo un solo muscolo del viso.

«Non conosco nessun nome. Le mie istruzioni dicevano diversamente.» La voce era tranquilla come se parlasse di una vicenda che non lo riguardava. Per assestare il colpo finale al priore, confonderlo e spingerlo in un disagio prossimo alla resa, azzardò con tono risentito una nuova domanda. «Il frate che mi ha accompagnato qui... non è al corrente di niente vero? Nessuno oltre a noi deve sapere niente. Le istruzioni erano molto chiare in proposito, neppure il mio accompagnatore era al corrente dei motivi della mia missione a Roma.»

Il bersaglio fu centrato in pieno, il priore barcollò pronto a crollare. L'assoluta segretezza era la condizione essenziale per la riuscita dell'impresa e il priore del convento di Sant'Agostino non aveva resistito a lasciarsi sfuggire qualcosa, seppure molto poco, con il suo frate più fidato. Ma troppo ingenuamente, come ora era costretto a constatare con desolazione. Quel frate scavato dall'angoscia era rimasto nel cortile delle ortensie attardandosi in un ridicolo lavoro di potatura che non avrebbe convinto neppure chi non avesse mai visto un fiore da giardino.

Certamente non il furbissimo "martello di Dio" calato dalla Germania. Cedendo incautamente all'ansia il priore di Sant'Agostino finì per ammettere la propria colpa. Si girò per guardare fuori dalla finestra e vide il giovane confratello indugiare con evidente goffaggine in quella chiostrina. Era tale la sua abitudine all'obbedienza che quella deroga gli apparve una colpa gigantesca. La voce dell'altro gli arrivò come una corda tesa all'uomo che sta per affogare. «Capisco che non tutti possono portare solo sulle proprie spalle pesi così dolorosi. Il tempo passa in fretta, se non posso agire subito tornerò indietro immediatamente. Poi a Bologna controlleremo chi è venuto meno alle istruzioni.»

Il priore percepì la minaccia neppure tanto velata contenuta in quell'avvertimento, aver peccato di imprudenza gli bruciava lo stomaco. L'altro continuava a guardare attraverso la finestra quello stupido monaco che martoriava le ortensie con le forbici. Il nome arrivò come una liberazione. «Carnesecchi. Il protonotario Pietro Carnesecchi.»

10

Andrea si lanciò verso gli appartamenti del papa per raggiungere la stanza della Segnatura. Sembrava che tutti gli leggessero in faccia la vergogna per quanto aveva fatto e più ancora per quanto stava per fare. Salì a due a due i gradoni della rampa segreta che attraverso la torre Borgia porta agli appartamenti papali. Nelle stanze il consueto via vai di servi e faccendieri che taglieggiavano i questuanti venuti a chiedere favori ai familiari del papa. Solo nella biblioteca trovò la calma che cercava. Si inginocchiò sotto gli scaffali dei codici greci, lungo il muro esposto a nord sul grande cortile di Belvedere. Sentì il profumo di Vittoria, rivide la pelle candida dei seni e nella bocca i denti che irradiavano luce, come una striscia di madreperla. Cercava di tornare con la mente al papa e agli avvenimenti che lo avevano atterrito all'alba, ma il pensiero, come imprendibile farfalla, correva invece alla portantina diventata forziere d'oro stipato di gioielli. Avrebbe voluto essere nel suo letto per consumare quel ricordo, ma doveva prendere il libro per Biagio e tornare anche lui nel gorgo della battaglia che si doveva combattere in Concistoro. In poche ore e in un solo luogo si era concentrato per lui tutto il bene e tutto il male del mondo. E pensare che aveva sempre immaginato le mura del Vaticano come un rifugio sicuro contro la follia e la violenza del mondo. Gli occhi lentamente cominciarono a distinguere le figure dipinte sulla parete. Il grande arco di marmo bianco e la folla di filosofi che aveva visto tante volte da quando era arrivato. Ora gli sembrò che fossero state dipinte per lui. Non soltanto per lui, ma anche per lui. Le sentì come un'immagine viva pronta a parlargli. Biagio gli aveva detto che, quando fu eletto papa, Giulio della Rovere odiava talmente il suo predecessore Alessandro Borgia che non riusciva neppure a dormire nelle camere che lui aveva fatto affrescare al piano di sotto, e per questo volle sistemare nuove stanze affidandole a Raffaello. Fu così che dalla rabbia del papa nacquero le figure solenni e aggraziate che ora stavano davanti a lui con i volti luminosi di chi ha trovato la pace in terra.

Dall'inizio del mondo gli uomini aspiravano a quell'armonia che Raffaello aveva fermato per sempre sul ciglio di quelle scale inondate di luce. L'armonia sapiente della scuola di Atene. I filosofi sembravano vivi in un mondo superiore, già lontanissimo da quello rigido rappresentato da Pinturicchio sulle volte sotto i suoi piedi. Raffaello immaginò un mondo nuovo dal quale cancellò le deformità e le miserie della natura. I panneggi ridotti all'essenziale su corpi veri che si indovinavano in ogni dettaglio perfino sotto i pesanti broccati. Il passo e il gesto solenne di Platone e di Aristotele, reinventati dopo duemila anni e trascinati sul tribunale impietoso di Roma senza sembrare ridicoli. Che coraggio aveva avuto quel ragazzo di poco più di vent'anni.

Incantato da quella visione, Andrea provò per la prima volta una vera emozione di fronte alla folla gloriosa che avanzava sulla scala, sovrastata da una volta di pietra ampia come il cielo. Il suo stato angoscioso lo rendeva più sensibile alla comprensione della pittura.

Chi poteva dubitare di fronte a quel dipinto che fosse lì raccolta a Roma e in quel palazzo l'umanità più eroica che avesse mai calpestato la terra? I colori, forse, il disegno asciutto, la luce che impastava insieme l'aria e gli uomini sotto gli archi accoglienti. Giulio II non si era lasciato avvilire dal sangue che aveva sommerso la Chiesa alla vigilia del suo pontificato e aveva immaginato un mondo nuovo e perfetto, incaricando Raffaello di dargli corpo e colore. L'artista aveva assolto così bene all'incarico che di fronte al dipinto Andrea faticava a riconoscere l'avidità e la spietata determinazione che avevano reso leggendario quel papa e il suo governo. L'umanità virtuosa e sapiente, immobile sulle pareti della biblioteca papale, sembrava l'unica degna di abitare il palazzo del successore di Pietro. Non i maneggioni intriganti che affollavano le camere, il letto e perfino la cappella privata del papa.

Girò lo sguardo verso la Disputa, dipinta sulla parete accanto, per ammirare il cielo arioso che sembrava prolungarsi oltre la finestra nella perfetta mattinata estiva. Scivolò in quel lapislazzuli che sfondava le pareti e rendeva infinito il sogno di purezza degli uomini.

I libri nelle mani dei santi che circondavano Cristo gli ricordarono però i libri che doveva cercare per Biagio, e il suo fantasticare s'interruppe.

Iniziò a scorrere freneticamente le lettere dorate impresse sui dorsi dei volumi. Avanzava carponi poggiandosi sulle mani. La fatica lo fece ansimare. La stanza era avvolta in un silenzio tanto perfetto che sentì spandersi nell'aria come un suono estraneo il respiro affannoso. Fu per questo che il rumore di una porta sbattuta con violenza nella camera accanto lo sorprese come una pistolettata. Nella stanza dove il papa accoglieva i visitatori più intimi era entrato qualcuno, sprangandosi dentro, e vi si muoveva con passi furiosi. Nel punto dove stava non poteva essere visto ma poteva scorgere metà della camera, una poltrona verde e uno scrittoio intarsiato di avorio.

Due figure cominciarono a girare intorno alla poltrona, inseguendosi e gridando, prima che avesse il tempo di alzarsi e uscire. La scena che vide lo inchiodò a terra per lo stupore e poi per la paura. Il cardinale Farnese inseguiva una donna enorme che urlava come un'indemoniata. Quando si fermò affondando per la rabbia le unghie nell'imbottitura dello schienale rivolto verso di lui, Andrea riconobbe Margherita d'Austria, la figlia di Carlo V sposata a Ottavio Farnese. La gravidanza quasi a termine le aveva devastato il corpo già poco aggraziato. La pancia era enorme e i vestiti sontuosi la facevano apparire perfino spaventosa quasi fosse un otre pronto a esplodere. I capelli erano sfuggiti alla rete d'argento e ricadevano in ciocche disordinate lungo la schiena, il viso gonfio era imbruttito dallo sdegno. Anche la voce che si alzava da quella gigantessa abbigliata di nero era vistosamente alterata. Il cardinale le stava intorno preoccupato che quella furia potesse sbatacchiare maldestramente il frutto portato in grembo contro un tavolo o uno scaffale distruggendo il sogno di gloria che si stava compiendo in quelle ore.

«Come potete farmi questo, come puoi farmi questo proprio tu!»

Le mani bianche e gonfie batterono sul tavolo con tanta forza che il libro poggiato sopra sobbalzò.

«Avete raggirato mio padre promettendogli che il ducato sarebbe stato assegnato a mio marito, al figlio che sto per partorire, e invece lo state assegnando a Pierluigi, quel mostro di tuo padre. L'uomo più infame del mondo. Come potete gettare sulla Chiesa il peso di un'azione così scellerata? Proprio mentre mio padre sta per scontrarsi con l'esercito dei protestanti?»

Il viso del cardinale era molto diverso da quello che Andrea aveva visto un'ora prima. Lo scontro con una puerpera lo provava molto più di uno scontro con il miglior soldato dell'imperatore. La fronte era lucida di sudore e la cotta bianca, lunga e regale, rendeva impacciati i movimenti. Sembrava sul punto di volersela strappare di dosso. La donna si alzò correndo verso la parte della stanza nascosta ad Andrea. Il cardinale le andò dietro, poi riapparvero di nuovo intorno alla poltrona come due Menadi infuriate, imprigionate una in un gonfio sacco nero e l'altra in un bianco svolazzare di veli che facevano ruota a ogni passo.

«Via Margherita, non venirmi a raccontare che sei preoccupata per la sorte della Chiesa adesso. Ottavio non saprebbe difendere un ducato così giovane...»

Margherita troncò la frase con un grido. «Difendere un ducato? Tuo padre difendere un ducato? Ma se non si regge in piedi per la sifilide, si trascina come lo specchio vivente dei suoi schifosi peccati. Cosa dici Alessandro, vuoi aggiungere gli insulti all'infamia? Ottavio saprebbe difendere insieme a me il ducato meglio di tutti voi messi insieme.»

«Ora Ottavio è diventato un guerriero? Non ti ricordi più che due anni fa non volevi neppure farlo accostare al tuo letto, dicevi che puzzava, che si pisciava addosso, se non peggio, che non riusciva neppure ad avvicinare il membro eretto alla tua natura? Non ti ricordi della vergogna che hai gettato su di noi? Lo chiamavi animale di fronte a tutti i tuoi cortigiani. Ho perso anni a convincerti a cedere a Ottavio. Ti ho corteggiato più di un amante per farti consumare il matrimonio, e se non te lo avesse imposto tuo padre con la forza nessuno ti avrebbe piegato. Ora lo difendi come il migliore dei mariti, lo ritieni perfino capace di reggere un ducato.»

«Maledizione alla vostra razza di ladri, che Dio vi punisca, puttane e ladri, ecco di chi è fatta la vostra famiglia.»

Il cardinale alzò gli occhi al cielo con aria di devota riconoscenza, trattenendo un'ombra di maligna soddisfazione intorno alla bocca.

«La "nostra" famiglia, Margherita. Quel frutto che porti nel ventre, e per il quale dovresti avere maggior riguardo, ha mescolato il sangue dei Farnese a quello degli Asburgo. Ora siamo una sola famiglia. E ti conviene calmarti se non vuoi mettere a rischio la tua vita e quella del futuro duca di Parma, perché sai che appena mio padre morirà il ducato passerà a Ottavio e ai suoi figli, ai vostri figli.»

Indirizzò alla pancia gonfia di Margherita uno sguardo affettuoso allargando le mani per stringerla in un abbraccio ideale.

«I miei figli. Maledizione a loro che mi inchiodano in questa cloaca asfissiante. Avessi il coraggio di Medea, ve li strazierei sotto gli occhi. Ma sono troppo stupida anche per questo.»

Si lasciò cadere sulla poltrona e cominciò a piangere senza tentare neppure di trattenere i singhiozzi. Il cardinale in piedi dall'altro lato dello scrittoio aspettò che le lacrime sortissero il loro effetto lenitivo. Quando gli sembrò che la crisi avesse superato il suo culmine si avvicinò con in mano un prezioso fazzoletto di pizzo. Un odore di sandalo orientale si sparse per la camera arrivando fino a quella dove era Andrea.

Ogni delitto alla corte del papa doveva avere il suo profumo.

La donna lo prese e lo scaraventò per terra. Lui si inginocchiò tenendo fissi gli occhi in quelli di lei perché non le sfuggisse l'umiliazione cui si stava sottoponendo. Glielo porse con ancora maggiore dolcezza e lei lo prese aggrappandosi alla mano con tutte e due le sue.

«Non voglio consolazione, Alessandro, sono prigioniera della vostra avidità, non ho scampo, solo la morte potrebbe salvarmi.»

Guardò giù nel grande cortile dove si affaccendavano operai e soldati. Sul viso di Alessandro comparve una smorfia di orrore che rapidamente si trasformò in un'espressione implorante. Era bastato allentare la tensione della fronte cosicché l'attaccatura delle sopracciglia si era portata appena percettibilmente più in basso, tanto era bastato per cambiare radicalmente il sentimento che il viso esprimeva. Andrea pensò che il cardinale possedesse una abilità mimetica degna di un attore.

«Margherita, come puoi essere così testarda, come puoi dubitare che le scelte di Sua Santità non siano a esclusivo beneficio della famiglia? Di tutta la famiglia?»

Il silenzio della donna, o forse soltanto la preoccupazione di un atto disperato, lo spinsero a un gesto affettuoso che a causa del parossismo nervoso divenne qualcosa di diverso, forse non previsto neppure dal cardinale ma certo inimmaginabile da Andrea a cui si fermò il cuore. Il cardinale si chinò lentamente verso la ragazza quasi svenuta per la disperazione e le poggiò le labbra dischiuse sulla bocca sottile, trasformata in una rossa chiazza informe dalle lacrime e dal rossetto disciolto.

Con l'altra mano le afferrò il seno premendolo prima lentamente e poi, non trovando ostacolo, sempre più forte. Dalla scollatura il petto bianco debordò come un essere vivo. Quel gesto così naturale, così semplice a farsi, segnò il varco di un invisibile confine dal quale non c'era più ritorno. L'ingresso in un mondo turpe che non aveva mai neppure immaginato potesse esistere tra quelle mura.

Alla vista di quel seno il ragazzo intuì che un suo movimento gli sarebbe costato la vita. Gli sembrava di sentire il rumore del cuore tambureggiare nella stanza e fissò i filosofi di Raffaello come se si aspettasse di leggere sui loro volti lo sgomento che deformava il suo. Si chiese se arrivasse anche sino a quelle volte di paradiso il rantolo soffocato che sfondava come un trapano le sue orecchie. Con gli occhi sbarrati seguì il gesto incomprensibile di Margherita. La vide frugare con le mani sotto la cappa viola del cardinale, districare con una frenesia crescente il groviglio di lino immacolato che gli copriva le gambe.

Andrea chiuse gli occhi sperando che quel che stava per accadere non accadesse, ma il suono soffocato dei gemiti lo avvertì che il suo scongiuro non era andato a effetto. Margherita lanciò un rantolo doloroso, e bestiale, come se avesse finalmente raggiunto il traguardo inseguito per anni e la soddisfazione le togliesse la vita soffocandola.

Alessandro soffiò un lunghissimo sibilo di godimento ripetendolo dopo brevi istanti a intervalli sempre più vicini, fino a che un gorgoglio estasiato si rovesciò fuori dalla sua gola unendosi a quello di Margherita. Trafitto da quella scena indecente come una farfalla dall'ago dell'entomologo, Andrea cercava di difendersi aggrappandosi alle pitture di Raffaello che gli apparvero finalmente per quello che avevano inteso essere, la trincea destinata a difendere la civiltà dalla barbarie, la fortezza costruita dallo spirito contro la brutalità della natura umana.

Cos'era in fondo quel pigmento in polvere sottile come una nebbia, quell'intonaco di calce e sabbia, se non la più concreta manifestazione dello spirito umano? Giulio II era stato testimone della più grande scelleratezza dei papi e dei regnanti, e lui stesso vittima di passioni tanto violente da trascinare un uomo all'inferno. Ma a differenza di tutti quelli che lo avevano preceduto era stato il solo a capire la forza che un grumo di colore può avere nelle mani di un talento illuminato da Dio.

Come Andrea in quella torrida mattinata, per l'eternità gli uomini avrebbero continuato a scavare uno per uno negli sguardi dei filosofi e dei santi rimanendone sopraffatti. Nessun nemico del papa romano, anche il più scaltro e accanito, era uscito vittorioso da un confronto in quelle stanze, sotto quei dipinti. La loro bellezza era troppo suggestiva per non arrendersi all'evidente superiorità spirituale del pontefice di Roma. Lo stesso accadeva ad Andrea in una circostanza meno bellicosa ma non meno terrificante. Ora il suo sguardo si posava sulle figure di donna dipinte di fronte al Parnaso. Quelle donne che stringevano nelle mani il giogo della Temperanza e la quercia della Forza cancellarono dalla sua mente quell'altra mano di donna che a poca distanza impugnava il membro del primo cardinale di Roma e suo cognato.

Un sussurro controllato, complice e pacato, lo avvertì che lo strazio era finito. Il cardinale era chino su Margherita e le porgeva premurosamente il fazzoletto carezzandole con l'altra mano la testa. Si accertò che la cotta di lino non fosse macchiata e che le pieghe inamidate scendessero dritte fino alle scarpe viola. Erano perfette, come avessero l'orlo imbottito di piombo. Aiutò la donna ad alzarsi e prendendola per il fianco la spinse verso la porta. Anche quella battaglia era vinta.

11

La campana di San Pietro suonò undici tocchi nell'aria tersa e i camerieri si prepararono ad accogliere il papa per la colazione. Era stata apparecchiata la loggia d'estate, esposta a nord verso i Monti Cimini, il loro profilo azzurrognolo tremolava oltre gli archi poggiati sulle colonne. Bramante e Raffaello avevano criticato quell'accostamento degli archi alle colonne. Secondo i canoni antichi gli archi dovevano poggiare su pilastri, ma non per questo l'ambiente risultava meno elegante. Le ghiere erano in marmo bianco scavato da una cornice a ovoli impreziosita da una striscia d'oro abbagliante. Tra una colonna e l'altra, per tutta l'estate venivano stese ghirlande di fiori che oscillavano nell'aria quando arrivava la brezza del pomeriggio. I capitelli, pure di marmo, mostravano tra il fogliame di acanto lo stemma di Niccolò V che aveva fatto costruire la loggia rinnovando l'intero palazzo. Da giorni nessuna brezza rinfrescava l'aria e il mastro di casa, nel tentativo di mitigare l'afa insopportabile, aveva fatto addossare ai muri vasi pieni di gigli, che ora riempivano l'aria con il loro odore estenuante. Biagio era già lì con una risma di carta e un calamaio di inchiostro poggiati su uno scrittoio. Poco distante era apparecchiato il tavolo del papa coperto da una tela di fiandra orlata d'oro che arrivava al pavimento. Il tavolo e il trono erano sollevati da terra da un podio alto due piedi perché anche nelle cerimonie più familiari il pontefice doveva essere separato dai suoi commensali. Sopra il tavolo erano pronte due caraffe di cristallo con dentro il vino biondo di Ischia adatto alle giornate più calde dell'anno. Un altro tavolo, altrettanto sontuoso, era preparato per i cardinali, disposto in maniera che il padrone di casa potesse dialogare con ognuno senza disagio. Caraffe di vino e bicchieri di cristallo segnavano il posto dei quattro ospiti. Sulla tovaglia bianca risaltava un trionfo di mele e ciliegie rosse.

Da qualche minuto erano arrivati i cardinali, fermandosi a chiacchierare in piedi contro lo sfondo dei boschi azzurrini. Cercavano di ristorarsi con gli occhi non potendo giovarsi della brezza aspettata invano. Parlottavano preoccupati, il tono era così basso che non arrivava a coprire il rumore dell'acqua proveniente dalle fontane del giardino.

Prima che il suono delle campane si disperdesse completamente nell'aria, apparvero gli svizzeri con la lettiga del papa. Pietro che seguiva a piedi lo aiutò a scendere e a sedersi sul trono imbottito di velluto rosso. I piccoli occhi del vecchio saettarono sui volti degli ospiti per capire dalle loro espressioni quello che lo attendeva. E intanto, con un'impercettibile e aggraziata torsione delle gambe, fece sporgere il piede dal podio perché i cardinali potessero baciarglielo senza troppa fatica. In silenzio i quattro uomini si disposero per il rito. In previsione del Concistoro che sarebbe seguito avevano indossato i vestiti cerimoniali. Una corta cappa di raso porpora operato con disegni visibili a ogni movimento di luce. Otto coppie di bottoni chiudevano la cappa sul davanti fino alla base del collo. Le braccia erano libere dall'altezza del gomito, strette in una cotta bianca di lino plissettato che continuava intorno ai polsi in una trina di merletto. La veste bianca scendeva fino alle scarpe viola, le pieghe cambiavano colore a ogni piccolo movimento attraversando tutte le sfumature del bianco, dall'avorio dorato al pallore freddo delle perle.

Il cappello dello stesso colore della cappa si alzava in due corni che aggettavano sulla testa come antenne di un'enorme lumaca. Solo gli anelli alle dita differenziavano la regalità principesca di alcuni dalla sobrietà di altri, c'era chi si limitava a quello cardinalizio con l'ametista, mentre in altri l'insegna veniva soffocata dai rubini e dagli smeraldi incastonati nell'oro. Per primo, aiutato premurosamente dai servi, si inchinò il cardinale di Sanseverino, il più vecchio del collegio, nominato insieme al papa attuale nel 1493 da Alessandro Borgia. Quando ci fu la loro nomina si scatenò su Roma una grandine così paurosa che furono distrutte tutte le vigne di Prati e per diversi giorni non si poté attraversare il Tevere per la turbolenza delle acque. Erano in molti a Roma in quei giorni a richiamare il ricordo di quell'evento, sottolineandone il significato di un presagio funesto.

Poi fu la volta degli altri tre, tutti nominati da Paolo III e quindi considerati suoi familiari. I cardinali Del Monte, Barbaro e Salviati. Tutti si impegnarono in quell'inchino come se ne andasse della salvezza della propria vita eterna.

Lo sfondo agreste e la perfetta simmetria della loggia, al centro della quale si svolse l'omaggio al successore di Pietro, esaltarono invece che sminuire la potenza evocativa dei loro gesti. Non era sempre la pompa a dare forza ai riti della Chiesa cattolica. Più felicemente, come in quella mattina, era la ripetizione millenaria di un gesto sempre identico a se stesso a dargli la perfezione e la solennità di un miracolo.

Benché gli uomini raccolti sotto le volte dorate del loggiato sapessero benissimo di dover affrontare in quella colazione argomenti tutt'altro che spirituali, degni secondo la propaganda luterana di rapinatori di strada, la loro coscienza gli imponeva di separare nettamente le ambizioni del papa, in quanto capostipite di una famiglia assetata di potere, dalla santità del simbolo che rappresentava e che risiedeva con tutta naturalezza in quel vecchio corpo asciugato dagli anni.

Sul trono rosso sfolgorante d'oro era seduto contemporaneamente l'avventuriero scaltro e l'uomo destinato dallo Spirito Santo a rappresentare il successore di Cristo in terra. Lo Spirito Santo e il Vizio si dividevano la stessa spoglia e, a cancellare i conflitti che li opponevano in molte circostanze, erano pronti i riti materializzati dalla Chiesa nella sua lunga permanenza tra gli uomini. La confessione, la comunione e una redenzione certa non si erano potute negare neppure al più abietto degli uomini, quell'Alessandro VI che non arretrava di fronte a nessun crimine ma si era fatto costruire una palla d'oro che portava sempre con sé. Dentro c'era l'eucarestia, pronta ad assolverlo da quei crimini e a proteggerlo dagli attacchi del demonio di cui si sapeva appetitosa e disponibile preda. Era convinto che bastasse quel lussuoso amuleto a guadagnare alla sua anima il regno di Cristo.

Con quale assurda velleità ora Lutero e i suoi seguaci volevano abolire il valore salvifico di quei riti per lasciare l'uomo solo di fronte al giudizio di Dio e alla responsabilità di una coerenza impossibile da mantenere nel governo di un mondo di peccatori?

Le vesti immacolate che frusciarono una dopo l'altra inchinandosi sul piede del papa fasciato di scarlatto erano lì a fare da impenetrabile barriera a quella inaudita minaccia volta a sgretolare un'istituzione millenaria.

In silenzio, incoraggiati dal sorriso del papa, i cardinali presero posto al tavolo dove i camerieri poggiarono i fagiani ripieni di prugne e formaggio fresco appena arrivato dall'Umbria. Il primo a essere interpellato, in ossequio alla sua vecchiaia, fu il cardinale di Sanseverino. Il tono del papa era caldo e affettuoso, il più adatto a ricacciare indietro lo spirito di fede e far affiorare il senso degli affari. «Allora, Sanseverino, come sono gli umori dei cardinali sulla questione che ci tiene in apprensione?»

Il cardinale si sporse attraverso il tavolo per sentire meglio le parole che gli venivano rivolte. L'età gli donava a tratti un felice oblio dai tormenti delle malattie e della vecchiaia.

Le sue feste con le cortigiane più sfrenate di Roma avevano suscitato l'invidia e lo sdegno delle corti italiane al tempo di Leone X. Durante il sacco di Roma fu trattenuto in carcere per venti giorni e lo spavento gli provocò la caduta immediata di tutti i capelli e poi, con suo rammarico, di tutti gli appetiti virili. Si era dedicato da allora con entusiasmo eccessivo ai piaceri della tavola, annegandovi buona parte della sua leggendaria furbizia. Per servire il suo vecchio amico si era imposto da giorni un regime moderato, e la fine dell'astinenza che intravedeva oltre il Concistoro lo rendeva felice come un bambino. Il digiuno forzato gli aveva permesso di recuperare frammenti dell'acume che lo aveva reso un eccellente diplomatico negli anni addietro. Afferrò un bicchiere di vino e se lo portò golosamente alle labbra, sicuro che con quel pranzo si esauriva la sua missione diplomatica.

«Con licenza di Vostra Santità posso dire di aver ascoltato più cardinali in questa settimana di quanto abbia fatto in tutto il pontificato di Clemente. La mia convinzione è che i reverendissimi cardinali siano divisi esattamente a metà nella faccenda dell'alienazione. I più tenaci oppositori sono quelli vicini al cardinale Gonzaga che teme la creazione di uno stato troppo vicino al suo e che con il tempo potrebbe minacciarne i confini.» Si fermò a riprendere fiato. Gli occhi erano tutti puntati su di lui. Con la mano tremante si portò alle labbra un tovagliolo bagnato per inumidirsi la bocca. «Ma per la stessa ragione si sono convinti ad appoggiare l'alienazione i suoi nemici, che non sono pochi. Un'altra fazione, capeggiata dal cardinale Carafa, teme per lo scandalo che l'infeudazione di un familiare del papa provocherà presso i luterani. Ho visto copia di un libretto che circola già clandestinamente in molti Stati tedeschi e in alcune città italiane. Ci sono le solite accuse triviali alla Santa Sede, niente di nuovo o di originale. Un guazzabuglio di metafore bibliche, dove Roma è descritta come la meretrice di Babilonia, pronta a smembrare lo Stato della Chiesa per favorire il bastardo del papa.»

Solo un governo esercitato per mezzo secolo poteva produrre una sintesi altrettanto chiara e distaccata degli eventi. Il papa ascoltava guardandolo fisso negli occhi, preoccupato e nello stesso tempo rassicurato dall'affidabilità dell'amico.

Gli altri cardinali, meno abituati alla brutalità del governo, furono scossi da un fremito di insofferenza per quell'esposizione, ma temendo di incontrare negli occhi del pontefice un imbarazzo o un segno di disapprovazione, diressero lo sguardo verso le fontane del giardino. Sanseverino sembrò non accorgersi neppure di quell'imbarazzo, e dopo aver svuotato il bicchiere riprese in tono amabile.

«Sono certo di aver convinto i cardinali più pii che le accuse dei protestanti sono facilmente arginabili come indegna propaganda antiromana, e siccome stiamo arrivando alla resa dei conti militare con la spedizione dell'imperatore contro la lega di Smalcalda, non è il caso di preoccuparsi troppo dei luterani.»

Paolo III sorrise dell'ingenuità di Sanseverino ma ne comprese la devozione. Quasi a proteggerlo guardò i suoi ospiti. Del Monte era il più ansioso di mostrare la sua solerzia e il suo spirito pratico. Aveva buone possibilità di aspirare al papato dopo la morte di Farnese, sempre che questi avesse ben disposto nei suoi confronti le proprie clientele. Quell'affare così importante per la famiglia era la sua occasione d'oro per conquistare la gratitudine del papa e soprattutto del gruppo di cardinali che poteva controllare nel prossimo Conclave suo nipote Alessandro.

Al contrario di Sanseverino era giovane e intento con piena soddisfazione ai piaceri del letto. Curava il suo aspetto elegante e amministrava con discrezione le sue passioni, anche se ultimamente a Roma si mormorava troppo per un ragazzo che aveva preso in casa e rivestito come un principe. Non ci sarebbe stato nulla di scandaloso in questo, se non che il giovane se ne andava in giro per la città vantandosi con troppa insolenza della condizione a cui lo aveva sollevato la sua bellezza. Inclinando appena la testa, Del Monte chiese al suo cameriere, che aspettava con gli altri servi nell'atrio adiacente al loggiato, di portargli la pergamena ripiegata. Fece spazio sul tavolo per dare enfasi al proprio zelo.

Il papa osservava divertito i gesti coltivati e teatrali con i quali il cardinale stendeva la sua pelle di capra sulla tovaglia. Anche lui non vedeva l'ora di lasciare Roma per la sua villa sulla Flaminia, dove si era fatto costruire una piscina all'antica e dove lo aspettavano i suoi ragazzi già cotti dal sole.

«Ho avvicinato quasi tutti i cardinali, escluso Carafa che minaccia di non venire al Concistoro per protesta. Dice che si recherà in alcune chiese per una preghiera di penitenza. Vuole pregare per i peccati dei cardinali.»

Si fermò e lanciò un'occhiata furba verso il papa. «Naturalmente non mancherà. Vuole soltanto alzare il prezzo del suo consenso. E noi sappiamo anche come.»

Avuto in risposta dal papa un assenso di complicità, scoppiò a ridere rumorosamente gettando indietro la testa. I capelli curati e profumati sfuggirono al tricorno rosso e gli arrivarono sulle spalle. «Nostro Signore sa bene che Carafa non chiede soldi né terre. Vuole solo annientare i suoi nemici della fede.»

Il papa concesse a Del Monte un sorriso affettuoso inclinando più volte lentamente la testa. Sottolineava così la cristiana rassegnazione e l'umana pazienza con la quale ancora una volta si disponeva a difendere il cardinale d'Inghilterra, Reginaldo Polo, il cardinale di Modena, Giovanni Morone, e il cardinale di Trento, Cristoforo Madruzzo.

Giampietro Carafa li riteneva infettati dall'eresia luterana e aveva chiesto già più volte negli ultimi due anni di poterli mettere sotto accusa, ma Paolo III sapeva che Reginaldo Polo era un cardinale dalla vita irreprensibile e un principe ammirato e protetto dall'imperatore. Aveva già troppi conflitti con Carlo V per assecondare Carafa nella sua fanatica lotta al cardinale inglese. Finché fosse stato vivo, lui avrebbe protetto Polo a tutti i costi, tollerando anche la sua originale teologia riformata.

Del Monte riprese la sua esposizione quando vide che il papa si era rasserenato, concedendosi un lungo sorso di vino.

«Per quanto riguarda gli altri cardinali, ho raccolto e computato in questo fascicolo le richieste di quindici di loro. Vanno da un aumento di pensione di mille ducati per il cardinale d'Otranto alla richiesta di permute di benefici per molti degli altri cardinali; inclusa la richiesta del cardinale di Reggio di un vescovato per uno dei suoi figli, si può calcolare la spesa a un ammontare per la Camera Apostolica di ottantamila ducati.»

Si fermò compiaciuto a guardare il papa come se aspettasse il plauso per aver risolto un difficile problema aritmetico. Il papa in cuor suo fu sollevato da quella cifra. Si sarebbe aspettato di più, ma non voleva apparire troppo soddisfatto da quella transazione neppure di fronte ai suoi cardinali più fedeli. Con l'espressione insondabile che gli veniva in aiuto nei momenti più delicati fece cenno a Biagio di ritirare dalle mani di Del Monte il fascicolo.

Solo Sanseverino, nonostante la sua lucidità si andasse disperdendo con il vino, colse in un impercettibile bagliore, guizzato tra le palpebre socchiuse, il segno della sua soddisfazione.

Ora si sarebbe affrontato il problema più spinoso, quello posto da Venezia, uno stato che altre volte aveva fatto vacillare la Santa Sede e scompigliato progetti anche meno temerari. Rimboccando sui polsi la veste di seta che lo avvolgeva, il papa allungò la mano verso un piatto alla sua destra, colmo di confettura di cotogne tagliata a pezzi. Pietro lo anticipò avvicinando il piatto e sollevandolo leggermente dal tavolo per rendergli più facile la presa. Lo zucchero servì a schiarire la gola e la voce uscì senza rivelare l'ansia che aveva in petto.

Carezzandosi con la mano la barba grigia per liberarla dalle briciole del pasto, il papa puntò lo sguardo in direzione del cardinale Barbaro che non aveva aperto bocca durante tutto quel tempo. Aveva mantenuto già dal momento del suo ingresso nella loggia una faccia forzatamente distesa, quasi priva di emozione, come se stesse partecipando a una riunione in terra straniera.

Era il modo insegnato ai patrizi veneziani di rispettare i potenti senza umiliazione. Ma il papa nella sua lunga vita aveva fatto in tempo a cogliere anche i segnali più ermetici della diplomazia veneziana. Solo guardandolo aveva notato la piega amara che faticava a dissolversi agli angoli della bocca.

Gli occhi verdi, che portavano in giro per Roma il colore del Canal Grande, si erano sforzati di trattenere la preoccupazione con un certo successo, ma la bocca, che lui pensava ben protetta dai ricci ramati della barba, aveva tradito il suo umore. Sentendosi in procinto di dover parlare, afferrò un calice di vino colmo a metà e lo fece sparire con un sorso energico tra le labbra turgide come la fodera di un cuscinetto odorifero fiorentino.

Il papa si rivolse al veneziano, fissando il suo tricorno appuntato con una spilla d'oro ai capelli. Non per vanità, lo sapeva bene. L'energia dell'uomo era tale che perfino i capelli si ribellavano a ogni giogo e, senza la spilla puntata, il cappello cardinalizio non sarebbe rimasto sulla sua testa neppure un minuto. Gli sembrò fuori posto in quell'abito femminile e ascetico. Era molto più a suo agio nei giubboni di daino conciati in Germania. Le mani frugavano nel piatto di porcellana dove aveva radunato un grappolo di ciliegie. «Non essere tanto turbato, Alvise, so che la missione a Venezia era tra le più delicate, e sono sicuro che hai fatto del tuo meglio. Ti ringrazio già per questo.»

La benevolenza del papa produsse un arrossamento immediato delle guance del veneziano. Cercò con gli occhi il bicchiere ma era già vuotato. Finalmente si decise a rispondere. Gli anni passati a Roma non avevano ammorbidito il suo carattere schivo. Dovette attaccare tre volte prima che la voce gli uscisse limpida dalla gola e frettolosa come per la lettura di un proclama. «La Serenissima Repubblica di Venezia è favorevole alla cessione delle città di Parma e Piacenza.»

Lo spazio lasciato vuoto dalle sue parole inceppate fu riempito dal pensiero del papa con una rapidità inimmaginabile per quell'immobile gomitolo di seta e oro. «Ci avrei giurato.»

Il papa fece fatica a trattenere il sorriso amaro che quelle considerazioni gli suscitavano, e dovette stringere le mani intorno ai braccioli per evitare di lasciar trapelare i pensieri che gli riempivano la testa. "Un indebolimento dello Stato della Chiesa in Italia non può che favorire la grandezza di Venezia. La grandezza della Chiesa è sempre stata avversata dalla Repubblica della Serenissima e l'amputazione del suo territorio sembrerà un successo al Doge. Ma se Dio mi assiste il nuovo ducato potrà essere un nemico anche peggiore per Venezia nelle terre del Nord. L'importante è che non si oppongano adesso, in seguito si vedrà."

Barbaro, per un istinto che non aveva niente dell'acume diplomatico ma che lo metteva in grado di penetrare nel pensiero degli uomini con la forza di un animale, avvertì il compiacimento del vecchio, cogliendo proprio in quella stretta troppo forte dei braccioli la tensione tradita dal calcolo rivelatosi così inaspettatamente favorevole. Gli era chiaro molto più che al papa il progetto cinico del Consiglio veneziano, ma la sua rettitudine gli impediva di gioire pienamente dei successi della Repubblica.

Succedeva dal giorno stesso in cui era entrato a far parte del governo della Chiesa. Il trono di Pietro non poteva non avere precedenza nel suo cuore di sincero cattolico, e in quell'affare era forse l'unico che si considerava a ogni modo sconfitto, schiacciato da un lato dall'avidità di Paolo III e dall'altro dalla mancanza di scrupoli della Repubblica di Venezia.

Non tratteneva più la piega amara che gli increspava il viso e faticava a reggere lo sguardo del vecchio. Tra le dita grosse si rigirava le ciliegie, diviso tra la voglia di schiacciarne una e la paura degli schizzi rossi che gli avrebbero macchiato quella cotta che sentiva già poco candida. Quella loggia era l'ultimo posto dove avrebbe voluto trovarsi. Alzando leggermente lo sguardo sopra le spalle del papa vide le colombe di Venere nella volta azzurra imprigionate come lui in quel luogo, impossibilitate a raggiungere il cielo terso appena oltre gli archi. Quel pensiero triste lo spinse a parlare come non avrebbe dovuto, rivelando un eccesso di sincerità che sfumava con pericolosa evidenza in un'insolenza vendicativa. Il papa non avrebbe tardato a compiacersi poco per la prima e ad arrabbiarsi molto per la seconda.

«Vostra Santità mi perdoni, ma la mia impressione è che gli ostacoli posti dai cardinali e dai principi italiani siano facilmente superabili ora che l'imperatore ha acconsentito alla cessione. Come diceva Del Monte, è soltanto una questione di prezzo. Ostacoli più preoccupanti li vedo porre dall'interno della famiglia di Vostra Santità.»

Il papa posò il vino che stava annusando con il naso curvo entrato quasi per metà nel bicchiere. La fissità del suo sguardo spaventò i presenti e artigliò Barbaro come la presa di un falco. Ora non poteva non andare avanti. L'orgoglio del patrizio veneziano lo imponeva. «Il cardinale Alessandro, vostro nipote, ha minacciato di spogliarsi dell'abito cardinalizio e rivendicare a sé, in quanto primogenito, il ducato che sta per essere ceduto alla famiglia. Ora che la possibilità diventa concreta, la prospettiva di una carriera ecclesiastica gli appare meno seducente della prospettiva di un regno. Dice che Ottavio non ha fatto niente per guadagnarlo e che sarebbe comunque incapace di tenerlo. Ma il fatto che lo rende furioso è...»

Si fermò imbarazzato, la pausa aumentò l'inquietudine tra i presenti. Del Monte si girò in cerca della brezza che non c'era, sforzandosi di immaginarsi in un altro luogo, in un altro giardino, oltre la Porta del Popolo su cui finì per puntare lo sguardo.

«È la decisione di Sua Santità di dare al prossimo Concistoro di dicembre a suo fratello Ranuccio il cappello cardinalizio.»

Gli occhi di tutti si puntarono sul papa. Sembrava addormentato, le palpebre erano quasi chiuse e la testa reclinata. Niente di quello che aveva rivelato Barbaro gli era ignoto, ma il dispiacere nasceva dall'apprendere che già da tempo quelle pericolose bizzarrie del nipote fossero note a tutto il collegio cardinalizio.

Barbaro sapeva che quella rivelazione gli era stata dettata da un remoto ma incontenibile desiderio di vendetta verso il cinismo dei Farnese, ma ora che vedeva il vecchio così affranto sotto il peso di tanti ostacoli il sentimento di affetto per il capo della Chiesa ebbe il sopravvento sul disprezzo per l'avventuriero. Si girò quasi implorando verso il cardinale di Ravenna, Salviati, dal quale sapeva che sarebbero arrivate notizie confortanti per il papa.

Accogliendo la richiesta di aiuto dell'amico, il cardinale

Salviati, che rappresentava in Concistoro gli interessi del duca Cosimo dei Medici, fece sentire la sua voce allegra.

«Vostra Santità può contare sull'aiuto sincero del duca di Toscana che ha speso personalmente la sua autorità per convincere molti dei cardinali ad appoggiare l'alienazione, minacciando quelli contrari di ostacolare la riscossione delle decime ecclesiastiche sul proprio territorio. Per me l'alienazione è cosa fatta.»

Barbaro ebbe così la conferma di quanto aveva sospettato, Cosimo dei Medici come la Repubblica di Venezia aveva interesse a diminuire la potenza della Chiesa in Italia. Girava voce che si era spinto a offrire ai Farnese una consistente somma di denaro per comprare l'assenso dell'imperatore. In cambio chiedeva il controllo delle fortezze di Piombino e Porto Ercole, immaginando di poter estendere il proprio giovane Stato fino alla costa in pochissimo tempo.

Il papa annuì con la testa e indirizzò un accenno di sorriso verso Salviati, rientrando poi immediatamente nell'espressione cupa in cui lo aveva precipitato il riferimento alle pazzie di suo nipote.

Il più era fatto. Come altre volte, come sempre, il male d'Italia nasceva dal guadagno di alcuni. Di pochi per la verità. Paolo III lo sapeva perfettamente, ma sapeva anche che quella volta il guadagno maggiore sarebbe toccato alla propria famiglia come altre volte era toccato ai della Rovere, ai Medici, ai Colonna. Questo bastava a compensare il rammarico per la rovina dello Stato della Chiesa e per l'integrità dell'Italia.

I camerieri avevano portato a tavola le confetture di marzapane e latte cagliato, ma nessuno osava allungare le mani verso quelle meraviglie. Guardavano il papa sprofondato tra i suoi pensieri. Era rimasta solo l'instabilità del nipote a preoccuparlo. E non da quella mattina. Aveva puntato tutto su quel ragazzo, fin da quando lo aveva nominato, tra lo scandalo generale, cardinale a soli quattordici anni. Del resto non c'era il tempo di aspettare che crescesse. Sapeva di chiedergli un sacrificio destinandolo al faticoso governo dello Stato, ma non aveva mancato di proteggerlo e guidarlo anche nel godimento di quei piaceri ritenuti irrinunciabili per un giovane di buona nascita. Alessandro aveva in quei dieci anni condotto la vita di un principe, collezionava arte, gioielli e donne. Aveva già avuto due figlie che il nonno faceva allevare in modo adeguato al loro rango. Certo, ultimamente aveva preso a corteggiare perfino la moglie del cugino, e questo gli era sembrato un segno preoccupante, un passare il limite consentito anche ai più potenti della terra. Ma in compenso aveva imparato presto e bene la diplomazia politica, così bene che il nonno lo aveva mandato poco prima a Worms a trattare direttamente con Carlo V le condizioni di alleanza per la guerra alla lega protestante di Smalcalda. L'intelligenza del ragazzo gli era sembrata un dono della provvidenza mandato a risarcirlo della scelleratezza di suo padre Pierluigi, che aveva condensato in sé tutti i vizi e nessuna virtù al punto che doveva tenerlo quasi sempre lontano da Roma.

L'immagine di Pierluigi gli strinse il cuore e fece fatica a trattenere le lacrime. Si sentiva in colpa verso quel figlio disgraziato, nato quando era appena diventato un ambizioso cardinale. Lo aveva curato poco, troppo poco, ed era venuto fuori un mostro. Ma proprio per questo sentiva di doverlo risarcire. Lo rivedeva bambino, gracile e brutto, sempre cupo e silenzioso, infelice presso la donna che lo aveva cresciuto. Lui aveva troppo da fare, ed era convinto di fare anche il suo bene, ma forse il ragazzo avrebbe avuto bisogno semplicemente di un padre più affettuoso, un padre che gli dedicasse qualcosa in più della visita frettolosa ogni sei mesi, a volte ogni due anni, lasciandolo per il resto del tempo nelle mani di una donna che lo detestava, di una cortigiana pagata a buon prezzo. Aveva sempre saputo che infeudare lui del ducato di famiglia era una complicazione enorme, ma sperava che quel gesto potesse placare i suoi rimorsi, liberarlo dal peso della colpa verso il figlio. Pensava di averne diritto per tutto quanto aveva fatto per la famiglia, e poi il figlio stava per morire distrutto dalla sifilide. Avrebbe vissuto per poco ancora e il ducato sarebbe passato a Ottavio.

Aveva scelto di allungare la strada per amore, forse l'unica volta in vita sua che si era abbandonato a quel sentimento, amore per sé, per fuggire l'insopportabile infelicità che gli dava la vita di Pierluigi.

Con una leggera carezza sul braccio Pietro gli fece capire che gli ospiti stavano aspettando di mangiare le confetture. Così ben abituato alla simulazione Paolo III allungò la mano e con un cucchiaio prese dalla coppa un tremolante boccone di gelatina e se lo portò alla bocca, liberando dall'imbarazzo gli ospiti che abbassarono la testa su quella prelibatezza. Anche Barbaro che non aveva toccato cibo fu contento di eclissarsi in quell'atto. Il papa continuava a mangiare nascondendo la lacrima che scivolava invisibile tra le rughe per perdersi nella barba grigia. Pietro la vide, addolorato, ma asciugarla sarebbe valso a renderla visibile anche agli altri. Si limitò a porgere con affetto il tovagliolo al papa, che capì e gli sorrise spingendo più su della barba il lino candido, fino a sfiorare rapidamente i piccoli occhi infossati. Fece tutto senza mai staccarsi dal suo pensiero tormentoso.

Mancavano poche ore al compimento di un progetto inseguito per un'intera esistenza e il giovane Alessandro aveva un ruolo troppo importante in quell'impresa per permettergli di creare nuovi ostacoli con la sua intemperanza giovanile. Quanti anni aveva adesso? Ventiquattro, pochi per governare ambizioni così alte. Le sue spie gli avevano riferito di bravate ancora più gravi fatte dal nipote, e chissà se anche quelle erano note agli altri cardinali.

Alessandro si era lasciato convincere a tentare la successione al papato subito dopo la morte del nonno. Un desiderio che bastava da solo a renderlo ridicolo. Un papa meno che trentenne non si era mai visto nella storia della Chiesa. E tutto perché temeva che il giovane fratello, Ranuccio, una volta nominato cardinale, avrebbe raccolto la simpatia del collegio per le sue qualità. Il giovane Ranuccio, bello e mite al punto da non sembrare neppure un Farnese. Strabiliava tutti per la diligenza e per la morigeratezza dei suoi costumi, e in un'età poi che pretendeva negli altri giovani soddisfazioni molto lontane dallo studio e dalla frequentazione di saggi maestri.

Il papa si accorse dal rumore del cucchiaio nella coppa vuota che la confettura era finita. Doveva riprendere il controllo sulla sua malinconia. Fece cenno di avvicinare le coppe per lavare le mani. La sensazione di fresco che emanava dall'acqua su cui galleggiavano petali di rose lo aiutò a ritornare tra i commensali. Pietro aspettava paziente con il tovagliolo già disteso per asciugare le dita rinsecchite. Afferrò il desiderio del vecchio padrone prima che questi avesse il tempo di parlargli. «Avvicinate la portantina. Sua Santità è stanca e deve riposare prima del Concistoro.» Due svizzeri si accostarono per prendere premurosamente il papa sotto le braccia e accompagnarlo alla bussola.

Senza rivolgersi a nessuno in particolare, il vecchio ringraziò i suoi ospiti impartendo la benedizione con un piccolo gesto del braccio.

«Grazie. Saprò remunerarvi per tutto quanto avete fatto per la Chiesa e per la mia famiglia. Ora però dobbiamo ritirarci per riposare almeno un poco prima di quest'ultima prova. I miei musici hanno l'ordine di intrattenervi, ma chi volesse può accomodarsi nelle mie stanze. Ho fatto apparecchiare quattro letti nella Sala del Pappagallo. Ci incontreremo tra due ore nella cappella maggiore.»

Pietro stava già chiudendo la lettiga quando il papa gli fece segno di aspettare, voleva ancora dire qualcosa ai cardinali, per cancellare l'impressione di faticoso travaglio sin troppo umano che sapeva di aver lasciato filtrare. «Il nuovo ducato aiuterà lo Stato della Chiesa a essere più forte. Ne difenderà militarmente i confini superiori senza gravare sulle casse della Camera Apostolica. È un grande servizio che stiamo rendendo a Dio.»

Era il colpo di genio finale, che giustificava di fronte al mondo la cessione e dava ai cardinali l'impressione di lottare per una causa di stato e non per la causa della famiglia papale. Nessun principe poteva arrivare a tanta astuzia politica. La riuscita del disegno più mostruoso dipendeva dalla capacità di difenderlo con argomenti ragionevoli, per quanto superficiali. E pazienza se molti con poco sforzo avrebbero potuto ribattere che con quella logica, per difendere meglio lo Stato della Chiesa, si sarebbe arrivati a venderlo fino ai confini delle mura vaticane. In diplomazia non conta tanto la fondatezza degli argomenti quanto soprattutto la determinazione nel discuterli. E Paolo III Farnese aveva fatto in modo che pochi o nessuno fossero messi in grado, o avessero voglia, di discutere quelli apparecchiati per rapinare a suo vantaggio il tesoro di Pietro.

A chi si apprestava a farlo, come i luterani, era stato già opposto dalla macchina propagandistica della corte Farnese un argomento invalicabile; le loro critiche erano calunnie dettate da puro odio antipapale. Bastava quell'accusa a spuntare le armi degli avversari e a rendere fragili anche gli attacchi meglio fondati; soprattutto agli occhi di chi non voleva vedere, per comodità, per vigliaccheria o solo per cullarsi nell'illusione che dal vantaggio dei Farnese potesse derivarne uno anche per sé, sebbene piccolo, piccolissimo, quasi inconsistente.

I suonatori entrarono sotto la loggia e la musica si diffuse prima gentile e poi sempre più allegra. Ma un altro concerto iniziò quasi subito e in poco tempo sovrastò quello dei flauti. Le cicale del bosco cantavano invisibili sotto la loggia, rinvigorite dal caldo che aumentava così come i suonatori se ne sentivano invece spossati.

I cardinali si ritirarono tutti nelle camere offerte dal papa.

12

Uscito dal convento di Sant'Agostino per la porta del cortile piccolo, l'uomo si trovò a pochi passi da piazza Navona, grande e affollata. Il colloquio non era durato tanto ma aveva dato tempo alla città di animarsi. Il sole picchiava forte e la folla si assiepava sul lato destro della piazza, al riparo dell'ombra delle case, alte anche quattro piani. Presto però di ombra ce ne sarebbe rimasta poca anche lì, il riflesso bianco della luce sul terreno avanzava inesorabile assottigliando la striscia scura. C'erano banchi e urla e movimenti concitati come se ognuno volesse portare in fretta a termine i propri affari temendo quel disco infuocato che arroventava ogni cosa. Non poteva attraversare la piazza; per raggiungere prima possibile il palazzo del papa doveva proseguire per via dei Coronari che l'avrebbe condotto in poco tempo all'imbocco del ponte Sant'Angelo. La strada era stretta e fresca, fiancheggiata da case con sporti molto ampi. Il sole non sarebbe arrivato forse neppure a terra se non per un brevissimo tempo a mezzogiorno. Fuori dalle botteghe si erano accomodate le donne con la verdura da pulire e i bambini con in mano tutto quello che somigliava a un gioco. Uomini seduti non se ne vedevano, camminavano chiamandosi ad alta voce o si affacciavano dal retro delle botteghe con i grembiuli di cuoio unti, con le maniche sporche arrotolate ai gomiti, con i copricapi informi di stracci stretti sulla testa sudata. Un odore di minestra e di melone rendeva l'aria irrespirabile nei punti più stretti della via. L'arrivo di un carretto era preceduto dalle grida disperate del guidatore che chiedeva, imponeva e minacciava facendo schioccare la frusta, e tutti sembravano sull'orlo di una lite che non scoppiava mai.

Verso la fine, quando sul suo lato destro intravedeva già gli alberi della riva del Tevere, il monaco vide una folla compatta e agitata venirgli incontro. Poi cominciarono a correre i bambini gridando parole incomprensibili. Andavano avanti e indietro infilandosi e sbucando di nuovo tra le gambe degli adulti. Un suono di tamburo prendeva a stento il sopravvento sullo schiamazzo. Dovette accostarsi al muro per non essere travolto dalla fiumana di gente che occupava la via. Molti uomini e donne avanzavano camminando all'indietro per non perdere neanche un dettaglio di quanto stava accadendo al centro della turba. La visione fu terrificante. In mezzo a due cordoni di guardie che faticavano a tenere a bada la folla, avanzavano trascinandosi tre uomini in catene, o quel che restava di loro. Il primo, un moro, aveva le mani legate dietro la schiena. Era coperto da un vestito da donna ridotto a brandelli che gli era stato arrotolato dietro la testa per lasciare scoperte le gambe e il sesso martoriato. Alle sue spalle, due uomini legati alla stessa catena si trascinavano inciampando a ogni passo. Anche loro erano quasi nudi, ma perché le brache e le camicie erano ridotte a brandelli dalle frustate. Né i volti e neppure gli arti sembravano quelli di uomini, tanto erano gonfi per lo strazio subito. Nonostante il loro stato, la folla continuava a insultarli, a sputare e lanciare loro addosso torsoli di verdure e pietre. Qualcuno ne approfittava per colpire nel tumulto le guardie a cui arrivavano invettive da ogni direzione. Anche la folla era scalza, cenciosa, ma contenta per quello spettacolo da cui sembrava ricavare una soddisfazione personale, un sollievo e un ristoro.

Stretto nelle spalle e nel cappuccio che si era calato fin sopra gli occhi, l'uomo non aveva il coraggio di chiedere a che dovessero quel supplizio i tre disgraziati. Lo fece per lui una vecchia, fermando con il braccio una donna più giovane che aveva in mano tre grandi pietre e non vedeva l'ora di tirarle. «Quello moro chiavava con gli uomini in un bordello della Suburra vestito da donna, lo schifoso. Gli altri due avevano uno spaccio di olio al Colosseo. Hanno ammazzato un cliente e hanno nascosto il cadavere in una botte. Poi hanno pure venduto l'olio.»

«E dove li portano?»

«A Campo dei Fiori, li impiccheranno stasera con il fresco.»

La vecchia aspettò un poco e poi aggiunse quieta: «Con il fresco va bene, allora verrò anch'io, con questo caldo alla mia età è meglio non andare in giro, ma con il fresco, stasera, non perdiamo lo spettacolo».

L'esibizione di tanta crudeltà aveva richiamato il popolo come un magnete la limatura di ferro, tirandolo fuori dalle case e dai magazzini del quartiere. La folla formava un fiume già in piena che si sarebbe ingrossato come una alluvione prima di arrivare a destinazione. Passata l'orribile processione, la strada era rimasta deserta fino all'angolo con la via dei Banchi, e il monaco arrivò in vista del ponte in pochi attimi. Dietro le impannate verdi tenute discoste dalle finestre, le donne, che non avevano voluto o potuto seguire a piedi la folla, la seguivano con lo sguardo.

Si mise in fila sul ponte insieme ai pellegrini diretti a San Pietro. Ormai non poteva più sbagliare, ma la strada principale era così intasata che si procedeva a passo di mulo tra il caldo e l'afrore sempre più soffocante degli uomini. Molti si spingevano e si strusciavano, per tentare il borseggio, per palpeggiare di nascosto, o per semplice stanchezza. Decise di inoltrarsi nelle stradine laterali seguendo, per non perdersi, la montagna di impalcature e di mattoni del nuovo San Pietro. Si fermò solo davanti agli svizzeri che presidiavano la caserma di Porta Sant'Anna, di fronte alla piccola chiesina bianca dedicata alla madre della Vergine. Quattro guardie sbarravano la strada di accesso ai palazzi chiedendo a ognuno il motivo della visita. Per lo più si trattava di pellegrini che avevano sbagliato l'ultimo tratto di strada e invece di dirigersi a San Pietro imboccavano la strada che portava all'enorme portale bugnato con il fregio bianco segnato dalle iniziali di papa Giulio II. Dopo aver formulato la sua richiesta si guardò intorno cercando un posto dove sedersi o almeno dove poter poggiare la schiena. Aveva il fisico robusto sotto il saione, ma il viso mostrava i segni dello sfinimento, e alla guardia non sfuggì quella stanchezza. Era un giovane biondo di neppure vent'anni arrivato da poco dal Cantone Ticino per vedere Roma e mettersi al servizio del papa. Rientrò nello stanzone che fungeva da alloggio per chi montava la guardia di notte e ne uscì con un piccolo sgabello di legno che accostò al muro.

«Sedetevi padre, ci vorrà qualche minuto per cercare il protonotario. Oggi è un giorno speciale e nessuno può entrare ai palazzi senza un permesso.»

L'italiano era un po' stentato ma la voce gentile.

«Andrò io stesso a cercarlo in cancelleria, so dov'è.»

Il monaco si lasciò cadere sullo sgabello ed ebbe voglia di chiudere gli occhi ma il traffico alla porta era troppo intenso per concedergli un abbandono. Arrivarono due cardinali seduti sulle mule bardate con una coperta cremisi. Dietro di loro, a piedi, quattro servi portavano in spalla sgabelli e bisacce piene di generi di conforto che non potevano mancare ai padroni in quella lunga giornata. Pellegrini a piccoli gruppi allungavano il collo per sbirciare oltre le guardie verso i palazzi dove sapevano risiedevano il papa e la sua corte, in un lusso che scandalizzava alcuni mentre ad altri sembrava il giusto decoro per il vicario di Cristo in terra.

Stava scivolando suo malgrado nel sonno. La guardia non arrivava e quello era il primo momento di sosta da quattro giorni. Le palpebre stavano per serrarsi quando fu scosso da un brivido che si propagò lungo tutta la spina dorsale. A pochi passi stava passando il giovane monaco che aveva lasciato nel convento di Sant'Agostino, il confidente del priore che lo aveva prima accolto e poi spiato. Non l'aveva visto entrare, doveva essere arrivato prima di lui. Aveva il viso contratto e una gran fretta di abbandonare il palazzo, tenendosi lontano dalle guardie che a ogni modo fermavano solo chi entrava e non chi usciva. Sentì che qualcosa era andato storto. La stanchezza si dileguò all'improvviso lasciando posto a un formicolio nel sangue e al gelo sulla fronte. Non poteva più rimanere fermo, doveva entrare subito, senza aspettare il giovane e volenteroso ragazzo svizzero.

Il caso gliene offrì l'opportunità. Un piccolo tumulto scoppiò all'ingresso richiamando fuori dal posto di guardia tutti i soldati. Tre cavalieri, arrivati di corsa alla porta, spingevano i cavalli contro le guardie e non volevano saperne di fermarsi. Uno di loro in particolare, vestito di nero con abiti eleganti, colpì con il frustino da sella la guardia che gli sbarrava il passo e iniziò a gridare: «Voglio subito il comandante, togliti davanti straccione o ti troverai a penzolare sul ponte di Castello prima del tramonto».

La guardia dolorante per il colpo di frusta si teneva una mano contro il viso per proteggerlo, ma con l'altra stringeva le redini del cavallo spingendolo indietro con la spalla contro il muso. Per quanto giovane e intimorito, lo svizzero era intenzionato a far rispettare gli ordini anche a costo della propria vita. Per quel giorno nessuno poteva entrare senza permesso.

A mettere fine alla contesa che aveva già radunato una nutrita folla di curiosi, dalla caserma arrivò di corsa un uomo più anziano che si avventò sul ragazzo per fargli mollare le redini inchinandosi subito dopo al cavaliere. «Vostra Signoria perdoni il mio soldato, è giovane e non conosce tutti i membri della famiglia papale. Entrate pure, siete a casa vostra.»

L'uomo scese da cavallo lasciando le redini al servitore che gli stava a fianco e si avviò correndo verso il palazzo.

Il diverbio era durato solo qualche minuto, ma il tempo era stato sufficiente al monaco per oltrepassare il posto di guardia. Quando l'ordine fu ripristinato lui era già dentro, e aveva raggiunto il secondo portale che immetteva al grande cortile di Belvedere. Lo attraversò con calma mescolandosi ai servi dei cardinali e agli operai che prendevano acqua alla fontana. Imboccò una scala e si trovò in una sala affollata di ogni genere di persone. Inservienti che pulivano i pavimenti, trascinando le ramazze umide fin sotto i piedi degli uomini d'affari coperti di seta e broccato e chierici di ogni ordine e grado. Quello dei domestici sembrava un assedio, muto e inesorabile, che costringeva la folla ad arretrare contro le pareti toccandole con la schiena. Era arrivato nella sala delle udienze, non ancora finita e già celebrata come la Sala Regia più maestosa dell'intera Europa cristiana. C'era soltanto l'Alcazar dei Mori a Granada di cui si favoleggiava come di un miracolo, a insidiare il prestigio del papa.

Si mise in un angolo cercando di raccogliere le idee. La cosa migliore era raggiungere al più presto la camera di Carnesecchi, poi si sarebbe visto. Notò un ragazzo giovane quasi imberbe che si guardava intorno con il suo stesso spaesamento. Aveva in mano delle carte e se le stringeva al petto con attenzione per paura di perderle o rovinarle in quella bolgia. I servi lo salutavano con un cenno frettoloso: era certo uno di casa, ma non sembrava scaltro come gli altri uomini che affollavano la stanza. Aspettò che gli fosse vicino e allungò il braccio per fermarlo: «Figliolo».

Il ragazzo si fermò sgranando gli occhi chiari e sorrise allo sconosciuto. «Perdonami figliolo, ma manco da molto tempo a palazzo e vorrei salutare un vecchio amico che non riesco a trovare. I camerieri sono tutti così indaffarati e non voglio disturbare.»

«Avete ragione padre, il palazzo oggi è una nave in mezzo alla tempesta ed è meglio non avvicinarsi ai camerieri. Come si chiama il vostro amico, forse posso aiutarvi io.»

«Carnesecchi, Pietro Carnesecchi il protonotario.»

«Siete fortunato, lavoro anch'io alla cancelleria e conosco messer Carnesecchi, a quest'ora dovrebbe essere in biblioteca, vi ci porto.»

«Ti ringrazio, ma ci vado da solo se mi indichi la strada, e se non fosse in biblioteca sai dirmi qual è la sua camera?»

«Sì, dovete uscire per quella porta e salire all'ultimo piano. Troverete un arco che immette al lungo corridoio. Non potete sbagliarvi, ce n'è solo uno lunghissimo che costeggia il cortile di Belvedere. Quando sarete arrivato dall'altra parte svoltate a destra e troverete un corridoio più piccolo che si apre sulle stanze dei chierici. La sua è l'ultima in fondo, o forse la penultima, chiedete di nuovo.»

«Grazie, sei stato gentile, che Dio ti aiuti.»

Il corridoio delle carte geografiche non poteva essere confuso con niente al mondo. Sulle pareti erano dipinte le mappe di tutta Europa e per le città più importanti si poteva addirittura distinguere le vie. Pochi le guardavano, avevano tutti fretta di arrivare alla loro destinazione. Le guardie chiacchieravano tra loro accanto alle finestre che davano sul bosco, raccolte a gruppi di due o tre. Ogni tanto davano un'occhiata al viavai senza interrompersi. L'aria pareva immobile ma molto più fresca che nelle altre stanze. Le finestre affrontate sui due lati del corridoio creavano una leggera corrente che dava sollievo. Trovò subito la porta del protonotario, ma prima di entrare aspettò qualche minuto nascosto dietro una statua poggiata all'inizio del pianerottolo. Nessuno passava in quella zona e senza fare rumore si avvicinò alla porta per cogliere i rumori provenienti dall'interno. Niente, neppure un palpito, la stanza doveva essere vuota.

Dopo aver aspettato ancora qualche minuto si decise a entrare assicurandosi prima che nessuno arrivasse dalla galleria da cui lui era venuto. Spinse la maniglia e si buttò sul pavimento guardandosi intorno. Non accadde nulla. La stanza era in penombra ed era vuota. Almeno così pensò all'inizio. Quando aprì l'imposta della finestra sul giardino, il sole illuminò le lenzuola bianche al centro del letto disfatto. Distinse la sagoma che sembrava un grosso cuscino. Un fiore rosso brillante di sangue non ancora rappreso alimentava da quel fagotto un rigagnolo che seguiva la piega più profonda della stoffa fino al bordo del letto, nella parte che non poteva vedere dalla sua posizione. Si stupì molto più dell'assenza di ogni minimo turbamento di fronte al cadavere che di aver trovato Carnesecchi assassinato.

Continuava a scoprire un altro uomo dentro se stesso con il procedere delle ore e persino dei minuti di quella terrificante giornata. Era come se fosse stato già preparato a quella scoperta. Girò con calma intorno al letto dopo aver aperto l'armadio accanto alla finestra. La camera non era grande e non c'era altro posto dove un assassino avrebbe potuto nascondersi, ma era certo che il colpevole ora avesse già raggiunto il convento di Sant'Agostino.

13

Il cavallo attraversò il ponte Sant'Angelo guardando distrattamente il fiume che scorreva formando nell'ansa placidi flutti schiumosi. Solo in quel punto e intorno all'Isola Tiberina il fiume lasciava il suo aspetto placido, omaggio silenzioso alla maestà di Roma, per agitarsi rumorosamente come ogni altro corso d'acqua del mondo. Non lontano dalle rive si potevano vedere frammenti ciclopici di antiche costruzioni rotolati nell'acqua in seguito alle alluvioni, ai terremoti e agli sbancamenti degli uomini. Con la secca estiva, emergevano anche i più piccoli, solo due tre blocchi tenuti insieme dal cemento di pozzolana. L'acqua sbatteva sui massi dividendosi con spruzzi allegri per poi riunirsi in un placido velo verde trasformato a oriente dal sole ancora basso in uno specchio abbagliante. Al centro del fiume le alghe ondulavano lunghe, come capelli di donne al bagno, affioravano in superficie per poi sprofondare in un'indistinta massa scura.

La bestia era poco interessata alla dolcezza del Tevere che distraeva il padrone. Ne approfittava per accostarsi ai pali di legno assicurati ai parapetti. Servivano per appendervi gli impiccati ma anche i festoni di fiori e frutta che lo trasformavano in un arco di trionfo all'antica nelle occasioni di festa. Dall'alto alcuni rami secchi pendevano chissà da quanti giorni, ma il cavallino di Michelangelo, al quale non mancava certo la biada migliore di Roma, non poteva fare a meno di sporgere il collo per afferrare le foglie.

Sentendosi tirato dalle redini Michelangelo sorrise per l'ingordigia accarezzandogli il collo. Stringendogli le gambe intorno, con la forza di una carezza soffocante, gli fece riprendere il cammino. Intanto guardava oltre la mole di Castel Sant'Angelo un minuscolo cirro grigio spuntare dal nordovest, dalle pendici di Monte Mario. Una promessa di temporale. Come tutti gli altri romani aspettava da giorni inutilmente l'arrivo della rottura del tempo. Di un fragoroso temporale che rinfrescasse l'aria putrefatta della città spalancando le porte all'autunno.

Preferì non illudersi. Non illudersi nemmeno su quel possibile sollievo alle sue angustie, e diede uno strattone più deciso al cavallo per arrivare a San Pietro.

Dopo il ponte avrebbe dovuto costeggiare il muro tondo del Castello e poi le mura per arrivare dritto alla Porta Sant'Anna dove le guardie svizzere si sarebbero inchinate con cortesia per lasciarlo passare e raggiungere la Cappella Paolina come faceva ormai da cinque anni. Invece svoltò a sinistra per la via di Santa Caterina, tra le casupole che si litigavano lo spazio intorno alla basilica santa dei cristiani. Voleva dare uno sguardo alla nuova chiesa i cui lavori si trascinavano da quarant'anni esatti per colpa di quel ladro di Antonio da Sangallo, un bravo ingegnere ma pessimo architetto. Secondo quanto Michelangelo aveva detto più volte al papa, Sangallo aveva trasformato il bel progetto luminoso di Bramante in un groviglio buio di muri e di archi al punto che l'immensa basilica era diventata un inaccessibile rifugio per i delinquenti che battevano monete false e gli stupratori di monache.

La chiesa era vasta come una città ma tortuosa come un labirinto, e per questo nessuno vi si avventurava dopo il tramonto. Neppure venticinque guardie sarebbero bastate a renderla sicura. Arrivato sulla piazza di San Pietro, sull'enorme distesa di terra, fango e calcinacci, avvertì subito il vapore pungente emanato dalle vasche dove era messa a spegnere la calce, tanto forte da coprire del tutto l'odore dei lecci scuri che popolavano il bosco subito dopo le mura.

Oltre la spianata lunga un centinaio di passi si sollevava la rampa di scale che portava alla chiesa. Il vecchio portico, costituito da minuscoli edifici cresciuti per mille e cinquecento anni in un intrico di tetti e di mura di ogni colore assomigliava molto più alla piazza di un piccolo paese di contadini che all'ingresso della maggior basilica della cristianità.

Dietro il tormento di casupole si intravedevano gli arconi immensi della crociera centrale destinati a reggere una cupola ampia come il cielo ma che nessuno riusciva ancora a immaginare. Le murature di mattoni prendevano in pieno i raggi del sole basso e contro l'aria azzurra apparivano simili a blocchi d'oro brunito. Alla base delle volte spiccavano gli enormi pezzi di travertino bianco della cornice. Per tirarli fin lassù c'era bisogno di gigantesche macchine di tronchi e di canapi e soprattutto della forza di centinaia di uomini. Nella parte frontale, l'arcone di imposta della cupola era rivestito dai lacunari intagliati nel marmo, resi abbaglianti dal sole che li colpiva in pieno. Il più grande arcone mai costruito a Roma doveva sostenere il tamburo della cupola ancora da progettare, e adesso aperto sul cielo sembrava da solo un monumento antico capace di rivaleggiare con le volte dei Fori che lo avevano ispirato. Michelangelo aveva rallentato fin quasi a fermare il cavallo per seguire quell'intrico di pietre legni e mattoni, ed era così concentrato che non si accorse dell'arrivo di Urbino.

La voce accanto a lui lo fece sobbalzare: «È andata bene la traversata?». Michelangelo per tutta risposta iniziò con un rimprovero: «Vedo che hai preso l'asino. Era troppo faticoso venire a piedi, non è vero?».

Senza rispondere Urbino diede di sprone alla sua cavalcatura per ritornare indietro verso Porta Sant'Anna.

Michelangelo lo fermò. «Voglio girare intorno alla basilica, approfittare dell'aria fresca della mattina per dare un'occhiata al cantiere. Mi hanno detto che i prezzi della calce sono stati aumentati a cinquanta baiocchi la cofana già da due settimane. Sangallo si è messo d'accordo con i fornitori di Tivoli, ma voglio vedere cos'ha di tanto speciale questa calce così costosa.»

Urbino girò le redini per seguire il cavallo di Michelangelo.

«Maestro. Perdonatemi se mi intrometto. Abbiamo già molti problemi di nostro con la corte e con gli altri artisti romani. Non sarà il caso di lasciar perdere il cantiere di San Pietro? Non siete stato incaricato dal papa di questo lavoro, e Antonio da Sangallo è molto potente anche tra i cardinali.»

Michelangelo girò il collo quel tanto che bastava a inquadrare il giovane con la coda dell'occhio, come se avesse avuto articolazioni di legno. Poi parlò, come fosse rivolto a un interlocutore che avesse di fronte e non alle spalle.

«Sei sempre così preoccupato di infastidire i tuoi amici, non è vero? Lo so che frequenti molti operai della setta del Sangallo, ma il bene dei cristiani è più importante degli interessi di una banda di ladri e dei loro amici.»

Si girò di nuovo a guardare il ragazzo, questa volta piantandogli in faccia gli occhi quasi chiusi per difendersi dal sole. C'erano delle parole, delle frasi taglienti come una lama, che l'artista pronunziava con una soddisfazione che gli veniva dall'anima. Con la gioia di poter dire concisa e chiara una verità a lungo pensata, scandagliata e assaporata. Una sentenza coraggiosa che gli altri per calcolo non volevano pronunziare né ascoltare pur sapendola vera. Lui aveva avvertito fin da ragazzo una speciale predisposizione a rivelare quel genere di irritanti verità. In quelle occasioni il piccolo volto rugoso, la fronte ampia e perfino quel naso quasi senza profilo si distendevano facendolo assomigliare a un bambino. Il mento prominente sporgeva in avanti molto più della punta del naso ed era coperto da ciuffi radi di barba che tagliava una volta al mese. Si era lui stesso disegnato spesso quel profilo in modo tanto grottesco che scherzosamente lo diceva già pronto a incarnare la maschera di un vecchio satiro esiliato dall'Arcadia. Ma quello stesso volto, in certe occasioni, diventava severo fino ad assumere la solennità di un venerabile profeta. Quella frecciata contro il garzone, e le sue presunte amicizie con la "cricca" del deprecabile architetto di San Pietro, meritava la maggiore solennità possibile perché era stata covata da lunghissimo tempo.

Urbino, avvicinatosi, vide soltanto le scintille dorate guizzare nelle sottili fessure liquide sotto le sopracciglia cespugliose. La frase successiva partì nel silenzio ovattato della grande spianata deserta.

«Poi non ho detto che voglio denunziarli al papa. Del resto credo che neppure mi riceverebbe in questi giorni, ha cose più importanti da fare. Almeno più importanti per lui e la sua famiglia. Voglio soltanto vedere la calce e la pozzolana e i travertini con i quali Sangallo sta costruendo il più grande tempio della cristianità. Valutare la qualità dei muri e l'equità del prezzo. Assicurarmi che non cada da un momento all'altro seppellendo migliaia di poveri pellegrini trascinatisi a Roma.»

Non era una novità per Urbino, che non lo aveva mai visto fidarsi di nessun altro che di se stesso anche riguardo questioni molto più insignificanti come il costo del marzapane o la qualità della legna da approvvigionare per l'inverno. Si chiese soltanto come facesse il padrone in giorni concitati come quelli a trovare le forze per occuparsi di questioni gravi, gravissime, ma nelle quali non era direttamente coinvolto. Si guardò bene dal porgli quella domanda e si dispose a seguirlo con la testa bassa.

Si trovavano a sinistra del grande scheletro di mattoni, tra il vecchio camposanto e le mura delle absidi tonde come mammelle. A pochi passi di distanza si alzavano le colline boscose di Santa Marta con i capanni di frasche di leccio costruiti per proteggere dal sole e dall'acqua le vasche dove era messa a macerare la calce viva arrivata da Tivoli. I primi muli della giornata si avvicinavano alle vasche guidati dagli operai più anziani che avevano preferito mettersi all'opera molto prima che il sole si levasse. Quelli più giovani, storditi dal vino e dall'amore, faticavano a raggiungere il cantiere prima che il sole fosse ben alto. Adesso stavano arrivando alla spicciolata gridandosi insulti scherzosi sullo slargo davanti alla chiesa.

I muli con i basti di legno carichi di zolle di calce si avvicinavano alle vasche sotto i capanni. La calce cotta nei forni di mattoni sembrava bianca e leggera come una spuma o una crema di ricotta, innocua e bella per gli occhi, ma gli uomini incaricati di depositarla nelle vasche vi si avvicinavano con grande circospezione, coperti da saioni con cappuccio da cui spuntavano solo gli occhi nell'ombra. Con un gesto rapido aprivano i basti e la calce viva precipitava nell'acqua sfrigolando rumorosamente come un pezzo di grasso sul fuoco. Una nuvola di vapore si alzava dall'acqua e si disperdeva tra le frasche di leccio che coprivano i capanni. Michelangelo si sporse per sentire la forza del ribollire. Da quella forza avrebbe saputo giudicare della bontà della calce, come gli aveva insegnato mezzo secolo prima proprio lo zio di Antonio da Sangallo, Giuliano, senza sapere che il nipote avrebbe poi piegato tutta quella scienza al malaffare di guadagni disonesti.

Un operaio giovane lo aggredì con un urlo: «Attento, vecchio, uno schizzo di quell'acqua può renderti cieco per sempre. Ammesso che ti rimanga molto da vivere».

Un uomo più anziano lo colpì con un pugno prima che potesse finire quella frase ingiuriosa.

«Bestia, non lo riconosci? Come ti permetti di parlare in questo modo a Michelangelo! Perdonatelo, signore, è arrivato da poco a Roma dalla Puglia e non può avere idea di chi ha di fronte. Ma vi prego, scostatevi a ogni modo dalle vasche, può essere pericoloso. Se posso esservi utile in qualche cosa, domandate come al vostro servo più fedele.»

«Grazie, buon uomo, hai ragione, la vecchiaia rimbecillisce e spinge all'imprudenza. Non preoccuparti e lascia stare quel giovane, non è un delitto ignorare un vecchio che per pura adulazione qualcuno finge di ritenere importante. Puoi dirmi dove sono le pozzolane rosse?»

«Da questa parte, maestro, venite da questa parte.»

Cominciò a correre lungo le vasche dove la crema bianca ribolliva a ogni getto d'acqua che altri operai vi facevano cadere da otri trasportati su carriole dal vicino Tevere. Le vasche profonde come piscine termali sembravano una chiazza di neve raccolta dal vento sotto l'ombra dei capanni. Bianca e pericolosa come il peggiore dei veleni, continuava a macerarsi la calce che Michelangelo aveva già giudicato scadente per la debolezza di quello sfrigolio. Lui sapeva che quella buona e grassa scoppiettava a contatto con l'acqua. Il cavallino morello si arrestò accanto a un cumulo alto come una casa, tutto rosso con solchi viola più umidi. Era la pozzolana cavata sui colli nordoccidentali di Roma, trasportata dai muli e dai carri e separata da quella nera che arrivava dalle vigne a sud, fuori Porta San Sebastiano sull'Appia, più tenace per le murature, ma troppo scura per gli intonaci, soprattutto per gli intonaci da dipingere a fresco.

«Urbino, renditi utile, prendimi una manciata di quella pozzolana.»

Urbino scese dall'asino e raccolse un pugno di pozzolana rossa che depositò nella mano aperta di Michelangelo, nodosa e forte come la scorza di un albero. Il pugno si strinse sulla sabbia e la fece suonare ruotando più volte le dita sul palmo. Poi aprì le dita e lanciò la pozzolana sulla collina, gli sembrava uno spreco lasciarla cadere ai piedi del suo morellino. Urbino lesse una smorfia di disappunto sulla faccia del padrone. L'operaio si era allontanato con gesti deferenti del capo, e si azzardò a chiedere la diagnosi di quell'assaggio.

«Pessima, piena di fango, cavata appena sotto l'erba per risparmiare fatica. Le malte con questa melma resistono molto meno, soprattutto quando devono sopportare carichi consistenti. Si rischia di incrinare le murature alla prima scossa di terremoto. Questo Sangallo è proprio un cane, e poi la fa pagare più di quella che si trova a Roma.»

«Ma il cardinale Straniti che soprintende alla fabbrica saprà pure che esistono pozzolane migliori a prezzi più bassi.»

«Certo che lo sa, ma preferisce smezzare con il Sangallo metà del guadagno in eccesso. Ha già sposato tre nipoti da quando è soprastante alla fabbrica di San Pietro; perché credi che non voglia lasciare a nessuno l'incarico nonostante la gotta che lo obbliga a venire in cantiere una volta al mese su una portantina messagli a disposizione da Sangallo?»

Mentre Urbino si chiedeva atterrito come facesse il padrone a sapere tutte quelle cose, Michelangelo riprese il trotto per girare intorno all'abside centrale della chiesa che proiettava l'ombra gigantesca fino ai conventi della collina di Santa Marta. Davanti alle porte del convento erano stesi panni coloratissimi, rossi e arancioni, larghi come coperte. La brezza li faceva sventolare e il sole li attraversava accendendone il colore ogni volta che uscivano dall'ombra proiettata dalle pareti della basilica.

«Cosa succede su quella collina?»

Michelangelo si rivolse a Urbino incuriosito. «Non andrai in giro a perdere tempo senza neppure sapere quello che accade di nuovo a Roma, no?»

Urbino incassò il rimprovero benevolo annuendo con la testa come fosse stato un complimento, era il suo modo di irritare il padrone.

«Sono i conventi degli Indiani e quelli sono i loro vestiti messi ad asciugare.»

«Ora gli Indiani hanno un convento a Roma?»

«Sì. Già da due anni. I predicatori che vanno nelle Indie per convertire i selvaggi portano sempre indietro qualche nativo, perché hanno capito che con il loro aiuto possono studiare meglio le lingue e le abitudini di quelle popolazioni. Sua Santità paga di tasca propria dei maestri per insegnargli le Scritture. Molti di loro vestono ancora con i loro teli colorati, soprattutto quelli delle Indie orientali che si radono il capo hanno dei finissimi veli arancione, e molte donne li fermano per strada per comprarglieli.»

Entrarono nel giardino segreto insieme a un pastore che era venuto a donare al papa quattro caprette nate da poco. Il capogiardiniere sembrava poco contento di quel regalo.

«Bisognerà comprare una capra per allattarli. Sei sicuro che il papa gradirà questo regalo?»

Il pastore vestito con un mantello esageratamente pesante per la stagione si risentì molto per quella domanda.

«Certo che sono sicuro, non avrei camminato tutta la notte da Canino a qui se non ne fossi stato certo. Le caprette sono nate nei terreni intorno alla casa del papa, dove adesso vivono i suoi parenti rimasti a Canino. Hanno mangiato l'erba che cresce nei campi Farnese e il papa desidera il latte delle sue stalle. È stato proprio suo nipote a suggerirmi di portare qui le caprette. Tutti uguali, voi del palazzo, pur di non fare niente vorreste che non succedesse mai niente.»

Il giardiniere mostrò un'espressione seccata che non prometteva niente di buono per l'ingenuo contadino arrivato dalle terre dei Farnese, ma Michelangelo intervenne nella discussione prima che degenerasse in una rissa.

«Il pastore ha ragione, ho sentito io stesso Sua Santità che declamava la bontà delle capre delle sue terre. Certamente sarà un regalo molto gradito. La capra per allattare gliela regalerò io.»

Il giardiniere rimase di stucco riconoscendo la voce di Michelangelo, e si fece da parte per lasciar passare il piccolo gruppo al quale si erano avvicinate due giovani guardie svizzere, poco più che ragazzi. Avevano ancora addosso l'odore delle bestie portate a pascolare fino a qualche mese prima sulle montagne di casa. Poggiarono a terra le alabarde e si inginocchiarono per accarezzare le caprette tremanti con un gesto tanto lontano da quelli immaginati dalla gente comune per quei soldati temuti da ogni esercito.

14

Pochi minuti dopo mezzogiorno l'ombra degli alberi era scura come un cratere scavato nel suolo. Dall'altana della torre dei Venti il giardino segreto appariva immobile, imprigionato in una bolla di vetro soffiato a Venezia. Perfino le cicale si erano arrese al solleone lasciando nell'aria soltanto gli odori di rosmarino, di pino e di lavanda, a fluttuare invisibili tra le vampate di calore. Nessuno si muoveva ai due lati del corridoio, nessuno nel cortile e nessuno sulla collina.

Andrea si era rifugiato nell'altana dopo aver consegnato a Biagio il libro che gli aveva chiesto. «Vai pure Andrea, ora non ho bisogno di te. Preparerò una bozza di discorso per il papa, ma so che poi lui farà di testa sua. A ogni modo vuole avere una traccia elegante per aprire il Concistoro. Durerà parecchio, fino al tramonto, e tu sei stato svegliato all'alba.»

Andrea sentiva di avere in quel momento più che mai bisogno del suo maestro. Avrebbe voluto raccontargli tutto, ma era già abbastanza grande per capire che non sarebbe stato un bel regalo. Si limitò a rispondergli con un sincero trasporto d'affetto. «Anche voi siete stato svegliato all'alba.»

Biagio sorrise, la tonaca grigia aperta sulla camicia bianca ben stirata lo faceva sembrare un filosofo, così lo vedeva il ragazzo. «Non è lo stesso per me. I vecchi dormono poco, e i sogni li tormentano. Se possono buttarsi fuori dal letto prima dell'alba è un vantaggio più che una fatica. Vai, vai a dormire, hai tutta la vita per raccogliere gli incubi che tormenteranno la tua vecchiaia, adesso sogna la felicità che aspetti, e approfittane. C'è tempo per le veglie.»

Andrea arrossì con gli occhi bassi. Sognare la felicità desiderata, come aveva fatto a indovinare il suo stato d'animo? Non era il caso di prolungare una discussione nella quale niente di ciò che davvero gli premeva dentro poteva essere detto, chinò la testa e si dileguò.

L'altana della torre Borgia era il luogo ideale per rimanere da soli con desideri che a ogni modo gli sembravano anche più tormentosi dei pensieri di Biagio. Dal lato orientale, dove il sole già si era ritirato, poteva vedere i cortili della Cisterna, di San Damaso e il viale che costeggia le mura di Niccolò fino alla Porta Sant'Anna. Le guardie si appiattivano contro il muro cercando scampo nella striscia d'ombra che i palazzi cominciavano pietosamente a stendere sulla via dal loro lato settentrionale. Poggiato con gli avambracci sulla tiepida balaustra di travertino, vide una manica bianca uscire dall'ombra e ondeggiare al ritmo del passo furioso. Si drizzò sulla schiena nel seguire quella manica mentre attraversava il viale e poi il cortile della Cisterna con il grande pozzo di pietra al centro. Quando spuntò sotto le logge di San Damaso riconobbe Ottavio Farnese, il nipote del papa che aveva incautamente mandato sua moglie Margherita di primo mattino a perorare la causa della propria investitura presso il fratello Alessandro. Lei non doveva avergli detto come erano andate esattamente le cose. E chi diceva mai la verità tra quelle mura?

Le gambe che avevano fretta di attraversare il cortile gli sembrarono molto più corte di come le aveva viste nel dipinto di Tiziano, appeso nel guardaroba del papa. Più grosse e tozze, nonostante le calze nere che le fasciavano fino all'inguine. Tiziano aveva compiuto anche su di lui un miracolo di eleganza, era famoso per questo del resto. Aveva ritratto il nonno e i due nipoti come due santi e un eroe cavalleresco. A vederlo annaspare sotto il sole come un oste corpulento era difficile immaginarlo capace di quell'inchino elegante a cui l'aveva piegato il pittore. Un corpetto nero senza maniche ne modellava le spalle esili e il ventre prominente. La fronte esageratamente curva e stempiata non nascondeva gli occhi sporgenti come quelli di un bue e il naso aquilino era già cascante come quello del papa. Andrea pensò che a quattordici anni, quando era stato sposato a Margherita d'Austria, non poteva essere troppo diverso da adesso che ne aveva ventuno e comprese la delusione e la disperazione di sua moglie.

Ottavio attraversava il selciato infuocato per parlare con il papa prima che iniziasse il Concistoro e prima che suo fratello Alessandro, a nome del padre, prendesse in consegna il vecchio pontefice per scortarlo all'assemblea dei cardinali che doveva decidere definitivamente il suo futuro. Anche lui aveva qualcosa da dire prima di quel Concistoro che sembrava dover cambiare non soltanto i destini dei Farnese ma quelli del mondo intero.

Ossessionato dal ricordo di Vittoria e da quanto poteva accadere tra lui e la ragazza, Andrea si sentiva attratto da tutto ciò che la riguardava. Ormai riguardava anche lui. Quell'incontro così improvviso e frettoloso lo aveva segnato come una lunga relazione. Ridiscese nell'anticamera del papa in tempo per vedere Ottavio spingere l'anta della porta sotto lo sguardo stupefatto dei due palafrenieri che si erano assopiti ai lati dello stipite, al fresco. Se lo trovò di fronte e lui l'attraversò con lo sguardo come avrebbe attraversato un vetro trasparente o un filo di fumo, questo erano i servi per la famiglia del papa, niente più che un insignificante accessorio dell'arredamento. Andrea chinò la testa aspettando di poter parlare con Pietro prima di recarsi in archivio a copiare la lettera per Vittoria. Per lo stupore non capì il senso delle prime parole che Ottavio gridò al vecchio cameriere, ma sentì le sue timide resistenze. «Sua Santità ha chiesto di riposare ancora un momento. Se Vostra Signoria volesse aspettare prima di entrare in camera.»

In risposta arrivò un urlo rabbioso. «Anche tu con mio padre e mio fratello, vero? Anche tu con loro, del resto loro possono pagare bene! Quanto ti hanno dato, eh? Vecchia puttana. Con chi li spenderai quei soldi, con i garzoni dei macellai e gli stallieri di Testaccio?»

Pietro non rispose mostrando la fermezza d'animo di un senatore romano. Gli insulti gli scivolavano addosso come un vento fastidioso. Oppose lo stesso tono cortese all'aggressione brutale di Ottavio. Il vecchio cameriere sapeva che niente di quanto Ottavio avesse potuto dire o fare avrebbe intaccato il rispetto e la devozione totale che portava al padrone. E neppure avrebbe diminuito la comprensione per le sue debolezze di vecchio. «Tra poco più di mezz'ora potrete parlargli con tutto comodo e in più il riposo renderà certamente Sua Santità più benevolo riguardo alle vostre richieste.»

Andrea era mortificato al pensiero di rendere con la propria presenza più umilianti e penosi gli insulti ricevuti da Pietro. Avrebbe voluto andar via, ma aveva paura di chiedere a Ottavio il permesso di lasciare la stanza. Il giovane Farnese aveva altro da fare in quel momento. «Mezz'ora, come no, il tempo di far arrivare mio fratello o addirittura mio padre. Sai servire davvero bene i tuoi padroni.»

«Sono già qui, Ottavio, stai molestando inutilmente il povero Pietro, che si cura della salute di Sua Santità, di cui anche tu, soprattutto tu, dovresti prenderti la cura maggiore.»

La voce arrivava dal divano accostato alla finestra. Andrea non poteva vedere chi vi stava disteso, ma vide i cuscini di seta rotolare a terra. «Dovevo immaginarlo che saresti stato già qui, che non avresti lasciato la presa neppure un minuto fino a quando non avrai ottenuto quello che vuoi.»

«E cosa voglio, Ottavio? Ti sembra che stia chiedendo qualcosa per me? Che stia spendendo per me gli sforzi di tutti questi anni? Ne abbiamo già parlato fino allo sfinimento. Il ducato è tuo, sarà tuo quando nostro padre chiuderà gli occhi.»

Il cardinale Alessandro si alzò a metà sul divano. La testa oltre la spalliera era spinta indietro, gli occhi serrati con forza per arginare un attacco di emicrania.

La voce di Ottavio si fece più bassa. «Perché allora, dammi una sola ragione perché io debba rinunziarvi adesso. Mio suocero. L'imperatore, Carlo V.»

Lo disse con la stessa enfasi che avrebbe messo nella presentazione un attore in teatro finendo per rendere comico ciò che avrebbe voluto solenne. «Ha acconsentito all'investitura a patto che fossi io il nuovo duca di Parma e Piacenza.»

Nella voce si era fatto strada un tono lamentoso che spinse il cardinale a continuare nel suo modo conciliante. Il fratello minore stava per cedere. «Sì, è vero, ma ha voluto a ogni modo quattrocentomila ducati, quattro-cento-mila! Hai idea di quanto sia enorme questa cifra? È il costo di una piccola città. Ed è il papa che deve sborsarli. Lo fa per la famiglia, la nostra, ma soprattutto la tua famiglia. Sei tu che tra poche ore avrai un erede. E saranno lui e i suoi figli a beneficiare degli sforzi di Sua Santità nostro nonno e, permettimi, anche dei miei, che da anni non faccio altro che lavorare a questo negozio.»

Ottavio, di fronte al fratello maggiore, sentì venire meno l'arroganza che l'aveva sostenuto contro il vecchio servitore. Non trovava le parole giuste. Quelle che aveva preparato per il nonno non andavano più bene per il fratello. Il volto diventò bianco e sudato, gli occhi ingrandirono e la voce uscì petulante come quella di un bambino sorpreso in difetto. Si guardava intorno cercando sui mobili e sulle pareti dell'enorme stanza le ragioni per contrastare il fratello maggiore. Ma anche le pitture stavano dalla parte del cardinale, solenne nella sua cotta bianca, già pronto a entrare nel teatro dipinto da Raffaello e dai suoi allievi.

Ottavio, vestito come un signorotto di campagna, si sentì avvilito quando incrociò lo sguardo con quello miserabile di Eliodoro cacciato dal tempio da tre angeli belli e maestosi. Non poteva sapere che Raffaello aveva dipinto questa scena sulla parete che gli stava ora di fronte per umiliare il re di Francia, colpevole di aver osato opporsi al papa, Giulio II. Era arrivato a minacciarlo di deporlo dal soglio di Pietro con un Concilio scismatico convocato a Pisa. Eliodoro è spinto fuori dal dipinto dalla furia degli angeli sospesi in aria e dal cavallo che si abbatte come un'onda su di lui. Dall'altro lato, per rendere più assoluti il trionfo e la potenza del successore di Pietro, Raffaello dipinse Giulio II portato a spalla dai cortigiani in eleganti abiti alla moda. Il papa è rappresentato con una cappa rossa di lucente velluto orlata di zibellino bianco. Una veste di seta immacolata riflette la luce che scende dalle cupole dorate del tempio e la riversa come una cascata spumosa quasi fino al pavimento. Il rosso e il bianco del papa insieme alla sua fisionomia regale sovrastano i colori e le espressioni di tutti gli altri uomini e donne che partecipano alle scene, attirando sul pontefice un rispetto che nessun regnante avrebbe mai potuto vantare. Raffaello sapeva che il rispetto e la regalità, l'autorità assoluta che aveva conferito con i suoi pennelli al papato di Giulio II, sarebbero passati immutati ai papi successivi indipendentemente dalle loro nefandezze. Non aveva tuttavia previsto che l'autorità assoluta conferita al papa avrebbe sostenuto anche il cardinale Alessandro Farnese e che si sarebbe abbattuta, nella penombra della più torrida giornata di agosto, sulla meschina figura di Ottavio. Le pareti dipinte ebbero sul nipote del papa l'effetto di un battaglione schierato.

Nella penombra la figura di Alessandro in piedi contro la finestra, con la cotta bianca e la cappa rossa, sembrava gemella di quella di Giulio sulla parete. La sacralità del simbolo contro la miseria di un potere appena germogliato. I legami di sangue non avevano abbastanza forza per spezzare il peso della solennità. Incapace di staccare lo sguardo da quella scena che lo stava annientando, Ottavio cominciò a rendersi conto di quanto fosse stato incauto a tentare di contrastare il papa proprio nelle sue stanze private dove l'autorità era difesa dalle pitture meglio che dagli eserciti. La corona stretta intorno al papa dai suoi artisti era così inviolabile che perfino i luterani, scesi a Roma per bruciare il Satana che usurpava il trono di Pietro, arrivati dentro a quelle stanze non avevano osato neppure toccare quei dipinti con le punte delle loro lance. Si erano dimenticati della lussuria incestuosa di papa Borgia, della sodomia bellicosa di Giulio II e perfino delle stragi compiute da Leone X nell'assalto di Prato alla vigilia del suo pontificato. Avevano deposto le picche proprio come Ottavio stava per deporre i suoi propositi aggressivi ai piedi della cappa cardinalizia del fratello. Dalle pareti le sirene del mondo spirituale in cui era collocato il papa chiedevano agli uomini di inchinarsi. E Ottavio si inchinò crollando a terra in ginocchio mentre i singhiozzi gli bagnavano il viso. «Perché, perché negarmi oggi ciò che è destinato ad appartenermi domani? La mia vita è un inferno. Margherita non fa che insultarmi e umiliarmi in pubblico. I gentiluomini spagnoli mi ignorano a casa mia e non perdono occasioni per mostrarmi il loro disprezzo dicendo che se fossi un uomo saprei farmi valere contro la prepotenza dei miei familiari. Perché continuare a espormi a tutto questo? Da quando sono venuto in età di ragione e mi avete sposato a quella orribile donna tedesca non ho avuto che umiliazioni. Perché avete destinato a me le umiliazioni mentre voi non fate che raccogliere onori e ammirazione?»

Alessandro si chinò per aiutarlo a sollevarsi, ritornando per un attimo il fratello che proteggeva il più piccolo da giochi troppo rischiosi. Ma durò solo un attimo. Gli poggiò la mano sulla spalla e riprese con un tono solenne. «Perché al papa il sangue del figlio è più caro del proprio stesso sangue, perché lo ama come tu imparerai ad amare il tuo, più di se stesso. Perché è un uomo troppo intelligente per non aver letto nell'infamia di nostro padre la disperata reazione all'abbandono. Se avesse potuto allevarlo lui come tutti, se non fosse cresciuto con il marchio dell'illegittimità, forse non sarebbe diventato "l'uomo più abominevole del mondo" come lo chiama tuo suocero. Vuole proteggerlo dai tanti nemici che stanno aspettando soltanto la sua morte per vendicarsi sul figlio. È per questo che vuole stringerlo nelle mura sicure di Parma.»

Nella stanza calò il silenzio. Andrea vide di sottecchi che Pietro annuiva piangendo. Scopriva in circostanze tanto particolari che il giovane Alessandro e forse altri in quella corte avevano colto la debolezza del papa che era nota a lui da decenni. Se avesse potuto contravvenire alla legge che lo voleva mobilio, poltrona o tendaggio immobile in quella stanza, avrebbe gridato e raccontato dell'amore del vecchio

Farnese per il figlio disgraziato. Lui sapeva, lui vedeva la fissità dolorosa che gelava lo sguardo del papa per ore e ore ogni qualvolta gli arrivavano notizie delle imprese scellerate del figlio. Lui aveva ascoltato per intere notti il pianto sommesso, l'agonia del padre che invocava il nome del figlio abbandonato e ritrovato quando ormai era troppo tardi. Lui avrebbe potuto spiegare a Ottavio, cresciuto negli agi di una corte potente, quale era stata l'infanzia di Pierluigi, abbandonato nella casa di una puttana che lo aveva reso partecipe dei suoi giochi più perversi. Ma non poteva farlo perché il modo migliore per sostenere il vecchio padrone era rispettarlo, e rispettare la sua disgraziata famiglia, rimanendo immobile come il ragazzo di fronte a lui capitato per caso in quell'inferno aperto.

Il cardinale, quando gli sembrò che il fratello si fosse calmato, aggiunse ancora qualcosa. «È possibile che debba essere io a dirti questo? Sei suo figlio, dovresti capire anche tu quello che ha passato.»

Il cardinale era un fine diplomatico capace di toccare le corde giuste in ogni cuore con i giusti argomenti. Argomenti anche molto concreti, come quelli tirati fuori la mattina con la moglie del suo insulso fratello minore. Ma Ottavio non aveva una mente altrettanto salda per apprezzare quelle sottili argomentazioni. Stremato dalle tensioni e dalle pressioni che aumentavano con l'avvicinarsi del Concistoro, si lasciò andare a una crisi parossistica e cominciò a gridare disperato. «Non è vero, non è vero.»

Il fratello gli si avvicinò girando con passo veloce intorno al divano e lo sovrastò subito dando alla voce un tono perentorio che non ammetteva repliche. «Basta Ottavio, cosa non è vero, che ho continuato a vegliare su di te come un padre per anni? A guidarti come se non fossi anch'io un ragazzo che ha sacrificato tutta la sua gioventù alla famiglia? Ai disegni della famiglia? A nostro nonno, a nostro padre e a te?»

Nel pronunziare le ultime frasi si strozzò in gola la voce con tale rabbia che gli occhi gli si sporsero fuori dalle orbite e il viso si colorò di viola.

Ottavio non era più abituato alla perdita di controllo del fratello e l'avvertì come un varco in cui spingere la propria furia e mettere in rotta quello che da mesi ormai considerava il suo principale nemico. Alzò i pugni stringendoli sulla testa del cardinale e gridò la sua verità, quella che sua moglie gli aveva inculcato ossessivamente nei giorni precedenti. «Tu mi hai sempre usato, come tutti, sei tu che non vuoi che diventi duca perché stai aspettando che nostro padre muoia per liberarti dal cardinalato e pretendere per te la primogenitura e l'eredità del ducato. Lo sanno tutti, ecco è scritto anche in queste lettere.»

Cominciò a frugarsi nel corpetto estraendone i dispacci segreti procuratigli dalle spie di sua moglie e che voleva mostrare al nonno. «L'ambasciatore l'ha scritto a mio suocero, lo hai confessato al cardinale di Santa Fiora, tutto il collegio cardinalizio lo sa. Maledetto. Mi hai sempre usato, ma dovrai passare sul mio cadavere e su quello di Ranuccio, anche lui stai manovrando, stai contrastando la sua nomina a cardinale perché non vuoi rivali qualora potessi aspirare al papato. Anche questo è per il bene della famiglia o è per il tuo bene?»

Portò la mano al fianco dove dondolava il suo spadino spagnolo, forse per estrarlo o forse per fermarne l'oscillazione. Lo schiaffo di Alessandro risuonò secco e veloce come lo schiocco di una frusta. Andrea non ebbe bisogno di vedere per valutarne la forza e immaginarne gli effetti. Cominciò a temere che lo scontro potesse degenerare in uno spargimento di sangue. Cosa avrebbe dovuto fare in quel caso? Poteva intervenire? Pietro l'avrebbe aiutato? E cosa poteva fare il vecchio servitore contro due uomini nel fiore degli anni e nel pieno della furia? Era rimasto solo in quella stanza e solo avrebbe dovuto fronteggiare i due fratelli o forse scappare. Per fortuna vide che Ottavio era rimasto immobile con la mano tremante sulla guancia. «Sei solo una marionetta nelle mani di uomini molto più scaltri di te e hai il coraggio di rivendicare un ducato.»

«Basta così. Oggi avete trovato un bel modo di venirmi in aiuto.»

La voce del papa era solo un soffio ma ebbe l'effetto di un tuono. I nipoti si immobilizzarono con gli occhi a terra. Sullo stipite di porfido della porta si appoggiava Pietro per sostenere il vecchio, scalzo e con indosso soltanto la camicia di lino. Curvo al punto da sembrare un bambino incerto sulle gambe. Lui e Pietro, due vecchi aggrappati l'uno all'altro a opporsi a quei due esagitati storditi dall'ambizione. I nipoti tentarono un passo con le braccia premurosamente tese verso di lui. «Fermi dove siete. Fermi così, mi basta Pietro, mi è sempre bastato lui.»

«Vostra Santità deve perdonarci, ci siamo lasciati andare, è che...»

Alessandro non finì la frase. Il papa guardava avanti come se loro non fossero nella stanza. Le parole facevano muovere solo il grande naso che sembrava non avere sostegno all'interno. Anche lui guardava le pareti dipinte, anche lui ne estraeva la forza per affermare la propria autorità. «Tu, Ottavio, se non hai fede nella tua famiglia, sarà molto difficile che ottenga il rispetto degli estranei.»

Si fermò e girò gli occhi verso il nipote; con quello sguardo voleva dare al monito una sfumatura di consiglio paterno. «Smettila di correre dietro a tutte le sciocchezze che tua moglie e la sua corte perversa ti inventano. Ricordati che gli interessi degli Asburgo non sono conciliabili con quelli dei Farnese. Devi scegliere a quale delle due famiglie appartieni.»

Erano bastati dieci anni di papato perché un campagnolo appena affacciatosi alla nobiltà più mediocre d'Europa potesse pronunziare quella condizione e mettere sullo stesso piano la propria famiglia con il casato regnante più potente del mondo: gli Asburgo. Era proprio vero che Roma compiva miracoli, pensò Andrea sollevato da quella apparizione. Il papa si fermò perché la solennità con la quale le aveva pronunziate confermasse la verità delle proprie parole. Poi indirizzò all'altro nipote uno sguardo pieno di durezza. «E tu, Alessandro, ascoltami bene. Ottavio è poco più di un ragazzo, tormentato da una moglie più grande e più forte di lui, a cui noi l'abbiamo sposato. Ma tu, sono dieci anni che tratti questioni importanti a contatto con uomini di ingegno finissimo. Ti compiaci di farti chiamare il Gran cardinale, hai palazzi e corte come il più grande dei principi. Come puoi anche solo pensare di svestire l'abito che ti ha dato tutto questo? C'è già un esempio a Roma di una follia del genere e dovrebbe bastare da solo a dissuaderti dai tuoi propositi insani.»

Alessandro alzò lo sguardo sul viso del papa che aveva smesso di guardarlo per sottolineare la sua nullità. Non si aspettava quella umiliazione davanti a Ottavio e non seppe trattenere l'insolenza che covava da giorni. Anche i suoi nervi erano sopraffatti dagli eventi. Suo nonno aveva fatto riferimento al figlio di Alessandro Borgia, Cesare, il condottiero che svestì l'abito di cardinale alla morte del fratello per rivendicare i vantaggi della primogenitura dinastica. Era finito ucciso dopo aver tormentato l'Italia con assassini di ogni genere. Eppure quel riferimento gli sembrò inopportuno da parte del nonno che aveva tratto dai Borgia ogni sua fortuna e aveva servito fedelmente proprio quell'assassino astenendosi da ogni giudizio sui suoi crimini. L'orgoglio ferito lo spinse a un passo che non avrebbe dovuto fare. «Se Vostra Santità si riferisce a Cesare Borgia, non mi sembra che a quel principe abbiate mostrato in vita quel disprezzo che ora riservate alla sua memoria. Né a lui né a suo padre.»

La fretta di riparare all'umiliazione lo aveva tradito spingendolo a un insulto che lo affondò ancora di più nella voragine scavata dalla collera del nonno. Il coltello era entrato a fondo in una delle piaghe dolenti di Paolo III, estrarlo sarebbe stato difficile e rischioso. Pietro strinse più forte a sé il corpo gracile del papa per proteggerlo da quel passo che stava per fare.

Il papa si girò verso il nipote con un'espressione terribile in volto. «Anche questo dovevo sentire a casa mia, dai miei nipoti, da un nipote cresciuto nei palazzi più lussuosi di Roma, che neppure ha mai voluto vedere dove sono nati i suoi avi né da dove viene la sua famiglia, dando per meritati quei privilegi e quella ricchezza che si gode come fossero un frutto del proprio sacrificio. Vuoi parlare di me, di Giulia tua zia e di Alessandro Borgia? Vuoi parlare di quello che rallegra gli osti e le corti ammuffite dei palazzi romani? Se Giulia non fosse stata l'amante di Alessandro VI, voi non avreste neppure mai varcato le mura di questo palazzo dove ti muovi da padrone. Giulia si è immolata per me e per voi, ma ha fatto quello che ogni donna di spirito avrebbe fatto, dimostrando di avere tanto senno nella sua carne quanto ne manca a voi, inutili escrescenze dei nostri lombi. Io e lei abbiamo sofferto, ma non perché è diventata la concubina di un papa. Noi abbiamo sofferto perché quella condizione diventasse il punto di partenza della vostra fortuna. Abbiamo difeso i vantaggi di quella alleanza contro i rovesci che hanno travolto uno dopo l'altro quel papa e i suoi familiari e i suoi amici, ma non me. Difficile è stato proteggere Giulia dall'amore mostruoso del vecchio papa che minacciava di travolgerla, di annientarla. Io ho rischiato la mia vita per difendere quella di mia sorella. La nostra lotta è durata cinquant'anni. Molto più di un'era che è cambiata come il giorno cambia dalla notte. Ma noi abbiamo resistito, e anche se lei mi ha poi abbandonato, perché il Signore l'ha chiamata prima di me, io sento che mi è vicina.»

Il silenzio sembrava dover durare per il resto dell'eternità. Il fruscio dei vecchi abbracciati che tornavano nella camera da letto non fece che rendere ancora più drammatiche e malinconiche come una maledizione le ultime parole pronunziate dal papa sulla soglia. «Per fortuna almeno lei mi è vicina.»

Si abbatterono come una mannaia sulla testa china dei due nipoti. Il vecchio uccello inerme aiutato da Pietro era già sparito in camera. Ma la voce arrivava chiara fino ad Andrea. «Dammi tu la forza, Giulia, di andare avanti. Tra tutte le disgrazie che mi sono capitate in vita, quella di questi disgraziatissimi parenti è la più difficile da sopportare.»

15

Aveva avvicinato al letto la sedia di cuoio che il protonotario teneva accanto alla finestra. Da quella posizione poteva vedere il cadavere supino sul letto, il volto rugoso, girato di lato e gli occhi sbarrati che parevano fissare la parete dipinta a gigli bianchi. Il sangue gocciolava lento sul pavimento formando una chiazza scura più densa ai bordi. Guardò la piega profonda del lenzuolo che sporgeva dal letto. Era diventata scura al centro per il sangue rappreso, a intervalli sempre più radi una goccia si staccava filando sin quasi a terra a disperdersi nella chiazza. Il suono della morte padrona della stanza. Cercò con gli occhi un cuscino e lo lasciò cadere sulla pozza per interrompere lo stillicidio che rimbombava come un tuono nel suo cervello.

Chi aveva organizzato quel complotto non esitava di fronte a niente. Il delitto che aveva sotto gli occhi alleggerì il rimorso provato per quello compiuto poche ore prima. Ora poteva toccare con mano la crudeltà del nemico e attingervi nuova forza e nuova concentrazione. Non doveva sbagliare. Soprattutto doveva ricostruire il complesso disegno della trama.

Le istruzioni erano state date soltanto a voce e incomplete ai tre uomini che aveva incontrato. Carnesecchi avrebbe dovuto dirgli chi e dove contattare il quarto uomo che lo avrebbe guidato verso l'ultimo passo. Forse neppure lui ne conosceva l'identità, ma c'erano buone probabilità che conoscesse un'ora e un luogo per quell'ultimo incontro. Per la buona riuscita del piano la catena che portava al delitto finale era immateriale e perfettamente nascosta. L'Inquisizione aveva imparato da anni a muoversi senza lasciare tracce e senza lasciare testimoni. Senza scoprire i suoi agenti. Il priore di Sant'Agostino doveva aver capito che qualcosa non era andato secondo i piani e le istruzioni erano evidentemente spietate. Dopo che lui aveva lasciato il convento si era pentito di avergli rivelato il nome di Carnesecchi che lui avrebbe dovuto già conoscere. Per fermare il piano e cancellare ogni possibilità di identificare i responsabili occorreva eliminare il passaggio successivo. Senza esitazione. Il passaggio successivo era lì sul letto che finiva di dissanguarsi trafitto alla schiena dallo spadino di un religioso. La pista era chiusa. Oppure no. Per quanto molto remota, c'era la possibilità che il quarto uomo, di cui certamente il priore di Sant'Agostino non conosceva l'identità, non fosse stato informato del fallimento del piano, per cui avrebbe potuto ancora farsi avanti. Era successo tutto troppo in fretta.

La possibilità di risalire il terreno franato con la morte di Carnesecchi gli provocò una contrazione violenta alla nuca. Si distese lentamente sullo sgabello allungando la schiena dalle reni fino a spingere indietro la testa e sciogliere quella morsa in una piacevole sensazione di controllo lungo tutte le spalle. Doveva rischiare la vita come stava facendo rimanendo accanto a quel cadavere per scoprire se c'era ancora una possibilità. Doveva risalire alla testa del complotto ed essere sicuro che il piano fallisse del tutto. Ma come individuare il quarto passaggio? E dove poi? I palazzi vaticani febbricitavano per l'imminente Concistoro, ma mancava pochissimo tempo alla riunione, pochissimo tempo per salvare la Chiesa, e un'isteria appena contenuta si era impadronita della corte dei palazzi e dell'intera città. Mentre il tempo passava inesorabile diminuendo le sue possibilità di successo e persino di salvezza, lui stesso non riusciva a fare altro che rimanere immobile di fronte al cadavere, con la luce spietata che illuminava il letto.

Si passò una mano sulla fronte e la ritirò bagnata di sudore.

Sentiva che poteva franare da un momento all'altro, inghiottito dalla stanchezza e dal disgusto. Il caldo opprimente lo spingeva alla resa. Non aveva avuto mai così caldo. Una punizione mandata dal cielo a cuocere quella corte immonda, l'annuncio di una nuova pioggia di fuoco sulla rinata Gomorra.

Un'ombra passò lentamente nel cielo prosciugando la luce della stanza. Guardò fuori della finestra, dai monti si avvicinava una timida avanguardia di nuvole grigie. Dietro di loro, molto lontano, si poteva distinguere un turbine di pioggia che cadeva come una tenda azzurra aperta a metà, lontana, forse un miraggio.

Il cambiamento gli diede vitalità come un segno. Si alzò e aprì di nuovo l'armadio. Nel fondo c'era una borsa di cuoio gonfia di carte e pochi abiti. Carnesecchi si preparava a lasciare Roma. Se ne convinse osservando meglio i suoi vestiti, troppo eleganti per il lavoro di ogni giorno. La camicia linda con il colletto di pizzo e il giubbone scuro con le maniche di velluto lucido usato appena. Le calze nuove di cotone misto a seta. Ai piedi stivali di pelle di cavallo, ideali per un viaggio. Certo il protonotario aveva immaginato che dopo il delitto qualcuno avrebbe potuto ricordarsi di quel monaco sconosciuto che aveva chiesto di lui, ammesso ai palazzi grazie a lui. La confusione della giornata, scelta appositamente, non poteva garantire che alla guardia di Sant'Anna un solerte svizzero non si sarebbe in seguito ricordato del protonotario Carnesecchi. Per questo si era preparato a incontrare l'assassino per poi sparire.

Cominciò a ispezionare la borsa e a sfogliare con calma i documenti. Un protonotario, un uomo di lettere abituato a scrivere ogni giorno, poteva forse aver lasciato un appunto, che lo avrebbe potuto aiutare. L'assassino non aveva preso nulla, sicuro come ogni fanatico nell'eseguire gli ordini alla lettera. Se gli uomini dell'Inquisizione romana non fossero stati così ciechi nella loro obbedienza, l'organizzazione non si sarebbe impadronita dello Stato della Chiesa come aveva fatto in soli tre anni. I documenti erano di poco interesse, lettere scambiate con molti agenti che informavano sullo stato pietoso della Curia di Roma e sull'avanzata minacciosa e inarrestabile della riforma protestante. Elenchi di nomi, sospetti, opere clandestine e perfino una mappa di Roma con i luoghi dove avvenivano riunioni segrete dei seguaci di Lutero. Osterie, conventi e perfino i lavatoi sulla riva del Tevere. Le donne non erano da meno degli uomini nell'entusiasmo mostrato per la nuova fede. All'eresia, come sottolineava il protonotario.

Alcune lettere erano cifrate, con poco sforzo avrebbe potuto scioglierle, ma il tempo non c'era e poi erano troppe per essere collegate all'impresa. Non riusciva a darsi per vinto. Trovò un blocco su cui erano appuntate con lapis rosso le spese che tracciavano senza pietà la modesta vita quotidiana del protonotario.

Aveva avuto ragione a pensare che annotasse ogni cosa. L'acconto mensile allo speziale di Parione per le medicine, le offerte e le elemosine, la riscossione di rendite, e perfino il cataplasma di rabarbaro di cui faceva uso frequentissimo. I vestiti acquistati di recente, le camicie, un nuovo giubbone proprio sei giorni prima, insieme a una borsa e agli stivali, erano i preparativi della partenza ma niente di più, se non i prezzi scrupolosamente annotati e incolonnati in corrispondenza di ogni capo. Il totale era annotato a metà dell'ultima pagina. Più in basso, con tratto più leggero, si allineava un numero che non aveva nessuna relazione con il conto delle spese. Era una sequenza esagerata di cifre che non poteva corrispondere a una somma e neppure a una data messe insieme.

Il collo gli doleva per lo sforzo e la concentrazione. Nove numeri, una cifra esorbitante o una data senza senso. Una annotazione cifrata. L'unica scritta nel taccuino domestico. Poteva essere anche quello un appunto camuffato, le spese erano il posto migliore per nasconderlo, l'ultimo luogo dove una spia avrebbe guardato.

Provò a decifrarlo. Il tentativo più semplice, sostituire ogni numero con una lettera dell'alfabeto, era il cifrario usato solo dai bambini, ma proprio per quello era adatto a un ricordo veloce. Cercò una penna e iniziò ad appuntare la trascrizione. 9,12-3,1,11,5,17,1-14 *In camera p-*. Non aveva indovinato, *in camera* e quella *p-* separata da un tratto invece che da una virgola non significavano niente, guardava la scritta come se avesse voluto bruciarla, perse la pazienza e cominciò a frugare alla ricerca della maschera per decrittare i messaggi in cifra, ogni destinatario ne aveva una identica a quella del corrispondente, poggiandola sui fogli dava il giusto ordine delle lettere, ma nella borsa non la trovò. Fissò pieno di rabbia il taccuino fino a che una nuova intuizione gli ridiede coraggio. L'ultima cifra non corrispondeva a una lettera ma a un'ora, le 14. L'appuntamento era in camera alle 14, sicuramente.

Sperò che la camera fosse quella dove si trovava, doveva essere quella, quale altro luogo sarebbe stato così discreto? Mancava un'ora all'appuntamento, non restava che aspettare e tra poco avrebbe saputo se la sua deduzione era giusta. Ricoprì il corpo del protonotario con le lenzuola. Ora il sole aveva oltrepassato lo zenith e si infilava attraverso lo stipite della finestra disegnando un rettangolo abbagliante sul pavimento. Lentamente la macchia di luce arrivò al sangue che aveva smesso di gocciolare e formava sul pavimento una densa pellicola nera. Si alzò per chiudere le imposte. Un vento fresco e profumato lo investì sulla faccia.

16

Dal giardino segreto Michelangelo e Urbino sbucarono nel Cortile del Pappagallo per lasciare le cavalcature nella stalla accanto alla fontana, insieme ai cavalli degli svizzeri. Dalla cordonata della torre Borgia raggiunsero la sala dei Re, accanto alla cappella dove Michelangelo stava lavorando agli affreschi. Sulle scale incrociarono una decina di servi che pulivano il pavimento con scope di saggina e aceto, molto agitati per l'arrivo di tanti cardinali. Prima che potessero vederli sentirono le voci lamentose di alcuni. «Con questo caldo, convocare un Concistoro a palazzo. Non si era mai visto. Tenere pulita la sala con decine di persone e il seguito, provvedere all'acqua e al cibo. Una fatica da animali. Meglio andare a zappare la terra.»

Era il tipo di lamentela che mandava su tutte le furie Michelangelo. Quando li ebbe a tiro si piantò al centro della chiocciola di mattoni e li arringò divertito. «Certo che è meglio zappare la terra. Lo dicono tutti ma nessuno ci va. Soprattutto voi che vi siete infilati in questa comoda osteria. Ma visto che soffrite tanto vi voglio aiutare: chiederò io stesso a Sua Santità di mandarvi nella tenuta della Magliana, lì c'è da zappare quanto volete.»

I tre sorpresi dall'apparizione, e spaventati da quelle parole, rimasero impietriti con le sporte in mano. Riconosciuto il vecchio artista si gettarono ai suoi piedi e iniziarono a farfugliare petulanti giustificazioni. Il più vecchio ebbe maggiore ardire. «Maestro perdonateci, vi prego, siamo poveri miserabili e ci lamentiamo della grazia di Dio, avete ragione non succederà più, ma non dite niente a Sua Santità, sarebbe una rovina. Vi prego, fatelo per il nostro bel San Giovanni, siamo fiorentini come voi.»

«Fiorentini, dovevo immaginarlo, razza ingrata e scansafatiche.»

Fu la risposta che il vecchio diede quasi a se stesso ma che nel tono ironico e vagamente divertito assicurava i tre che la minaccia era fasulla. Ritirò la mano che il più servile cercava di baciare e riprese a salire per la cordonata. Dietro di lui sentì i passi precipitosi degli uomini allontanarsi a prestare un servizio più solerte.

Questa volta anche Urbino rideva divertito e, quando si affacciarono sul pianerottolo che immetteva nella grande sala delle udienze ingombra su di un lato di impalcature, aguzzò gli occhi per vedere se qualche operaio fosse già al lavoro. A loro era specialmente diretta l'ironia tagliente di Michelangelo. Erano i discepoli di Raffaello Sanzio a decorare quella sala. Michelangelo si rammaricava di non avere la forza di farlo lui stesso con le proprie mani e di non aver pensato come il furbo urbinate a creare una scuola che avrebbe potuto lavorare al posto suo e ricordarlo anche dopo la morte.

Aveva dovuto rinunziare a quell'opera vastissima per concentrarsi nella pittura della nuova Cappella del Sacramento. Ma neppure si rassegnava a che fossero gli allievi di Raffaello a decorare la sala delle udienze. Tutte le mattine che ne incrociava qualcuno, a volte lo stesso Perino del Vaga, uno dei discepoli più amati da Raffaello e indiscutibilmente uno dei più bravi pittori italiani, non rinunziava a inventare battute feroci che in poche ore facevano poi il giro delle osterie della città. Quella mattina però nessuno era al lavoro e nessuno vi si sarebbe recato. Solo sguatteri carponi sui pavimenti che cercavano di portare via la polvere dai marmi colorati. Spingevano lentamente verso le pareti la guazza scura per raccoglierla poi con palette e stracci. Un odore di aceto impregnava l'aria, leggero come quello di una cucina lavata per la Pasqua. Quattro uomini si davano forza mentre spingevano gli spazzoloni di saggina, canticchiando una canzone licenziosa che parlava del calore delle donne. Del forno più caldo dove infornare pagnotte di ogni dimensione. Una canzone che fece brillare gli occhi a Urbino, che si sarebbe volentieri unito al coro da osteria, e che provocò in Michelangelo una smorfia di disprezzo. Con gli stivaletti di cuoio logori saltellò tra le pozzanghere per evitare di insudiciare il pavimento e di intralciare il lavoro. Dall'altra parte della sala si trovava la porta che chiudeva la nuova Cappella del Sacramento, guardata da due svizzeri in uniforme. Abbassarono la testa vedendolo arrivare. «Maestro Michelangelo, non pensavamo che in una giornata come questa sareste venuto a lavorare.»

«Non pensavate. Bene, ora mi avete visto, aprite quella porta e non fate entrare nessuno.»

I due si scansarono e fecero girare il battente intarsiato che immetteva nella cappella. Michelangelo fece due passi e si fermò per guardare il lavoro sospeso una settimana prima. Urbino cominciò ad accendere le candele e le lucerne che aspettavano sul grande tavolo di legno accostato alla parete. La cappella era stretta e lunga, ricavata alla meglio nel complicato ammasso di mura e di camere che costituiva il palazzo apostolico disordinatamente cresciuto in mille anni. La luce arrivava soltanto da una finestra tonda collocata sopra la parete meridionale e non era sufficiente a illuminarne l'interno, men che meno sufficiente a dipingervi, e così era necessario accendere un gran numero di candele. Una parete, quella a sinistra della porta di entrata, era già ultimata con la rappresentazione della Consegna delle chiavi a san Pietro. Era una scena a cui il papa teneva molto perché rappresentava la legittimazione del potere temporale della Chiesa. Raffigurando Cristo che consegna a san Pietro le due chiavi d'oro e d'argento, si ricordava al mondo che il potere del successore di Pietro deriva direttamente da Dio e nessun uomo, neppure Martin Lutero, neppure l'imperatore Carlo V, poteva metterlo in discussione. Michelangelo era quasi stato costretto a dipingere questa scena ottenendo in cambio di raffigurare nella parete di fronte la Crocifissione di Pietro. Un misfatto che ricordava a tutti i cattolici il sacrificio dei santi. E ricordava ai cardinali che la legittimità del loro potere era fondata unicamente sul martirio dei primi padri.

L'artista da cinque anni stentava su quei dipinti e, nonostante fossero in fondo pochissima cosa di fronte alle imprese immense della volta e del Giudizio nella Sistina, non si decideva a finire, irritando il committente e la corte. Paolo III sperava che, per aver lui sostenuto il talento di Michelangelo, nella memoria dei posteri avrebbe fatto dimenticare le infamie di cui si era macchiato per arricchire la propria famiglia, ma Michelangelo era convinto che quelle sarebbero state le ultime pitture della sua vita e voleva che fossero perfette, o almeno perfettamente rispondenti alla sua sofferenza spirituale. Sapeva che sarebbero state il suo testamento.

In realtà anche il dipinto con la Crocifissione di san Pietro avrebbe potuto essere ultimato già da mesi, se il suo perfezionismo non lo avesse inchiodato su un dettaglio che non riusciva a condurre a buon fine da settimane. Mancava la parte superiore della figura di san Pietro, steso a testa in giù su un'enorme croce che alcuni operai stavano sollevando a spalle con tutto l'impegno e la concentrazione richiesti da un'opera di costruzione piuttosto che da un martirio. I sei operai impegnati nell'azione erano raggruppati intorno alla croce, cenciosi e muscolosi come quelli che travagliavano nel vicino cantiere di San Pietro.

Il racconto del martirio era affidato alle figure che si affollavano intorno alla scena. A sinistra, in alto, i soldati romani arrivati a cavallo. Il primo mostrava con l'indice a un ufficiale la scena. Questi si sporgeva sul collo del cavallo che sollevava le zampe in aria quasi fosse nel pieno del galoppo o come se si fosse impennato per lo spavento. Entrambi i cavalli non avevano briglie né finimenti quasi potessero intuire col pensiero la volontà dei cavalieri. Non avevano neppure le selle, ma una coperta poggiata in groppa. Non era l'unica stranezza del dipinto.

Costretto dal papa a decorare quella cappella in un'età in

cui gli altri uomini se non erano morti passavano in poltrona il loro tempo, il vecchio Michelangelo aveva deciso di dipingere quelle scene con una libertà che nessuno mai aveva concepito e che a nessuno prima di lui era stata concessa. Il martirio avveniva in un paesaggio essenziale, sotto un immenso cielo attraversato da una nuvola grigia. Le montagne azzurre in lontananza erano ridotte a semplici profili che lasciavano convergere al centro la luce dell'orizzonte. Una collina e un avvallamento nudi come una cava, senza piante o casamenti a distrarre lo spettatore.

Anche le figure rappresentavano la pura espressione della passione. Uomini e donne, vecchi e giovani, guardavano al martirio con espressioni e gesti desolati. Scalzi, senza nessun orpello e con il corpo sempre in evidenza, sia che fosse scoperto sia che trasparisse dalle stoffe logore. Al fisico atletico dei soldati si contrapponeva il corpo dei credenti piegato dalla passione della fede. La rassegnazione, l'umiltà e il dolore erano i sentimenti che Michelangelo aveva reso visibili trasfondendoli dal proprio cuore. Insieme al rifiuto di ogni seduzione mondana.

Sapeva che in quella cappella si sarebbero tenuti i futuri conclavi per eleggere i papi e voleva che i cardinali si ricordassero bene cosa fosse la fede vera, la fede viva perché rinnovata ogni giorno nel cuore. Nessuna ostentazione di ricchezza, nessuna ostentazione di insegne formali di ufficialità e di potere. Solo commozione e rassegnazione alla volontà di Dio. Una fede che sembrava scomparsa da Roma, tutta concentrata sulla sua gloria mondana, tutta archi d'oro e fiumi di broccato, sui quali la pietà cristiana non aleggiava più da troppo tempo.

Perché il dipinto fosse pienamente rispondente alle sue aspettative, mancava della figura di Pietro. Tutto convergeva verso di lui, gli sguardi, i gesti, perfino la nuvola del cielo e i profili delle montagne. Pietro doveva raccogliere tutte quelle forze per condensarle nei suoi occhi di vecchio e rimandarle in quelli di chi osservava la pittura.

Michelangelo era in piedi e fissava la chiazza di intonaco grigio che aspettava la sua pittura. Urbino accendeva le candele e la luce aumentava piano quasi estraendo dalla parete il bianco degli sguardi e poi man mano che nuove candele brillavano cominciavano a muoversi i corpi, i vestiti, staccandosi dall'ombra dei fondi. «Volete che vi avvicini la lucerna grande?»

Urbino gli si era accostato ansioso di rendersi utile. «Mettila sull'impalcatura, a sinistra di Pietro.»

Pronunziò le parole senza guardare il ragazzo e aspettò che la luce facesse brillare il corpo atletico del santo, per verificare che le luci della scena del dipinto corrispondessero perfettamente a quelle della lucerna poggiata fuori. La macchia grigia interrompeva in maniera oltraggiosa quel miracolo perfettamente animato sul muro. «Non vedo l'ora che lo finiate.»

Il tono aveva tradito una vena di sconforto. Michelangelo lo incenerì con un'occhiataccia ordinandogli di fermarsi lì con i commenti.

L'artista aveva disegnato tutta la scena prima su piccoli schizzi, poi aveva studiato i dettagli e ingrandito il disegno fino a portarlo alle dimensioni che avrebbe avuto il dipinto sul muro. Ne ritagliava ogni giorno la porzione che avrebbe dipinto e la trasferiva sull'intonaco fresco. Il san Pietro l'aveva studiato e disegnato in ogni dettaglio, eppure quando aveva finito il dipinto si era accorto che quello sguardo, quella minuscola porzione di disegno, larga come una mano in un mare di pittura ampio quanto tutta la parete, risultava troppo debole per sprigionare quel fulmine che avrebbe dovuto colpire e annientare le ambizioni perverse dei cardinali. Che avrebbe dovuto ricordargli nel loro momento più grave che erano stati chiamati a servire Dio e la Chiesa e non le proprie famiglie.

Aveva distrutto la porzione di intonaco dopo che già ad aprile il papa si era recato a vederlo e aveva dato una piccola festa per celebrare la fine del secondo grande "quadrone" della cappella. Ma l'artista non era convinto di quello sguardo, l'aveva distrutto e ridipinto più volte. Almeno cinque, entrando in una delle sue crisi malinconiche che potevano protrarsi per mesi.

Urbino era terrorizzato da queste crisi. Conosceva abbastanza bene il padrone per temerne le conseguenze devastanti. Ma sapeva pure che ogni tentativo di convincerlo a desistere dalla ricerca della perfezione otteneva l'effetto contrario, ancora più furia, ancora più rabbia. Quando Michelangelo era in quello stato poteva soltanto scolpire e non dipingere. I colpi sferrati con il mazzuolo di ferro sulla testa lucida dello scalpello mandavano scintille come un acciarino. Il suono secco dei colpi sul marmo lo stordiva e per ore non si staccava dal blocco, fino a quando sfinito si lasciava andare a un sonno profondo, che durava pochi minuti. Come una piccola morte. Capitava spesso che si abbandonasse stremato ai piedi del blocco senza avere la forza di raggiungere la branda o una poltrona. Era successo anche là in cappella, si era addormentato davanti alla *Pietà* posta ai piedi dell'altare.

Le candele accese illuminavano il blocco di marmo bianchissimo che sembrava irradiare a sua volta una luce dall'interno attirando l'attenzione di Urbino. Il giovane si avvicinò, cercando sollievo alla cupezza che emanava da Michelangelo diventato di pietra ai piedi dell'impalcatura. Il volto contratto, le rughe della fronte esaltate dalla luce lo rendevano più che mai somigliante alla figura di Nicodemo che nel blocco sorreggeva un meraviglioso Cristo nudo per fermarne la caduta. Quella somiglianza non era certo una novità per lui, ma la luce e la rigidità di Michelangelo quella mattina la resero impressionante ai suoi occhi. «Padrone mio, giuro che quest'uomo è vostro fratello gemello. Non mi meraviglierei se incominciasse a insultarmi, come fate voi.»

Per tutta risposta Michelangelo abbassò la testa che teneva fissa sul dipinto da parecchi minuti. La lasciò cadere sul petto, come colto da un malore improvviso. La mano destra si strinse contro la tasca del giubbone. Dentro, il biglietto di Polo aveva ripreso a bruciare.

A Urbino era sembrato un modo affettuoso per rompere il silenzio che lo tormentava, ma per quanto si fosse illuso di conoscere il vecchio artista non aveva mai varcato la scorza ingannevole dei suoi modi bruschi e della sua finta concretezza. Altrimenti avrebbe saputo che il richiamo alla figura di Nicodemo non poteva far altro che sprofondare il padrone in una cupezza ancora più desolante. Nicodemo era lui. Per questo si era ritratto nel vecchio ebreo. Anche lui non aveva il coraggio di testimoniare la sua vera fede in Cristo, rifiutando apertamente le ipocrisie dei riti di Roma. Anche lui come Nicodemo frequentava il Cristo di notte, al buio, per non incappare nella censura dell'Inquisizione.

Ma non era il solo. Migliaia di uomini a Roma e in Italia sentivano dentro e forte quel nuovo sentimento di fede ma non potevano esprimerlo per paura di essere bruciati vivi dagli Inquisitori. Aspettavano, aspettavano che qualcosa cambiasse, che trionfasse anche in seno a Roma, alla Curia Vaticana, la vera sincera fede nel sacrificio che Cristo aveva fatto per salvare gli uomini.

Nicodemo era lui. Lui che si era sempre sforzato di non seguire passioni pericolose ma che immancabilmente finiva per mettersi nei guai. Come era successo a Firenze quando aveva tradito i Medici per unirsi agli insorti repubblicani. Ma poi ci era ricascato. Si era legato a quegli uomini che lottavano e rischiavano la vita per riformare la fede sull'esempio di Lutero. Certo erano uomini potenti. Vittoria Colonna e Reginaldo Polo e il cardinale di Modena Giovanni Morone, i principi d'Europa che nessuno osava neppure accostare. Polo sarebbe stato eletto papa alla morte di Paolo III. Era stato il papa stesso a dirglielo. «Michelangelo, devi essere fiero dell'amicizia di Vittoria e di Sir Reginaldo. Testimonia agli occhi del mondo la tua grandezza di spirito oltre che di talento. Un giorno Polo mi succederà al papato, è lui il cardinale più degno. Ma guardati anche dai suoi nemici. In Italia sono sempre gli stracci a volare, e se un giorno, Dio non voglia, Polo e Vittoria dovessero cadere in disgrazia, presso l'imperatore, presso la corte di Francia e presso la futura regina d'Inghilterra, ricordati che la vendetta dei loro nemici si accanirà su di te prima che su altri. Coltiva il loro affetto ma con discrezione.»

La conversazione era avvenuta tre anni prima, la notte

di San Lorenzo, nel palazzo di San Marco. Il papa era rimasto a Roma senza corte e aveva voluto che lui gli tenesse compagnia. Avevano passato quasi l'intera notte a bere e guardare le stelle cadere. Allora gli avevano fatto tanto piacere quelle parole. Lo avevano lusingato, anche se non l'avrebbe mai ammesso neppure a se stesso. Ma ora, nella luce spietata che lo faceva specchiare nel Nicodemo, quelle parole non riuscivano a sostenerlo. Il biglietto che continuava a bruciargli nel giubbone dava nuovo significato a quella conversazione. Era stato un avvertimento che non aveva saputo cogliere, e spinto dalla vanità aveva dato il proprio volto al vecchio ebreo che sostenne Cristo quando fu deposto dalla Croce.

Mosse qualche passo verso la scultura, la mano già si piegava per accogliere il mazzuolo. Le due Marie che cercavano di sostenere la caduta di Cristo sembravano invocare il suo aiuto, mentre si spingevano in quel corpo quasi a volersi fondere con lui. Urbino vide quel movimento che conosceva così bene. Stava per mettersi a battere il marmo. Il garzone immaginò che lo volesse fare per dissolvere la cupezza di cui era caduto preda, non certo per cambiare i connotati a quel suo doppio, divenutogli insopportabile per la verità cui dava corpo.

C'era il rischio anche quel giorno di rinunziare alla pittura. Ma il papa gli aveva promesso segretamente cento ducati se fosse riuscito a convincere il padrone a terminare la cappella entro agosto. Non trascurava niente Paolo III. Sapeva che, dopo il Concistoro dell'infeudazione e dopo il parto di madama Margherita, tutta l'Europa sarebbe venuta a Roma a ossequiare il papa e l'imperatore per quella alleanza tanto fruttuosa. Il suo trionfo sarebbe stato perfetto se avesse potuto mostrare al mondo la Cappella Paolina. Giulio II aveva fatto dipingere a Michelangelo la volta Sistina, Clemente VII la parete con il Giudizio Universale. Lui avrebbe mostrato il gioiello perfetto di quella cappella decorata insieme con le pitture e la scultura dall'artista più famoso del mondo.

Questo piano era chiaro anche a Urbino. Bisognava intervenire, non poteva rinunziare a cento ducati per la malinconia di un vecchio lunatico. Era disposto a tutto per quei soldi. Gli si parò di fronte poggiandogli le mani sulle braccia, in un gesto di tenera apprensione che fu accolto piacevolmente da Michelangelo. «Maestro, la scultura è finita da giorni. Mi avete ordinato voi stesso di lucidarla con la pomice.»

Le mani non allentavano la loro carezza. Contrariato ma consapevole che il ragazzo diceva la verità, Michelangelo non si diede subito per vinto. «Non l'hai brunita bene, ti avevo detto che la volevo lustra come una corniola. C'è poca luce qui e se le figure non sono lustrate bene finiranno per rimanere in penombra. Allora sarà stato tutto inutile, tanto valeva che la facessi fare a degli scalpellini come fa quel ladro del Bandinelli.»

Urbino non aveva proprio passato la pomice e aveva azzardato quella bugia sperando nella vista offuscata dalla penombra del vecchio. «Non è molto lucida perché non ho finito di lustrarla, mi si era consumato il panno, ne ho portato uno nuovo, appena posso finirò di strofinarla e vedrete che brillerà. Ma adesso è meglio non toccarla.»

Il coraggio e l'avidità di Urbino furono premiati. Michelangelo si girò verso la parete dove le figure si animavano intorno al buco grigio che aspettava di diventare il torso di Pietro. Senza voltare la faccia si rivolse all'aiutante. «Hai preparato la malta?» Urbino era già inginocchiato e mescolava in una cofana di metallo l'intonaco da stendere sulla giornata da dipingere. «È quasi pronta.»

Michelangelo si avvicinò per guardare l'impasto. «Mi sembra troppo scura, quanta calce hai messo?»

«Una parte di calce e due di pozzolana rossa, l'ho passata fine come mi avete detto.» Nella cofana la cazzuola girava la pasta chiara che aveva preso la consistenza di una crema d'uovo. Michelangelo riguardò verso la parete. «Voglio una malta chiarissima, ben stretta, che deve brillare sulla parete. Voglio dare pochissimo colore, appena una velatura, il colore deve affiorare dall'intonaco. Aggiungi una mezza porzione di calce e una di polvere di marmo, per schiarirla e lisciarla. Aggiungi un boccale d'acqua, oggi fa caldo e ho paura che indurisca troppo presto.»

Urbino si raddrizzò e andò in fondo alla cappella, dove era già stato montato l'altare. Sul gradone ai suoi piedi erano disposti ordinatamente i cumuli di pozzolana, sabbia e polvere di marmo. La calce bianchissima come unguento, quasi nivea, era stipata in una vasca di legno impermeabilizzata con la cera. Mentre il ragazzo rettificava la malta, Michelangelo si tolse la casacca nera ripiegandola accuratamente su una delle sedie accostate al lungo tavolo sotto la parete già affrescata. Su un altro tavolo più piccolo c'erano le pile dei cartoni usati per il dipinto. Cartone doppio, pressato a Bologna e incollato in fogli grandi alti più di un uomo. Non li aveva duplicati come faceva Raffaello che per ogni dettaglio ricavava una copia da appoggiare alla parete umida e trasferirvi il disegno. La calce e l'umido deformavano e rovinavano il cartone così che diventava inutilizzabile e per questo lui si teneva la copia intatta, con i contorni bucati dagli spilloni per lasciar passare la polvere di carbone che permetteva prima la copia su carta e poi il trasferimento su muro. Michelangelo faceva sempre una sola copia del disegno e utilizzava quella perché non aveva allievi a cui far dipingere al posto suo. Faceva tutto da solo.

La risma di carta era tutta accartocciata per l'umidità ed era alta sul tavolo. Con una mano tenne ferma la carta e con l'altra tirò fuori alcuni fogli meno stropicciati. Macchie giallastre dovute all'acqua e frammenti di intonaco erano attaccati qui e là sul foglio. Lo portò sul tavolo sotto al candelabro a dieci candele e cercò una spazzola morbida di pelo di porco per pulirlo. Lo distese e afferrò dalla custodia di noce un pezzo di salice bruciato quando era ancora verde, perfetto per disegnare con linee sottili e compatte. Si girò verso la parete come se dovesse copiare il volto che non era ancora al suo posto. Con la mano sinistra tenne fermo il foglio sul tavolo e con la destra cominciò a tracciare dei segni scuri facendo ruotare in alto il gomito. Si fermò per stringere al polso della camicia il laccio che svolazzava fastidiosamente. Il rumore del carbone sul foglio si alternava al suo respiro affannoso. Urbino si era seduto sui gradoni dell'altare per impastare meglio la malta tenendo ferma la cofana tra le gambe. Si era fermato per vedere il maestro chino sul tavolo.

Le candele ingigantivano sul muro l'ombra del vecchio. A Urbino sembrò un ciclope intento a uccidere. Tutto intorno era una penombra silenziosa, la luce si concentrava solo di fronte al maestro. Senza staccare il carbone dal foglio, trascinando nervosamente il rametto bruciato stretto tra il pollice e l'indice portò a compimento la parte più difficile del disegno. Comparve il profilo della barba con un segno nero che scavava nella guancia destra del santo, saliva sulla fronte e si arruffava dietro le orecchie. La mano si fermò, puntò il ciuffo sopra le orecchie e disegnò con una curvatura perfetta il profilo della testa tonsurata. Sembrava tracciata da un compasso, come la cupola di una chiesa. Poi ridiscese dall'altra parte per segnare il profilo in ombra rivolto ai carnefici.

La punta del carbone si spezzò tracciando il sopracciglio increspato dalla severità. Ne cercò uno nuovo, scavò le orbite degli occhi e annerì le pupille. Scese con un gesto fulmineo sul naso dove incontrò i baffi già segnati. Scavò la piega imbronciata della bocca e accompagnò la peluria fino a sfumarla all'altezza del petto muscoloso.

Si raddrizzò e si girò indietro. Sulla parete il buco finiva seguendo le forme curve delle cosce del santo disteso sulla croce. Ora doveva attaccare quella meravigliosa testa a quelle gambe. Portò il bastoncino nero all'altezza della fronte, dove finiva il ciuffo di capelli. Inclinando la mano in modo da strusciare il dorso del mignolo e del medio sulla carta per tenerla ferma, fece scorrere il carboncino tracciando una linea leggera e sinuosa, il torace e il fianco del santo visti di scorcio.

Ritornò su quella linea rendendola più evidente a ogni passaggio. Scavò i muscoli del fianco con un'ombra tratteggiata, poi diede forza al petto e all'addome che si contraeva in fasce nervose intorno all'ombelico.

Segnò l'inguine e il sesso rovesciato del vecchio, piccolo ma vigoroso, poggiato sul pube appena ombrato di peluria. Ritornò sopra la spalla destra per tracciare il braccio poggiato sulla croce in attesa del grosso ferro crudele. Un braccio senza forza che sembrava offerto volontariamente alla brutalità dei carnefici. Il busto era finito e sollevò il foglio tenendolo con tutte e due le mani, si girò verso la parete e poi verso Urbino. «Allora, quanto ti ci vuole per stendere questa malta?»

17

Sono nato sedici o diciassette anni fa secondo quelli che sanno pesare la mia giovinezza. Sono nato dopo il sacco di Roma, forse proprio a causa del sacco di Roma. I miei capelli biondi e gli occhi chiari come l'acqua sono l'eredità di un tedesco luterano che scaricò la sua rabbia contro il papa tra le gambe di mia madre. Il mio primo ricordo è il Tevere scuro e gonfio di pioggia mentre travolge il ponte fatto costruire da Leone X sopra i piloni di quello romano proprio sotto le mura del nostro convento dedicato a Santa Sabina. Dopo quell'alba terrificante ho guardato per mesi i flutti verdi dividersi intorno all'Isola Tiberina, gorgogliare tra le rocce e i massi crollati, e l'isola ridiventare placida e verde in primavera, gialla ed esausta in estate. Allora sul pelo dell'acqua affiorano i capelli delle ninfe incatenate all'invisibile fondo melmoso. Padre Marcello, il bibliotecario, mi ha tenuto con sé nello stanzone affacciato sull'orto dove ordina e trascrive manoscritti provenienti da tutto il mondo conosciuto. Ho imparato il greco e l'ebraico già a dieci anni, e a dodici miniavo con il bolo e la foglia d'oro le iniziali di un manoscritto delle Metamorfosi *destinato al re di Francia Francesco I. I lavori dell'orto mi hanno aiutato a temprare il corpo come la palestra avrebbe fatto per un giovane soldato. Non mi è neppure mai venuta l'idea di valicare le mura del convento, mi bastavano le gite di Quaresima e di Natale, per assistere alle messe solenni insieme ai monaci degli altri conventi dell'Aventino nelle chiese di Santa Prisca, di Sant'Alessio e di Santa Prudenziana dove le monache imbandivano pranzi degni della bellezza dei loro ricami.*

Tre anni fa si è abbattuta sulla mia vita quieta una sciagura che mi ha cacciato da quel paradiso. Frate Giovanni, l'addetto all'orto, mi ha chiesto di aiutarlo a travasare il vino nella cantina, un'aula rotonda con i resti di un antico tempio dedicato a Marte, perfetta per maturare i rossi nelle botti di rovere. L'ho seguito e dopo aver chiuso la porta vi si è appoggiato sollevandosi la tonaca. Mi ha chiesto di aiutarlo ad alleviargli un dolore fortissimo che aveva al membro e io l'ho fatto senza fatica fino a che un rantolo quasi di animale gli ha disegnato sul volto per un momento l'estasi dei santi. La tenerezza che ha messo nel ringraziarmi mi è sembrata eccessiva per il poco sforzo che quell'aiuto mi è costato. Mi sentivo così importante agli occhi di un uomo grande che non gli ho negato il mio aiuto le altre volte che me lo ha chiesto.

Poi qualcosa anche nel mio corpo è cambiato, risvegliato da quegli incontri, e ho capito che quella malattia e quei dolori erano comuni a tutti gli uomini e che quei rimedi non erano proprio leciti agli occhi di Dio. Tuttavia la sua amicizia era così preziosa per me che non mi sarei tirato indietro anche a giochi più arditi se non fosse accaduto un fatto molto brutto.

Un pomeriggio d'estate che ero rimasto da solo a dormire nella camera dei novizi con addosso appena la camicia mi sono svegliato sotto il peso di frate Marco il dispensiere. Aveva puntato le ginocchia tra le mie gambe e mi spingeva dentro la punta del suo fallo bollente, sembrava più una bestia che un uomo. Prima che mi svegliassi del tutto ho sentito le sue parole di implorazione e quando ho fatto per cacciarlo via mi ha chiuso la bocca con una mano impedendomi di urlare. Il dolore era diventato lacerante e stavo quasi per arrendermi quando il corpo di Marco è rotolato fuori dal letto come se fosse stato spinto da una molla. Era stato un calcio di frate Anselmo, che lo aveva spinto giù dalla branda e dalla mia schiena. È scappato ringhiando il nome di frate Giovanni e il mio. «Con lui sì e con me no, eh?» Non capivo quel che stesse dicendo e tanto meno potevo capire il riferimento agli appuntamenti con Giovanni che non avevano niente a che fare con quel dolore che sentivo adesso tra le natiche.

Frate Anselmo senza una sola parola di stupore mi portò in infermeria dove fui medicato con cataplasmi di lino. Mi dissero che non era grave, ma il giorno dopo venne in convento frate

Biagio da Cesena, il segretario del papa che era stato il bibliotecario del convento e che manteneva la sua protezione sui frati. Padre Marcello è venuto a chiamarmi nella mia stanza e mi ha portato nello studio dell'abate dove ho trovato Biagio seduto accanto a una caraffa di acqua e limone appena spremuto. «Ecco il nostro Andrea, conosce perfettamente il greco il latino e l'ebraico, distingue ogni tipo di calligrafia e ha la vista di un'aquila. Non ha parenti e non ha ambizioni se non quelle di leggere e servire la Chiesa. È il tuo assistente perfetto, visto che ormai neppure gli occhiali di Venezia rimediano al calo della vista. È bello come vedi e non è ancora uomo, dovrai proteggerlo per qualche anno, fino a quando non potrà proteggersi da solo, te lo affidiamo come un figlio. Ricordati che c'eri anche tu qui quando ce l'hanno portato, aveva poco più di un anno ed era appena in grado di masticare il pane e la carne. Abbiamo fatto un buon lavoro, per quanto abbiamo potuto, ora però è il caso che cambi aria. In Vaticano sotto la tua protezione potrà completare gli studi che gli assicureranno la carriera che merita.»

Con queste parole l'abate mi ha consegnato a Biagio, spingendomi contro di lui con un leggero colpo sulla spalla. All'improvviso mi sono sentito disperato e ho cominciato a piangere silenziosamente. Dal giardino del convento potevo vedere tutta Roma, i tetti rossi e le mura viola, gli alberi cambiare colore durante le stagioni e il vento giocare con le nuvole in cielo; quel cielo che si perdeva sul mare a ovest e si incastrava sull'orizzonte opposto nei monti bianchi di neve già ai primi di novembre. L'idea di abbandonare quella fortezza sicura mi spezzava il cuore. Non avevo mai neppure considerato la possibilità di abbandonare il convento. Biagio ha capito i miei pensieri e si è avvicinato carezzandomi i capelli. «È vero, sei cresciuto proprio bene Andrea, tu non ti ricordi quando ti spuntarono i primi denti e di notte urlavi fino a farti sentire sul Gianicolo di fronte. Una notte ti hanno portato in chiesa dove stavamo celebrando l'Ascensione, non sapevano dove lasciarti, ti ho tenuto io in braccio tra l'incenso e i canti dei fratelli. Ti sei addormentato subito, cullato dal Te Deum e stordito dall'incenso. Non mi potevo muovere, ti ho tenuto in braccio immobile molto oltre la fine delle funzioni. Siamo rimasti io e te fino all'alba, seduti sul banco del transetto e quando il *sole ha attraversato l'alabastro sull'abside ho visto che sorridevi con gli occhi chiusi. È stata una delle albe più felici della mia vita. Ti sono ancora grato per quel regalo e per quanto potrò non lascerò che nessuno ti faccia del male. E non c'è bisogno di altre parole da ora in poi. Non devi temere, anche il Vaticano ha mura grosse, è un convento solo appena più grande di questo, con gente più feroce perfino di Marco, ma hanno da pensare altro che a un novizio seppure attraente come te. Raccogli le tue cose, partiamo tra un'ora.»*

Sono scappato nel dormitorio e ho preso quel poco cui tenevo. Mi sono girato e sulla soglia c'era Giovanni con in mano una borsa di pelle e negli occhi lacrime appena trattenute. Cercava di dire qualcosa ma le labbra si muovevano senza emettere suoni, mi sono avvicinato e ho sentito un soffio rauco che invocava perdono. Gli ho sorriso e accarezzato la mano che mi porgeva la borsa.

«È una camicia di lino tessuta in Siria, ti andrà un po' grande ma crescerai presto. L'avevo fatta comprare per me dai mercanti giudei ma voglio che la tenga tu, semmai deciderai di non prendere i voti, di non rimanere in convento, puoi cominciare con questa, è bella e ti porterà fortuna.»

Poi si è girato ed è scomparso. Non ricordo niente del tragitto dall'Aventino al Vaticano, tanta gente che gridava per strada e la puzza dello sterco dei muli e dei cavalli. Ricordo però che quando sono arrivato Biagio mi ha assegnato la camera accanto alla sua nell'appartamento papale e poi mi ha portato in cima alla torre Borgia, mostrandomi Roma sotto di noi. Ho cercato con gli occhi l'Aventino, le mura di mattoni e le chiome scure dei pini. Mi sono rassicurato pensando che avevo cambiato soltanto il punto di vista ma che potevo guardare ancora il Tevere scorrere lento verso il mare e i tetti fumosi di Roma sovrastati dalla lunga striscia nera delle montagne dell'Abruzzo.

Da allora non ho mai messo piede fuori dal Vaticano, non ne ho avuto il desiderio. Molte cose sono cambiate soprattutto nel mio corpo, ma preferisco vivere con gli uomini dei libri, quelli che li hanno scritti e quelli che vi sono descritti, mi sembrano più attraenti di quelli di cui sento la voce ogni giorno, divorati da ambizioni che non capisco. Neppure gli archivi dove passo le mie giornate, le corrispondenze segrete di principi e cardinali, le cro-

nache crude di mercanti e soldati mi accendono la curiosità per il mondo. Per affrontare la vita ho bisogno del silenzio dei libri, solo quando si distende sulle pagine con l'inchiostro la voce degli uomini mi è tollerabile. Ma oggi qualcosa è cambiato per sempre. I sentimenti e le storie che raccontano i libri sono diventati improvvisamente inconsistenti. Mi chiedo perché. I filosofi spiegano così bene la vita, così bene il carattere degli uomini. I libri di medicina spiegano il funzionamento del loro corpo, eppure tutto questo non basta a comprenderli. Vederli agire in preda alle loro vere passioni è cosa diversa dal leggere di quelle passioni descritte da altri. E poi c'è la passione più grande, Vittoria. Il turbamento che mi ha procurato ha cancellato tutto quello che avevo imparato sull'amore e sulle donne. Neppure Ovidio ha resistito all'alluvione. Nessuna parola, per quanto studiata e pensata dal più grande dei poeti, può avere il calore, il suono e il profumo della più insignificante sillaba pronunziata da Vittoria. Ora capisco perché sono stati così pochi, molto pochi, gli uomini ai quali sono bastati i libri. Vittoria è la vita che cercavo di tenere lontano da me, da cui cercavo di difendermi leggendo tutto quello che gli altri hanno vissuto. Ma è bastato un solo minuto accanto a lei per veder crollare in pezzi il mondo in cui mi ero nascosto. Quel mondo è sparito per sempre. La raggiungerò nel bosco dei ciliegi più tardi. Ho letto la lettera che mi ha chiesto di vedere. Ho fatto di più, l'ho copiata. Mentre lo facevo sentivo di tradire Biagio, la fiducia e l'amore che mi ha dato. Ma dopo quello che ho visto oggi non posso più convincermi a servire neppure lui. Non mi ha preparato abbastanza. Forse mi ha dato troppa licenza. A differenza di lui non posso capire il papa e la sua famiglia, e tanto meno posso servirli. Non arrivo a capire come si possa essere così spietati avidi e ambiziosi e rappresentare al tempo stesso la Chiesa di Pietro e degli Apostoli.

Non che lui mi abbia mentito. Anche l'ambasciatore imperiale don Diego questa mattina, mentre si rivolgeva al papa, sembrava del tutto a suo agio nel distinguere la bassezza dell'uomo dalla santità del simbolo che incarna. «Condannare per il vizio e adorare per le virtù.» Quante volte ho sentito questa frase. Ma si può davvero immaginare che la profondità del vizio lasci inalterata la forza della virtù? E si può davvero pensare che le celebrazioni, i riti, le liturgie bastino da sole a purificare assolvere uomini così depravati? Prelati cardinali e vescovi possono davvero celebrare la messa, sollevare l'ostia con le mani sporche di sangue senza che la fede ne venga macchiata? Può un uomo accettare da questi ministri l'assoluzione che viene da Dio?

Ma non è questo in verità a spingermi lontano da Biagio e dalla vita che mi ero immaginato fino a oggi. Non posso servire il mio maestro e il suo mondo, ma non posso, soprattutto non posso non raggiungere Vittoria.

I miei libri sono diventati pagine bianche. Potrebbero forse darmi un'idea di quello che mi aspetta. Ma il mio corpo, nel tempo di un respiro, mi ha dato la certezza che nessun libro può neppure provare a raccontare quello che troverò. Mi sto lavando nella stufa del cardinale Bibbiena, non l'avevo mai fatto prima anche se il custode del suo appartamento tante volte me l'aveva permesso. Nessuno più l'ha usata da quando il cardinale è morto. Era raffinato e vizioso. Intorno alla vasca di marmo ci sono le pareti rosse e nere, lucide come pietre preziose. Ci sono riquadri bianchi dove è dipinta Venere felice per i suoi amori. Raffaello solo poteva capire un amore così pieno, lui che è morto per l'amore di una donna ancora più bella delle Veneri che ha dipinto. Nell'acqua ho versato gli olii profumati di sandalo che il cardinale faceva venire dalla Persia. Metterò l'olio di cedro sui capelli e indosserò la camicia di Giovanni. Ora capisco meglio anche il suo amore e ne sono lusingato. Se qualcosa di quel suo desiderio è rimasto aggrappato al lino bianco, il mio incontro non sarà meno felice di quello di Adone con la sua Venere in questo miracoloso bosco di lapislazzuli che ho di fronte.

18

Immobile accanto alla finestra, il monaco guardava l'ombra del palazzo che arretrava lentamente sul giardino di melograni. Dietro le montagne grigie le nuvole avevano occupato tutto l'orizzonte. Il vento spingeva verso la città il nembo scuro di pioggia e l'odore umido, più leggero e veloce, lo precedeva arrivando attraverso la finestra aperta fino alle sue narici. Accolse il sentore della pioggia come una liberazione perché nella stanza l'aria si era fatta dolce e nauseante come l'acqua di certi fiori carnosi che nella casa della sua infanzia venivano dimenticati nei grandi vasi di Murano.

Non sapeva allora che quello era uno degli odori della morte. In poche ore la morte aveva smesso di inquietarlo con i suoi misteri, era diventata una presenza familiare. Non l'avrebbe mai creduto quando aveva accettato da Reginaldo Polo l'incarico di correre a Roma e tentare di sventare quel mostruoso complotto. Non c'era stato molto tempo per rifletterci, Polo era venuto a conoscenza di quelle trame solo quattro giorni prima e la decisione era stata presa nel giro di poche ore. Certo aveva pensato al rischio che correva la propria vita, ma non aveva pensato a come quel rischio lo avrebbe trasformato in pochi giorni in un altro. Era partito come un uomo di lettere nato in una delle migliori famiglie di Venezia, ora si sentiva spietato e logorato come un vecchio assassino.

E perché poi l'odore della decomposizione gli ricordava quei vasi colmi di fiori appassiti, del suo palazzo e delle chiese di Venezia, dove l'umidità faceva ristagnare e fermentare gli odori degli altari apparati per la festa? Il sangue continuamente evocato in quei riti ritornava ora come sangue versato per quei riti e gli riempiva gli occhi e la testa.

L'attesa era più dura del previsto. Invece di riposarlo quella forzata immobilità lo snervava. Si sentiva appeso a una corda. La religione diventata una sequenza di delitti. Nessuna novità. Tranne che questa volta era lui ad aver versato il sangue di altri uomini. La guerra santa aveva richiamato anche un uomo di lettere alla battaglia. Non era nei suoi piani, ma doveva andare fino in fondo.

Lo faceva per quella religione che ora vedeva con gli occhi stupiti del bambino che era stato, l'odore sfatto dei fiori sugli altari, le parole incomprensibili dei preti coperti d'oro e di viola. Le lacrime della madre tra le preghiere mormorate. O lo faceva per Polo, per l'amore che lo legava a lui da quindici anni, da quando lo aveva incontrato ancora studente a Padova. Quell'amicizia gli aveva dato subito la sensazione di accedere a un mondo superiore. Prima era stata la passione per le lettere a farli sentire speciali. Giocavano a reinventare il Ginnasio di Atene e il Foro di Roma. Poi, scavalcate le Alpi come una tempesta di tramontana, era arrivata la passione per la religione, lo strumento per governare e cambiare il mondo. Immaginare una religione rinnovata significava immaginare un mondo rinnovato. E l'autorità di Polo, cugino del re d'Inghilterra, rendeva possibile anche il sogno più azzardato. Aveva raccolto intorno a sé soltanto uomini di levatura altissima, ammirati nelle corti di tutta Europa.

Si era intrecciata alla fede una promessa di rivoluzione che aveva assegnato a tutti loro, incluso lui stesso, un posto di eccellenza nella storia del mondo. La devozione era servita a isolarli e renderli ancora più uniti. Non c'erano distrazioni mondane a separarli e l'eccellenza dei loro obiettivi saldava un legame che era diventato più forte di quello delle famiglie, più forte di qualsiasi altro legame si potesse immaginare. Lui non aveva preso i voti a differenza di quasi tutti gli altri. Quella impossibilità di votarsi completamente alla castità lo aveva frenato pesandogli sull'anima come un tradimento. Una debole brama naturale, solo una traccia, gli era rimasta dentro trattenendolo appena fuori da quella fusione totale in cui si erano immersi Polo, Morone, Flaminio e Vittoria. Perfino Vittoria si era dissolta in quel nucleo. La forza della loro ambizione era così grande che aveva abbattuto anche le barriere naturali che separavano gli uomini dalle donne. Vittoria con il suo talento e la sua intelligenza era stata accolta come una pari. Aiutata certo dalla nascita in una delle prime famiglie d'Europa. Ma lui sentiva spesso di annaspare dietro a quegli uomini, un corvo che si sforza di seguire le aquile. Si sentiva incapace di recidere i legami con la vita ordinaria, i piaceri ordinari. Questi legami lo mantenevano indietro, diverso e qualche volta estraneo.

Era per questo, per dimostrare la sua profonda e totale dedizione al gruppo, che aveva accettato quella missione? Doveva farsi perdonare il cedimento alla natura, un legame con la vita ordinaria degli altri uomini a cui non aveva saputo rinunziare. Accettare quell'impresa tanto rischiosa lo aveva illuso di poter colmare per sempre quella diversità che lo angustiava.

Polo aveva capito che non si sarebbe tirato indietro una volta affidatagli la missione che gli avrebbe guadagnato l'eterna considerazione del gruppo. Era per quello che aveva accettato. Non era la fede in Cristo a muoverlo ma la voglia di conquistare nel gruppo una posizione di preminenza. Voleva anche lui partecipare pienamente alla fusione amorosa.

La loro amicizia, così pronta a saldarsi intorno all'amore per il sacrificio di Cristo come si era prima saldata intorno a Ovidio e Cicerone, era davvero santificata dalla fede e soltanto dalla fede? Quando aveva accettato di compiere per l'amico quell'impresa, aveva pensato di rischiare la vita per il trionfo della vera dottrina contro la superstizione di Carafa e dell'Inquisizione.

Ora in quella camera il mondo era diventato improvvisamente semplice. Per la morte che aveva di fronte e per quella che stava per affrontare. Per quel giardino e quelle montagne dove niente mentiva. La luce spietata di Roma aveva raggiunto pieghe della sua anima fino ad allora protette dall'ombra. Lucidamente faceva riaffiorare dentro di sé il sentimento provato quando Polo gli aveva chiesto di compiere quell'impresa, e ora lo scrutava, soppesava, sezionava come fosse appartenuto a un altro.

L'amico aveva usato parole seduttive. «Tu, dolcissimo Alvise, sei l'unico della nostra cerchia che può portare a termine in così breve tempo quest'impresa con successo. Tu sei forte e coraggioso non soltanto nello spirito ma anche nel corpo. Sei robusto e conosci le arti del combattimento. Parli perfettamente il tedesco e il latino e puoi sostituirti a un monaco feroce e fanatico mandato a Roma a compiere un delitto innominabile.»

Quelle parole lo avevano reso felice al punto tale che cominciava a chiedersi se davvero aveva accettato quell'incarico per salvare la Chiesa. Aveva accettato per lui, per loro, per amore suo, perché lui glielo chiedeva. Perché voleva sentirsi finalmente un tutt'uno con la nuova famiglia. Senza che se ne fosse accorto, in quei lunghissimi anni aveva preso ad amarlo come e più di quanto avesse mai amato nessuna delle donne con le quali aveva preso piacere. E in più si era sentito sempre in dovere di proteggerlo come fosse una sua amante. Una di quelle che aveva abbandonato quando il legame si faceva così saldo da attrarlo lontano dagli amici. Una delle tante, Lucia, che gli aveva gridato in faccia con rabbia: «Il tuo vero e unico amore è un uomo, il tuo amico Polo. È con lui che dovresti fottere».

L'aveva presa sei volte quella notte per cancellare con gli amplessi il suo sospetto. Ora che il ricordo riaffiorava, capiva senza incertezza alcuna che aveva voluto con quegli amplessi cancellare i propri dubbi più che quelli della donna.

Un merlo si posò sul davanzale, sorpreso di trovarlo dentro la camera. Lo fissò incerto per un po' e rumorosamente riprese il volo puntando al bosco sottostante. L'apparizione improvvisa dell'uccello bastò a riportarlo alla realtà del momento. Si accorse che quelle fantasie liberate nella circostanza meno opportuna, o forse proprio per quello, l'avevano liberato da un'ambiguità che lo opprimeva da anni. La chiarezza raggiunta come una meta inconsapevolmente ambita gli provocava un piacere fisico, lo ristorava come un lungo riposo. Era sospeso tra la vita e la morte e nulla gli importava più se non capire cosa era stata la sua vita e cosa poteva essere. Né si pentì di dover mettere in pericolo la sua vita per un'idea tanto lontana dalla fede in Cristo. Era diventato davvero un altro uomo.

La campana di San Pietro batté l'ora che aspettava contando i secondi e fu come se fosse appesa sulla sua testa. Si avvicinò alla porta dove non si sentiva nessun rumore. Cominciò a pensare di aver sbagliato tutto. Di nuovo passò un tempo che gli sembrò eterno, poi arrivarono finalmente dei passi leggeri, insieme a un'incontenibile esplosione di gioia. Aveva avuto ragione! La maniglia della porta si abbassò e il battente si dischiuse. Tra un istante avrebbe avuto di fronte il quarto uomo.

Quando l'ebbe riconosciuto si sentì perduto. Era scoperto in modo del tutto imprevisto. Nessuno avrebbe mai potuto prevedere di conoscere bene l'uomo che apparve sulla soglia, troppo bene per avere scampo. Si pietrificò come la moglie di Lot, giratasi a guardare l'incendio di Gomorra. Ma non divenne di sale. Era ancora di carne e l'istinto lo spingeva a salvarla, quella carne. Di fronte aveva il cardinale Alessandro Farnese, il complotto era stato scoperto e lui non sarebbe stato in grado di provare che tentava di sventarlo per salvare la Chiesa. Dietro di lui c'era un cadavere disteso sul letto, prima di impiccarlo lo avrebbero torturato fino a fargli confessare tutto quello che l'Inquisizione avesse voluto che confessasse. Carafa e il Santo Uffizio avevano vinto quella partita. Era del tutto inutile tentare una spiegazione, la stanchezza gli arrivò addosso come una bastonata e stava per accasciarsi ai piedi del cardinale. Qualcosa però lo tenne in piedi, seppure appoggiato allo stipite della porta. Il cardinale era solo, dov'erano le guardie?

19

Urbino, inginocchiato sull'impalcatura di legno, prendeva dalla cofana la malta con una cazzuola larga. L'avvicinava al muro e con un cucchiarotto più piccolo ne stendeva piccole porzioni sull'arriccio stando attento a non sporcare i bordi del dipinto circostante. Già per bagnare aveva dovuto usare un pennello da scialbatori facendo attenzione a non far colare l'acqua oltre i bordi del cratere. Stendere una porzione di intonaco al centro di un dipinto già terminato era una follia che poteva venire in mente soltanto al suo padrone. Ma il ragazzo sapeva che nessuno era pagato e trattato meglio di lui; considerando per di più la sua assoluta mancanza di talento, non gli passava neppure per la testa di ribellarsi a quelle fatiche. Si era tolto la camicia perché cominciava a fare caldo. I muscoli impegnati nello sforzo luccicavano di sudore, Michelangelo dal basso lo guardava ammirato, osservava ogni fremito del corpo giovane, uguale ai tanti altri che aveva desiderato tutta la vita, accontentandosi però di possederli soltanto nella freddezza del marmo e nella fragilità dei disegni. La carne calda, profumata e liscia come la seta che il suo aiutante faceva muovere sotto i suoi occhi era una meraviglia alla quale aveva rinunziato fin da subito. Il capezzolo bruno che Urbino scopriva torcendo il busto per prendere dalla cofana la malta era una minuscola campanella di bronzo che la lucerna infiammava colpendola in pieno. Il disegno dei pettorali netto come in un'incisione, i muscoli palpitanti come se fossero dotati di vita propria, sfumati nella clavicola ben tornita, le spalle larghe, provocavano a Michelangelo un desiderio che gli toglieva ogni forza. Per riprendersi da quella caduta pericolosa dovette rimproverare il ragazzo, non per la troppa e conturbante bellezza come avrebbe voluto ma per la lentezza della stesura. «Urbino, vogliamo fare notte qui? Aspettando che il caldo indurisca l'intonaco? Alzati e spingi con tutte e due le mani per schiacciare la malta sulla parete o devo fare io anche questo?»

Il ragazzo si alzò e per vendetta fece scivolare con un gesto rapido le brache sui glutei lasciando libera la parte superiore delle natiche lisce. Quella striscia di carne chiara sotto la schiena abbronzata di Urbino risplendette nella penombra come di una luce propria e troncò il respiro a Michelangelo. Per riaversi distolse lo sguardo e si girò verso il tavolo a controllare le ciotole con i colori. Se avesse potuto guardare la faccia di Urbino nella penombra avrebbe intravisto un sorriso beffardo sollevare la bocca carnosa sopra i denti bianchi. Quel garzone sfacciato con la coda dell'occhio controllava la ritirata del padrone nemico, sconfitto da una sola striscia abbagliante di carne bianca.

Sul tavolo erano allineati i colori che Michelangelo avrebbe usato quel giorno. Una ciotola più grande di coccio smaltato conteneva il bianco di San Giovanni, ottenuto lavando dieci volte la calce e poi facendola asciugare per mesi al sole prima di macinarla di nuovo e poi essiccarla ancora rendendola simile a farina pronta per l'impasto del pane. Accanto, in ciotole più piccole, le ocre già diluite nell'acqua, meno di una diecina, perché Michelangelo non amava mescolare troppo i colori e soprattutto non si fidava a usare per l'affresco colori molto artificiali che con il tempo e l'aggressività della calce finivano per mutarsi, l'azzurro in verde, il rosso in giallo e addirittura il bianco in nero come era accaduto alla biacca di piombo stesa sui muri da alcuni pittori ambiziosi ma inesperti. Lui faceva portare solo alcuni colori controllandoli accuratamente da vicino. Guardò un vasetto di vetro pieno di polvere azzurra come una gemma preziosa. «Ti avevo chiesto di ripassare con la liscivia il lapislazzuli venuto da Ferrara, lo vedo ancora troppo grigio.»

La voce di Urbino celava l'insofferenza con la scusa della fatica che gli faceva sbruffare l'aria fuori dai polmoni. «Ho fatto come mi avete ordinato, ho rimpastato la polvere con olio di lino e mastice, l'ho pestata per due ore in mortaio e l'ho lavata con acqua mescolata a cenere di castagno. Ho schiumato le parti fini che affioravano a galla e ho preso soltanto quelle depositate sul fondo, che per la verità mi sembravano molto azzurre.»

«Mmm.»

Michelangelo non andò oltre un mugugno di commento muovendo il vasetto per veder franare la minuscola montagna di azzurro brillante. Guardò le altre ciotole, l'ocra gialla, l'ocra rossa, la terra di Siena, il nero di vite e la terra verde di Verona, brillante come un muschio appena strappato alla corteccia dell'albero. «Non vedo il minio. Lo sai che non posso fare incarnati senza il minio.»

Sembrava contento di aver trovato una giustificazione al suo capriccio di strapazzare il ragazzo. «Sta nel vasetto di vetro accanto alla scatola dei pennelli. Sono passato a prenderlo dallo speziale a via della Campana, come mi avete ordinato, ma non pensavo di doverlo travasare in una ciotola.»

La cazzuola lisciava la malta morbida facendo giri tondi e regolari che cancellavano uno dopo l'altro i solchi larghi del ferro. Un rumore rasposo accompagnava le parole del ragazzo rendendole quasi incomprensibili a Michelangelo. «Speriamo che stavolta il furfante abbia cotto bene la biacca. Ha un buon forno, il migliore di Roma per cuocere i colori, ma gli piacciono troppo le donne ed è capace di dimenticarsi il piombo nel forno per l'intera giornata, così fa un minio giallastro. A cosa serve un minio giallastro, a niente serve, ho un'ocra arancia che viene dall'Elba che è una meraviglia, ma a me serve il minio rosso, una punta di minio rosso nel bianco di San Giovanni e l'incarnato diventa fresco come una rosa.»

Aveva tirato fuori la boccetta di polvere rossa e l'avvicinò alle candele. Il pigmento rimasto sul collo del vetro sembrava colorarlo dall'interno e la luce lo fece brillare come un rubino. «Bene, stavolta ha indovinato la cottura, ci potrò fare anche un bellissimo violone. La camicia dell'uomo che solleva la croce non è venuta un granché, mi serve un viola più carico, con questo minio e una punta di lapislazzuli avrò una camicia che sembrerà tagliata nell'ametista.»

«La malta è pronta.»

La voce di Urbino dall'impalcatura arrivò come un grido di liberazione. «Benissimo, avremo tutto il giorno prima che asciughi. Oggi tiro a terra san Pietro.»

L'espressione volutamente scherzosa doveva alleggerire la preoccupazione per il compimento dell'opera, sottolineare che una figura, una in più dopo le centinaia dipinte nella cappella a fianco, non poteva preoccuparlo. Ma appena allungò la mano sul tavolo per prendere il cartone su cui poco prima aveva schizzato il busto terribile del san Pietro ne incontrò lo sguardo incendiario, l'espressione solenne che bastava da sola, come un fulmine in un cielo estivo, a rimescolare il sangue. Uno sguardo che esprimeva il tormento, l'angoscia di milioni di cristiani in lotta tra loro, in lotta con l'anima e gli scritti di Lutero, con Solimano il Magnifico accampato sotto Vienna, con il desiderio che scioglieva la carne togliendole forza, con le ambizioni del papa e della sua famiglia, con la paura di un inferno molto ben annunziato dalle guerre di quegli ultimi anni. Tutto questo diceva lo sguardo di Pietro a Michelangelo, che porse il cartone a Urbino sull'impalcatura.

20

Il cardinale senza sorridergli gli porse la mano da baciare. Il suo viso non tradiva nessuna sorpresa, nessun fremito, non l'aveva riconosciuto. Del resto si erano incontrati due sole volte quando era al seguito di Polo e non doveva neppure averlo notato. Poi gli diede le spalle facendo cenno di seguirlo. La camera cominciò a ruotare vorticosamente intorno a lui. Si puntellò con entrambe le braccia allo stipite per non cadere. Se il cardinale non era venuto ad arrestarlo allora era anche lui nel complotto? Aveva anche lui organizzato l'assassinio del papa. Suo nonno. I tempi generavano mostri ma era troppo difficile abituarvisi. «Siete sorpreso. Non posso darvi torto. Capite l'italiano o preferite che vi parli in latino?»

Alvise Priuli avrebbe voluto dire che non conosceva l'italiano, si sarebbe sentito meno esposto in un'altra lingua, ma non riusciva ad articolare nessuna parola. Il cardinale riprese in tedesco. «Voglio che sappiate che sono convinto di aiutare mio nonno a salvarsi l'anima di fronte a Dio. Se la sua mente non fosse così ottenebrata dalla vecchiaia, non si sarebbe spinto tanto in avanti nello scandalo che trascinerà la Chiesa alla rovina.»

Socchiuse gli occhi e si portò la mano sul cuore. «Come voi, del resto, sono pronto a sacrificare i miei affetti pur di salvare la Chiesa.»

Era un argomento che non ammetteva repliche. Se doveva immedesimarsi in un fanatico cattolico pronto a morire per salvare la fede, non poteva che complimentarsi con il cardinale Alessandro che sacrificava a quella causa molto meno. Lo fece in latino sembrandogli più appropriato alla solennità dell'impresa. «Sono ammirato per la vostra abnegazione.»

L'imbarazzo era superato e il tono del cardinale divenne asciutto e pratico. «Ascoltate attentamente le istruzioni che sto per darvi.»

Gli passò una chiave che aveva certo più di un secolo. «Questa è la chiave della porta che dalla mia camera introduce a quella di mio nonno. Nessuno vi ha accesso se non io e il cameriere Pietro che sta ultimando la vestizione per il Concistoro. È un uomo fedelissimo che darebbe certamente la vita per difendere il papa. Io lo allontanerò per qualche minuto attirandolo dallo spogliatoio alla camera antistante. Tu troverai il papa da solo.»

Era passato al tu senza preavviso: man mano che si addentrava nella parte più spietata delle istruzioni per il delitto, sentiva di poter fare a meno di ogni formalità. «È vecchio e stanco, basterà premergli il cuscino sul viso per pochissimo tempo, non opporrà molta resistenza, negli ultimi mesi ha avuto continuamente crisi di soffocamento da cui lo salvano i sali che Pietro porta sempre con sé. Nessuno potrebbe accorgersi che è stato aiutato a morire.»

Quell'espressione ipocrita era degna del cinismo leggendario dei Farnese. Anche un delitto efferato, un delitto contro natura può diventare accettabile se descritto con le parole giuste. Le parole erano state la linfa del potere di quella famiglia. «Ritornerai in camera mia e da lì prenderai la scala segreta che conduce al Cortile del Pappagallo. È celata dietro la libreria. Lascia la chiave sul tavolo di porfido accanto al divano. Nessuno sospetterà di niente e il primo a soccorrerlo sarò io insieme a Pietro. Sarà un segno della divina provvidenza.»

Si girò fissando lo sguardo in quello dell'uomo. La crudeltà dell'azione evocata lo spinse a sminuirne gli effetti. «Potrebbe campare poco di più, mesi, non anni, stiamo solo abbreviando i tempi. A onore di Dio.»

Era difficile non credere che quello fosse davvero il suo sentimento, e il piano era perfetto in ogni dettaglio: anche se sconvolto dalla stanchezza e dall'emozione Priuli poteva capirlo.

Erano entrati in un lungo e stretto corridoio che serviva da passaggio alle guardie durante gli assedi, illuminato dall'alto da bocche di lupo molto profonde, aperte sul giardino. La figura agile del cardinale avanzava quasi di corsa e il finto monaco cominciò a respirare a fatica. Per fortuna poteva appoggiarsi con tutte e due le mani alle pareti, e in pochi istanti imparò a evitare le chiazze melmose di muschio cresciute dove le feritoie lasciavano filtrare la luce. Si reggeva con le braccia per resistere al peso dei pensieri che stavano per abbatterlo. Aveva immaginato di uccidere l'uomo che doveva incontrare per ultimo e sventare così il complotto ma non si era preparato all'eventualità che a ordire o anche solo a partecipare al complotto fosse il cardinale Farnese. Non avrebbe mai potuto convincere Paolo III che il nipote aveva organizzato la sua morte.

Quando aveva accettato la missione ragionava come un uomo consacrato alla causa della rivoluzione della fede. Se fossero riusciti a salvare il papa da quel complotto, una riforma religiosa avrebbe potuto affermarsi liberamente anche in Italia. Sua Santità sarebbe stato grato a Polo per averlo salvato dal complotto dell'Inquisizione e avrebbe appoggiato il cardinale inglese al Concilio di Trento, dove stava tentando una riconciliazione con i luterani. Questa era la posta in gioco, altissima, che lo aveva spinto sino a quel cunicolo. Fermare l'assassinio del papa ordito dall'Inquisizione per evitare lo scandalo dell'infeudazione di Parma e Piacenza a Pierluigi Farnese. Uno scandalo che secondo Carafa avrebbe dato un definitivo vantaggio ai luterani.

Ma chi avrebbe potuto immaginare che lo stesso nipote si fosse alleato con Carafa per assassinare suo nonno? Erano venute a maturazione troppe questioni nello stesso tempo, intrecciandosi una all'altra. Per quanto ne sapeva, per quanto ne sapeva lo stesso Polo, il cardinale Farnese non era uomo di grandi passioni spirituali o religiose. Doveva essersi alleato a Carafa per altre ragioni, perseguire interessi personali ancora ignoti anche alle spie più informate. Ma ora lo stava guidando in quel cunicolo e non c'era più il tempo per capire appieno quanto stava succedendo. Era bastato fermarsi un momento quella mattina per cogliere sotto una luce diversa il significato di quegli eventi e della sua stessa vita passata. Ma quel tempo e quella luce erano già svaniti. Ora inseguiva la mantellina rossa del cardinale nipote in un corridoio buio, infinitamente lontano dalla sua Venezia, dalle sue lettere, dal palazzo di famiglia affacciato sull'acqua. Un tuono esplose con una forza inimmaginabile a Venezia, facendo tremare persino le mura spesse del cunicolo. Era proprio vero che al sud la natura aveva un carattere più primordiale e spaventoso, e forse era per questo che gli appetiti e le ambizioni degli uomini prendevano dimensioni mostruose.

Si sarebbe dovuto ricordare di questo semmai avesse avuto di nuovo un tempo e una vita per pensare alle cose del mondo. Dalle bocche di lupo aperte in alto entrò un soffio umido e freddo, profumato di polvere e pioggia estiva. Qualche goccia raggiunse come un sollievo il suo volto congestionato. Come poteva uccidere Alessandro Farnese? Come poteva spiegare al pontefice di Roma, una volta penetrato nella sua camera, che non era lì per ammazzarlo?

Un nuovo spruzzo di pioggia gli bagnò il viso ridandogli percezione del corpo: come si sarebbe salvato poi in quell'immensa prigione che era il Vaticano? Nessuno di loro, né lui né Polo, avrebbe mai potuto immaginare di trovarsi in una circostanza simile. Erano venuti a conoscenza troppo tardi del complotto e non c'era stato tempo per pensare ai dettagli. Ma a cosa potevano servirgli adesso «la forza di Marte e la generosità di un martire»?

Come aveva detto Polo?

E seppure avesse trovato una via di uscita, sarebbe bastato a fornirgli la motivazione per uccidere un cardinale?

Stavano diventando troppo simili ai propri nemici, ciechi nel fanatismo. Uguali a quel mostro di Carafa che avrebbe portato lui stesso le fascine sul rogo per abbruciare suo padre se l'avesse scoperto eretico.

Erano certi che ogni mezzo poteva essere buono per il trionfo della fede? Non erano forse andati fuori strada a furia di rinchiudersi in conventicole segrete a leggere libri e immaginare rivoluzioni tutte lontane dalla realtà del mondo? Avrebbe voluto che quel cunicolo non finisse mai. Vi ci si poteva sorreggere con tutte e due le mani ed era l'unico luogo dove poteva camminare senza cadere. Un cunicolo buio che girava in tondo, ecco dove erano finiti.

Ma perché stupirsi poi che nel complotto per uccidere il vecchio papa ci fosse anche suo nipote. Cesare Borgia aveva ucciso il padre pontefice meno di cinquant'anni prima. Quella del papa o del cardinale era poi davvero una vita tanto più preziosa di quelle due che aveva appena stroncato sulla via alle porte di Roma? Che mostruosità si commettono per la religione. «Servirà a evitarne altre e ancor più grandi e sanguinose» gli avevano ripetuto spesso i predicatori in quelle riunioni. E a ogni modo, se anche avesse ucciso il cardinale, prima che lo stretto cunicolo avesse fine, come uscire da quella situazione?

La perversione della famiglia Farnese era molto al di sopra della peggiore ingiuria e della più fantasiosa leggenda. La depravazione di quella famiglia era stata sottovalutata da lui e perfino da Polo che sembrava prevedere tutto come un profeta, e ora stava per mandarli in rovina. Lui certamente.

I tuoni si susseguivano a intervalli brevissimi e dalle feritoie arrivavano scrosci di acqua che formavano pozzanghere sul suolo. Quella burrasca naturale, il rumore assordante, l'aggressione della pioggia ghiacciata lo aiutavano a sostenere i pensieri di follia che gli bruciavano la testa senza arrivare a una conclusione. Vide la veste bianca di Alessandro sparire dietro un angolo e capì che il cunicolo svoltava a sinistra, avvertì che qualcosa stava per cambiare e sentì il cuore esplodergli nel petto. Trovò dietro l'angolo il prelato illuminato da una finestra più ampia. Il bianco della cotta tremolava nella penombra mentre il rosso della mantella spariva in alto nel buio. Gli occhi lucenti lo inchiodarono. Su quel lato la pioggia non entrava nel cunicolo e arrivavano solo i tuoni, ma il temporale andava placandosi.

«Hai paura? Puoi ancora ritirarti se vuoi.»

Aspettò un attimo e pronunziò le parole che reputava più convincenti a confermare nel suo proposito l'assassino. «Anche se dubito che i nostri amici ti lasceranno a lungo vivo in questo caso.»

Non c'era traccia alcuna di abnegazione né di devozione in quel viso. Sembrava che il cardinale aspettasse di vendicarsi dei torti subiti per tutta la vita. Per un attimo Priuli pensò che se si fosse tirato indietro il cardinale avrebbe portato lui stesso a termine il delitto, e questo glielo rese ancora più odioso. Ebbe l'impulso di portargli le mani al collo e di strangolarlo senza fretta lì in quel cunicolo. I tuoni e le mura avrebbero coperto le sue urla. Lui avrebbe potuto calarsi dalla finestra fino al giardino. In qualche modo ce l'avrebbe fatta. Aveva un rifugio sicuro in città, la casa di Michelangelo Buonarroti era inviolabile più di Castel Sant'Angelo.

Ma fu il viso di Polo a fermarlo. La paura di deluderlo. Di vedere il suo viso angelico amareggiato e immaginarlo perseguitato. Aveva avuto ragione a chiamarlo un martire. Si sentiva un martire; non più della fede ma dell'amicizia, e nello stesso tempo la riconosceva come una causa altrettanto nobile a cui sacrificare la propria vita. Assentì con un leggero cenno del capo al cardinale e questi riprese a correre pensando che la minaccia avesse avuto il suo effetto. Quando stavano per uscire dal cunicolo un tuono scoppiò con un fragore lungo e costante che rimase sospeso nell'aria per un tempo che sembrò interminabile ad Alvise Priuli ricordandogli la chiusura dei fuochi veneziani, annunziata all'ultimo da un'esplosione che riecheggiava nella testa per molto tempo ancora dopo la fine degli altri scoppi.

Il soffio d'aria infiltratosi dalle feritoie non aveva più sentore di polvere ma soltanto di menta e di pino. L'aria di Roma tornava pulita dopo la lunga estate che l'aveva corrotta. Arrivati a una porticina il cardinale si fermò: «Oltre questa porta si trova una piccola scala di legno dalla quale attraverso una botola si accede al mio stanzino da bagno. Arrivati in camera io ti lascerò solo indicandoti il passaggio verso la stanza del papa. È tutto».

21

Andrea uscì dalla sua stanza come se fosse nel corpo di un altro, tanto poco controllava le gambe frettolose. Il corridoio delle carte geografiche era deserto, il caldo aveva svuotato anche quello. Tutti gli abitanti dei palazzi erano concentrati nella sala dei Re, davanti alla Cappella Sistina dove si sarebbe tenuto il Concistoro. Lì si raccoglievano i cardinali con il loro seguito e lì accorrevano i cortigiani e i funzionari cui era consentito per curiosare, incontrarsi e concludere affari.

Era dovuto passare anche lui in quella calca, con la camicia siriana profumata di sandalo e le sue brache migliori. Aveva sentito bisbigliare alle sue spalle la voce del cardinale di Tournon rivolta al cardinale Del Monte: «Chi ha liberato quell'angelo dalla volta della Sistina? Quando il Concistoro sarà finito voglio sapere a chi appartiene e dove vive».

Non si era girato, e prima che qualcuno potesse avvicinarlo era sparito nella scala a chiocciola che porta in Belvedere. Era stato molte altre volte al bosco dei ciliegi sul lato più scosceso della collina vaticana. Secoli prima vi era stato deviato un torrente creandovi cascate e scavando grotte dove in primavera si poteva riposare ammirando la fioritura dei ciliegi. Era chiamato anche il bosco delle donne, perché le donne della famiglia papale vi ricevevano i propri ospiti senza farli entrare in Vaticano, usando una vecchia porta romana aperta sulla via Aurelia. Lui vi arrivò dal viale dell'orto dei semplici, dove era stato già la mattina. Gli alberi erano tutti di una medesima altezza e si raccoglievano intorno a un viottolo selciato con frammenti di marmo di ogni colore. Quando fu a pochi passi dai primi alberi, vide i frutti tardivi scintillare tra le foglie. Solo allora alzando gli occhi si accorse che il cielo si era coperto di nuvole scure che rotolavano spingendosi sempre più in basso e sempre più minacciose.

Le prime gocce lo colsero all'altezza della fontana dei gigli. Le delicate corolle bianche cominciavano a tremare frustate da grosse gocce d'acqua miste a grandine. Non sapeva bene dove andare, e fu preso dalla disperazione all'idea della lettera che gli si bagnava tra la camicia e il petto. Quel dono d'amore gli era sembrato prezioso come il vello d'oro degli Argonauti. Poi si ricordò di avere promesso a Vittoria soltanto di leggere il documento e quindi non sarebbe stato tanto grave se si fosse inzuppato.

Non c'era nessuno nel bosco e prese a correre sul viottolo senza fermarsi. Vide, lontana una ventina di passi, una donna coprirsi la testa con una tela cerata mentre gli faceva segno di salire alla grotta alla sua sinistra. La grotta era celata da una piccola cascata. Vi si poteva accedere bloccando per pochi istanti l'acqua a monte con una chiusa facilissima da comandare e perfettamente stagna, là si diresse a passi rapidi la donna. La grandine gelò l'aria e coprì di bianco il prato attraversato dal ruscello. Oramai Andrea era fradicio e la bella camicia siriana gli si era attaccata alla pelle come una guaina trasparente.

La chiusa che interrompeva la cascata si manovrava anche dall'interno. La cascata sparì quando vi arrivò vicino, ma avrebbe potuto attraversarla anche con l'acqua senza peggiorare il suo stato. Vi entrò dentro con un salto e sentì alle spalle il fragore dell'acqua che riprendeva a scorrere.

Ci volle qualche momento prima che gli occhi si abituassero alla penombra della grotta. Un camino era acceso sul lato opposto all'entrata, ma non bastava a rischiarare le pareti che rimanevano in ombra. Un profumo di incenso stentava a coprire l'odore di funghi che esalava dalle pareti di tufo, era una commistione che disorientava il ragazzo, aumentando il senso di irrealtà in cui era precipitato entrando nella grotta. Si fermò tra il bagliore del camino e il chiarore lattiginoso proveniente dalla cascata, si guardava intorno senza decidersi ad avanzare.

La voce di Vittoria gli arrivò da un punto imprecisato, avrebbe detto dal fuoco stesso. «Ben arrivato Andrea, non avere paura. Vieni ad asciugarti, togliti pure i vestiti, ho ammirato la tua camicia siriana, anche bagnata.»

Vittoria si alzò da una panca sistemata sul lato della caverna, non lontano dal camino. Aveva una tunica di raso colore dell'oro con maniche larghe trinciate ad arte per lasciar vedere la camicia che indossava sotto, finissima, di cotone bianco. E i seni, che quella camicia lasciava scoperti a metà. I capelli erano sciolti e le ricadevano sulla schiena confondendosi con il raso, solo mandavano riflessi più splendenti. Si avvicinò e rimase immobile, incantato dalla visione, come lei si era aspettata che facesse. Scoppiò in una risata allegra e allungò la mano sul collo del ragazzo. «Così bagnato sembri ancora più giovane. Avvicinati di più al fuoco.»

Lo spinse con le spalle alla fiamma e con un passo leggero si piazzò di fronte a lui. Ora la luce del fuoco la investiva in pieno e sembrava emanare dalla sua figura. L'ammirazione vinse la paura di Andrea. Dopo uno sguardo furtivo intorno, per assicurarsi che davvero erano soli, si decise ad allungare la mano per toccarle i capelli. Lei l'afferrò e se la portò alla bocca posandogli le labbra sul palmo. Da quel momento Andrea ebbe l'impressione che un altro uomo si fosse risvegliato dentro di lui, sconosciuto fino ad allora. Eccitato sollevato e sopraffatto dal piacere sentì crescere dall'interno una forza che lo fondeva al cielo al mare al vento e a quella donna che gli stava di fronte. Avrebbe voluto che lei lo guidasse, che riuscisse a strappargli quel tormento fino allora sconosciuto che lo consumava. Vittoria voleva invece godere di quel tormento, e cominciò a spogliarlo, sussurrando parole che lui non poteva capire. «Sono venuta convinta di doverti fare un regalo Andrea, ma mi accorgo che il regalo lo sto facendo a me stessa. Penserai che una donna mondana come me, sulla bocca di tutti, abbia esperienza consumata dell'amore, ma non è così. Nessuna donna allevata per consolidare patrimoni e dinastie può permettersi l'amore. È la prima cosa che ti insegnano da bambina. E pochissime hanno la fortuna di essere iniziate all'amore da un uomo gentile, che non voglia solo rubarti il piacere. Volevo fare a te questo regalo, ma forse non è troppo tardi neppure per me.»

Dopo aver fatto scivolare a terra la camicia infilò le dita sul laccio delle brache. Andrea portò indietro con uno scarto il bacino, vergognandosi della propria eccitazione. Lei lo riattirò a sé con decisione, strappandogli poi quasi a forza le brache che si impigliarono tra le ginocchia. Vittoria era maestra nella conversazione mondana, ma l'eccitazione, inaspettatamente, ebbe il sopravvento anche su di lei facendole perdere il controllo sulle parole e sprofondandola in un vaniloquio concitato. «La tua timidezza è il mio premio. Nessuno mi ha mai fatto sentire così desiderata ma anche così sicura, così libera. Ogni volta che un uomo si avvicina, per quanto innamorato, penso subito a difendermi, penso a concedere ciò che è necessario arginando la sua brutalità. Agli uomini insegnano la rapina invece che l'amore. A te nessuno ha insegnato niente, per mia fortuna. Lascia che ti veda nudo. Com'è possibile che un giovane cresciuto tra i libri abbia le fattezze di un atleta, del più bello degli atleti? E la pelle morbida più da ragazza che da uomo? Non arrossire, è un complimento, potresti reggere il confronto della statua di Apollo. Voglio guardarti, assaporare con gli occhi ogni dettaglio come facevo in Belvedere da bambina con la mia balia. D'estate al tramonto la luce entra per qualche attimo nella nicchia dell'Apollo e scivola sulle sue forme perfette. Quando non ci sono i cardinali e gli effeminati, le donne ci vanno a frotte.»

Mentre parlava sfiorava con le dita ora l'incavo della clavicola, ora la spalla tornita, scivolando poi verso il petto dove i capezzoli bruni, quasi femminei, erano diventati turgidi e scuri come granito africano. Le carezze si fecero pressanti, poi smaniose, affondavano le dita nella carne tenera del ragazzo. Allora si fermò e fece scivolare le vesti a terra, insieme la tunica e la camicia. Ora la luce irradiava dal suo corpo ed era ancora più abbagliante, la pelle di avorio, le aureole viola sul seno alto e pieno e il pube coperto da una peluria di oro brunito. Andrea tremava di fronte a tanto splendore e si dovette portare le mani sul sesso per fermare le contrazioni che a intervalli regolari lo agitavano muovendolo come un ramo al vento. Per un po' era riuscito a resistere sentendolo svettare in aria senza guardarlo, ma avvertiva la sua vulnerabilità ogni volta che un soffio d'aria più freddo si infilava tra loro.

«Ora devi prendermi.»

Per quanto ne sapeva avrebbero dovuto stendersi e accoppiarsi su un letto, il letto di rose, di foglie, di fiori di cielo o di fuoco di cui aveva fantasticato, ma non ce n'erano in quella grotta. Il respiro gli mancò per la disperazione. Vittoria venne ancora in suo aiuto, sorridendo beata come se lo avesse sempre amato e sempre conosciuto. Si avvicinò attirandolo sul suo corpo e lo strinse forte. Poi con una leggera pressione della mano sulla spalla lo fece piegare. Sentì il sesso schiacciato sul ventre scendere rovente, strofinare il pube fino a raggiungere le cosce. Lei si aprì impercettibilmente e Andrea non ebbe più bisogno di nessuna guida. La prese gridando di gioia e continuò sollevandola da terra, baciandola e spingendola in aria come se non avesse fatto altro nella vita fino a quel momento. Quando ritornarono a terra, stettero aggrappati per un lunghissimo istante uno all'altra barcollando, per paura di cadere, ma non volevano separarsi, erano diventati una sola persona e quella fusione, che poco prima era sembrata ad Andrea un annientamento spaventoso e mortale, ora aveva la piacevole concretezza della carne liscia attaccata alla sua, un essere nuovo che li comprendeva entrambi.

Lui sarebbe rimasto così aggrappato a lei per il resto dell'eternità, Vittoria si lasciò cadere sui vestiti dove potevano ricominciare nuovi giochi meno furiosi, ma che lo portarono a un'estasi così vicina alla beatitudine da farlo sentire blasfemo. Quando il demone che l'aveva rapito, scaraventato in aria e quasi annientato per il piacere lo abbandonò, un altro più mite ma non meno devastante lo invase; la paura di non poterla più avere.

Provava un senso di gratitudine verso Vittoria che gli stava sotto arresa e con gli occhi chiusi, la sua tunica a separarla dal suolo. Prese ad accarezzarla, a baciarla come fosse una santa, la reliquia che apriva le porte del paradiso. Se ne vergognò, ma il trasporto che sentiva verso la donna non aveva fine. Vittoria sorridendo lo lasciò fare con gli occhi chiusi mugolando ogni tanto e guidandolo con piccoli segnali nell'esplorazione delle parti più segrete del proprio corpo. Trovò che Andrea aveva un talento naturale per decifrare quei segnali. «Sarai la felicità delle donne che ti avranno. Pochi uomini hanno un tale dono per l'amore, coltivano la brutalità pensando che sia una qualità molto virile e come tale attraente per le donne. Ma la verità è che la brutalità è considerata una virtù solo dagli altri uomini, serve ad attrarre gli uomini tra loro. Ma dubito che lo capiranno mai.»

«Non ci saranno altre donne. Sarò solo tuo, sempre tuo, fino a che mi vorrai.»

Si accorse già mentre le pronunziava che quelle parole rimanevano incagliate nell'aria senza arrivare da nessuna parte, irrigidite da un freddo entrato all'improvviso nella caverna. Lei aspettò ancora un momento, in silenzio, poi gli strinse i capelli con forza obbligando la testa a poggiarsi accanto alla sua. «Adesso aspetta un momento Andrea. Dimmi cosa ha scritto mio fratello al duca di Urbino.»

22

«La malta è troppo morbida per reggervi un chiodo, prova a tenere il cartone poggiato sull'intonaco con le braccia aperte, così, solo la parte superiore, mentre io ripasso il disegno con lo stilo d'argento. Attento a non spingere sulla malta però, cerca di poggiarti sull'intonaco vecchio già indurito. Dovremmo aspettare che cominci a tirare, ma ho paura che con il caldo si asciughi troppo presto e così non faccio in tempo a stendere il colore entro la giornata. Non si dovrebbe mai dipingere a fresco in agosto a Roma, ma...»

Michelangelo non finì la frase, al di là della porta si sentivano rumori e risate, saluti allegri di gente conviviale. Anche l'amputazione dello Stato ecclesiastico era una buona occasione per festeggiare a Roma. Si girò verso Urbino. Il sudore gli imperlava la fronte incollandovi sopra i ricci neri che mandavano riflessi viola. Sicuramente moriva dalla voglia di aprire la porta e scappare in quel salone dove cardinali, servi e spie si stavano incontrando. Michelangelo si sforzò di cancellare quei rumori e il caldo che angustiava il ragazzo, sapeva come diventare impermeabile al fastidio del mondo.

Il cartone fu sistemato in maniera che le due curve dell'inguine di san Pietro, segnate con tratti più marcati, combaciassero con le gambe tronche già dipinte sul muro. Mentre Urbino teneva a braccia aperte il cartone sulla parete, Michelangelo con una mano ne bloccava sull'intonaco le parti più vicine al disegno da trasportare e con l'altra premeva la punta dello stilo sulla carta ripercorrendo i tratti del disegno per imprimerli sulla malta sottostante. Cominciò dal capo, che si trovava nella parte bassa a sinistra del cartone. Puntò lo stilo sull'attaccatura della fronte e ripercorse il profilo tondo della testa tonsurata del santo. «Tieni fermo il foglio che ne sollevo un angolo per vedere se il ricalco è visibile con questa pressione, altrimenti devo usare uno stilo più appuntito.»

Si abbassò per sbirciare sotto il foglio sollevato e sulla distesa grigia della malta vide che era comparsa come una luna sorgente la sagoma della testa rovesciata del santo. Il solco sull'intonaco era sgorgato preciso come una matrice di stampa, nessuna sbavatura e la stessa profondità lungo tutto il percorso. Neppure un granello di malta sollevato ai bordi. Un giovane di venti anni non avrebbe avuto un polso così fermo. «Bene, andiamo così, ci metto un attimo.»

Sentiva la superficie dell'intonaco cedere arrendevole sotto la punta del metallo. Sul foglio bianco affioravano gore più scure per l'acqua che veniva assorbita dalle parti a contatto. Per trasportare tutti gli altri disegni aveva invece usato lo spolvero. Era un sistema più meticoloso e permetteva di riportare anche le ombre e i tratti più leggeri grazie alla polvere di carbone che filtrava dai buchi e si poggiava appena visibile sulla malta. Poi bastava ripassare e unire i punti neri di carbone con un pennellino intriso di colore scuro e il disegno compariva sul muro come in un gioco di bambini. Ma con l'incisione non si potevano riportare segni troppo contigui tra loro, i solchi sulla malta se molto ravvicinati rischiavano di guastare la compattezza del muro destinato ad assorbire il colore. Il motivo che l'aveva spinto quella mattina a utilizzare quel sistema era la sua velocità, il disegno che aveva appena schizzato non poteva aspettare di essere minuziosamente bucato con l'ago, sarebbero passate ore e queste ore avrebbero indurito l'intonaco. Meglio procedere con l'incisione, veloce ma sommaria, avrebbe perfezionato il disegno mentre dipingeva.

Ripassò la barba il naso e gli occhi e quando arrivò alle

spalle dovette intrufolarsi tra le braccia aperte di Urbino. Si trovò con la guancia poggiata sul suo petto e sentì l'odore pungente delle ascelle che gli sfioravano la fronte. L'alito del ragazzo si fermava tra i suoi capelli e sulla nuca tanto erano vicini. Come se non fosse appartenuta a lui, una parte del suo corpo si risvegliò bruscamente, contro la sua volontà, inondandolo di una pungente sensazione di benessere. Ebbe un attimo di imbarazzo. Il respiro proruppe rumorosamente per essere subito di nuovo trattenuto. Ma non abbastanza in fretta da impedire a Urbino di cogliere il turbamento del padrone. Senza spostare le mani dal foglio variò l'inclinazione del gomito e inarcò leggermente la schiena in maniera tale che le sue braccia, l'ascella e il petto vennero a chiudere la testa di Michelangelo in un abbraccio che gli sfiorava il viso ma dal contatto quasi impercettibile. Le passioni mai consumate sono lontane dall'estinguersi con il passare dell'età. Al contrario si rafforzano, si approfondiscono e crescono di violenza proprio come cresceva e pulsava in quel momento il desiderio del vecchio maestro sfiorato dal garzone. La casualità del contatto lo rendeva ancora più inebriante in quella mattina di agosto che già con il suo tepore e il suo profumo avrebbe spinto a cattivi pensieri uomini più soddisfatti e appagati di Michelangelo Buonarroti. Quell'intreccio di corpi scaturito dal caso e dalla necessità lo liberava dalla tirannia della coscienza, concretizzando felicemente le fantasie concepite nella sua stretta branda nelle notti d'estate e d'inverno, quando rivedeva con l'immaginazione le linee della schiena, delle cosce dei garzoni che aveva fatto posare nudi per le sue sculture. Quando rivedeva i gioielli forti come rami dei cavatori di Carrara, che si tuffavano nell'acqua azzurra della marina dell'Avenza dopo aver caricato i blocchi di marmo sulle barche dirette a Roma. Il suo desiderio si concentrava tutto su quel segno bianco lasciato dalla cintura delle brache sui corpi nudi. Cominciava sotto il ventre bruciato dal sole, segnava il confine del paradiso, fatto di muscoli guizzanti, di pelle trasparente, delicata come un petalo di fiore. Il candore dell'incarnato faceva apparire addirittura violenta l'esplosione dei ciuffi neri e folti da cui pendevano i membri bruni coronati di ghiande rosse, o rosa violaceo, lucide o increspate a seconda se germogliavano su un apprendista adolescente o su un uomo irrobustito dalla fatica.

Ora sentiva anche il calore, la morbidezza del corpo del ragazzo che aveva preso a bottega, il profumo forte di legno di quelle braccia nelle quali avrebbe voluto lasciarsi cadere. Per non farlo si fece salire le lacrime agli occhi nello sforzo di smorzare il fuoco che lo stava incendiando. Urbino non sapeva dipingere, né sapeva scolpire, non sapeva disegnare e neppure sapeva murare, i cinque anni passati con l'artista più grande del mondo non gli erano serviti a niente, la sua mancanza di talento era visibile a tutti, anche a Michelangelo e soprattutto a lui stesso, ma sapeva intuire e controllare la passione del padrone governandola a suo piacimento per estorcergli denaro e privilegi.

Sapeva come portarla al punto da rendersi indispensabile, ma senza valicare i limiti che il vecchio aveva imposto al suo desiderio per mantenerlo ragionevole e per non precipitare in un abbandono che non poteva concedersi senza frantumare l'integrità a cui era stentatamente aggrappato.

Anche quella mattina comprese i pensieri del padrone, la passione che lo stava agitando. Lasciò che terminasse il disegno per non compromettere la giornata e infliggere a entrambi il tormento di un lavoro sprecato. Quando Michelangelo ebbe ripassato il braccio del santo abbandonato sulla croce, le mani tremanti nell'attesa del chiodo e infine, con un colpo sicuro, la virgola dell'ombelico sul ventre muscoloso, si fermò un istante per controllare che tutto il disegno fosse stato trasposto sul muro. Fu allora che Urbino avvicinò le brache gonfie alle natiche del vecchio, con un movimento quasi impercettibile del busto. Il desiderio di Michelangelo amplificò quel contatto fino a trasformarlo in una congiunzione. Sentì perfino bruciare quella minuscola porzione di carne che li aveva uniti, mentre Urbino, con una impercettibile flessione delle ginocchia, spinse risoluto il ventre contro la sua schiena prima di sfilare il foglio dall'alto e girarsi per scendere dall'impalcatura. Sembrava non essersi accorto di niente, lui. Saltò dalla scala a pioli e ripose il disegno con cura sul tavolo. Il vecchio appena liberato da quell'abbraccio non riuscì a trattenersi. Lo spasimo piacevole e doloroso partì dal ventre e si dilatò nel suo corpo minuto cercando una via di uscita. La trovò nelle lacrime che presero a scendere dagli occhi chiusi. Rimasto solo sull'impalcatura, si concesse un abbandono che durò meno di un istante.

Un tuono sembrò penetrare nella stanza seguito dallo scroscio della grandine sul tetto e sulle finestre. Il temporale tanto aspettato era giunto. Era arrivato a sostenere, coprire e dissolvere l'emozione che lo soffocava. Se avesse potuto scegliere quando far esplodere quei tuoni non avrebbe mutato un secondo. La tempesta era giunta a liberare anche lui come Roma dall'oppressione dei desideri marciti. Riaprì gli occhi sul viso severo del santo appena impresso sull'intonaco, ora lo sguardo rimproverava lui. Già pentito per quel cedimento Michelangelo gli chiese perdono. Lo sussurrò perfino nel fragore della grandine e dei tuoni che li isolò e protesse dal resto del mondo. Pietro aveva un nuovo peccato da purificare insieme ai tanti del mondo.

Capì che quel giorno sarebbe riuscito a dare a quel viso, insieme alla severità del monito, la speranza della salvezza.

23

La mia vita è un fiume arrivato alla foce. Ha iniziato a scorrere come un rivolo tanto tempo fa, quando appena potevo sognare di diventare un ruscello. Si è ingrossata nel tempo spinta da una corrente sempre più forte e fragorosa. Adesso che sento vicina la fine, i tumulti non si placano e faccio fatica a controllarne il corso. Eppure devo arrivare.

Quando ho visto entrare dalla porta della camera di mio nipote un uomo sconosciuto, ho pensato che fosse finita. Ho sempre messo in conto di poter essere ucciso. Ero al banchetto di Alessandro Borgia quando suo figlio Cesare ha avvelenato il suo vino.

Ero nella camera di Leone X quando il medico pagato dal cardinale Soderini ha tentato di assassinarlo. Ero con Clemente VII chiuso a Castel Sant'Angelo quando l'esercito del Borbone è stato sul punto di sterminarci.

Eppure non ero preparato a che la mia fine cadesse oggi. Non mi sono mai nascosto le difficoltà insormontabili che avrei dovuto superare per creare un regno alla mia famiglia. Ma ho sempre saputo che questo traguardo racchiudeva il senso della mia vita. La fortuna mi ha molto aiutato. Ma la fortuna è niente se non è governata dal coraggio. Oggi, Pietro, certo l'uomo più fedele che ho in terra, è venuto a sedersi accanto a me. Mi ha preso le mani con gli occhi pieni di lacrime e io sapevo già cosa avrebbe voluto dirmi e cosa lo angustiava. «La tua fedeltà ha meritato ogni licenza, Pietro. Dimmi pure cosa ti opprime il cuore.»

«Vostra Santità mi perdonerà. Non per quanto sto per dirvi,

che non mi potrei perdonare io se non lo dicessi. Ma per non aver velo detto prima e per aver aspettato questa giornata così difficile per angustiarvi con le mie stupide fantasie di vecchio.»

Guardavo i paramenti ripiegati sullo stenditoio, mancava un'ora al Concistoro e avrei dovuto riposare dopo quanto era successo già dalla notte. Pietro si è fatto forza e ha continuato: «Biagio mi ha portato un libretto luterano pieno di insulti per la cessione che Vostra Santità sta per fare al duca Pierluigi. Ne sono stati trovati dieci in palazzo, uno perfino dentro San Pietro. I luterani sono dappertutto. Possiamo davvero ignorare lo scandalo che si abbatterà sulla Chiesa dopo il Concistoro?».

Quell'interrogativo che mi sono posto tante volte da solo e tante volte mi hanno posto i cardinali, gli ambasciatori e perfino i miei familiari in bocca a Pietro aveva un senso nuovo. Mai prima di oggi ho pensato che il governo della Chiesa, la successione di Pietro dovessero comportare la rinunzia alle mie ambizioni terrene. Nessuno dei papi che mi ha preceduto ha mai messo in questione la legittimità delle proprie ambizioni. Siamo principi prestati alla Chiesa, capaci come ogni principe di dividere i peccati dalle virtù. Dio sarà clemente verso i nostri peccati come deve esserlo verso i peccati di tutti gli uomini. E io sono pronto a riconoscerli davanti a Dio.

Nessun regno si amministra con le virtù dello spirito, lo ha capito il re cattolico Francesco I, che per difendere il suo si è alleato con il Turco infedele. Perfino quell'avvilito di Carlo V, più pio di un eremita, non ha esitato ad allearsi con quel demonio eretico di Enrico VIII, e sarebbe pronto a scendere a patti con i principi luterani di Germania pur di mantenere il controllo del suo impero.

Perché allora chiedere a me, che sono chiamato a governare uno Stato terreno, di farlo con gli strumenti dello spirito che non bastano a governare nemmeno un convento di monache? Se Giulio II non fosse sceso lui stesso in campo con la spada in pugno, gli Stati cattolici d'Europa si sarebbero divise le spoglie dello Stato della Chiesa. Oggi questi nuovi cattolici riformati pretendono dal papa virtù spirituali che non può avere un capo di Stato. Ma chi sono poi questi luterani? Contadini e artigiani che non vogliono più pagare le decime, frati che vogliono godersi le monache e non vogliono più nascondersi per questo, come sempre hanno fatto. Chi sono per scardinare una tradizione che da millecinquecento anni ha sfidato i pagani e poi i barbari e i maomettani, per non parlare degli scismatici?

Ma non potevo dire questo a Pietro, scosso dal pianto e dalla paura. Lui è stato chiamato dal Signore a servire il papa, io sono stato chiamato a succedere a Cristo sulla cattedra di san Pietro. Gli ho promesso che avremmo fatto insieme un'intera settimana di penitenza e preghiera alla Magliana appena tutto questo sarà finito. Penitenza e preghiera sono i veri doni graditi a Dio per la salvezza degli uomini. Si è calmato invocando la mia benedizione. «Ti benedico volentieri.»

Gli ho detto sorridendo: «A patto che tu mi risparmi per oggi il fanone ricamato. Fa troppo caldo anche per un vecchio. Vorrei andare al Concistoro leggero. Almeno nei vestiti visto che l'anima non può liberarsi dai pesi con altrettanta facilità».

Il temporale si stava placando. L'abbiamo aspettato per giorni e finalmente è arrivato violento come deve essere il primo temporale di agosto. L'aria divenuta più calma e fresca mi è sembrata un segno propizio per quanto doveva accadere. Ma prima che si rinfreschino le stanze del palazzo ci vorrà del tempo e le candele renderanno infuocato il Concistoro più dello sdegno dei cardinali.

Pietro è stato contento della mia ironia. Si è liberato l'animo ed è tornato di nuovo pronto a gettarsi nel fuoco per me. È arrivato mio nipote Alessandro. Aveva il volto contratto, ma in questi giorni gli succede spesso. Ha voluto che Pietro lo aiutasse a cercare una fascetta con la croce nel guardaroba accanto alla Cappellina di San Nicola. Pietro ha detto di averne già cercata una, ma Alessandro gli ha fatto vedere che era scucita lungo il margine sinistro. «Non vorrai che proprio oggi Sua Santità si presenti con un abito poco curato.»

Ho visto la faccia di Pietro sbiancare per il dispiacere, non è mai capitato in tanti anni che non si accorgesse di un paramento diventato lacero. Sono usciti. Mi sono di nuovo steso sul letto e ho visto la porta della camera di Alessandro aprirsi. È entrato quell'uomo. Forse si aspettava che io gridassi, ma non ne avevo neppure la forza. Ho solo allungato la mano verso lo scrigno accanto al letto. Cercavo la palla d'oro con dentro l'eucarestia.

La fece fare papa Borgia, il mio benefattore, e la teneva sempre con sé. Per proteggersi dai pericoli esterni e dalle tentazioni del demonio di cui sapeva di essere preda. Il giorno in cui suo figlio avvelenò il vino del suo fiasco l'aveva lasciata in camera. Io e pochi altri sapevamo di questo portentoso amuleto e me ne impadronii con facilità. Da allora non mi faccio mai sorprendere senza.

L'uomo ha fatto un balzo indietro portandosi la mano sotto il saio da frate di cui era rivestito. Ha pensato che cercassi una pistola, come se un uomo alla mia età potesse ancora avere la forza di sparare a un gigante come lui. Quando ha visto che avevo in mano solo la sfera d'oro è rimasto di sasso cercando di capire come avrei potuto difendermi con quella. Si è inginocchiato senza avvicinarsi di più al letto per non spaventarmi. Ho capito che non mi avrebbe mai ucciso e gli ho chiesto perché voleva farlo. Nessuno rischia la vita entrando nella camera del papa se non ha la forza di andare fino in fondo. Si è sollevato il cappuccio che gli copriva la testa e la fisionomia mi è parsa già nota. «Santità, sono Alvise Priuli, amico di...»

Non ha avuto il tempo di finire, ma la mia mente aveva già colmato il vuoto. Amico di Sua Eccellenza reverendissima il cardinale d'Inghilterra Reginaldo Polo. Ho sentito spingere con furia la porta da cui era uscito Alessandro. Era una furia troppo esagerata, che nessun parente, nemmeno il più stretto può permettersi al cospetto del papa, Alessandro sapeva che avrebbe trovato dentro un uomo venuto a uccidermi. Un uomo attirato nella mia camera, al quale era stato fatto credere di potermi uccidere.

Insieme a lui c'erano molti uomini. Si sono avventati addosso all'altro come lupi affumati tanto che non ho avuto neppure il tempo di capire chi fossero. Ho incrociato gli occhi velenosi di Carafa circondato da quattro uomini armati. «Appena in tempo. Stavano per uccidere il papa.»

La voce falsa con la quale ha denunziato una minaccia cui ero già sfuggito mi ha convinto che era una trappola sua. Ho gridato di fermarsi ma la mia voce è stata coperta da quella delle guardie. Una aveva già atterrato Priuli, l'altra aveva in mano una spada. Ho visto lo sguardo esitante che ha lanciato a Carafa e il cenno di assenso, concitato, che ne ha ricevuto. Fulmineo come il morso di un serpente. Poi solo l'urlo di Priuli giustiziato davanti ai miei occhi con un fendente che gli ha aperto la nuca fino alla gola. Pietro con un urlo si è lanciato sopra di me per proteggermi, ma il sangue ha bagnato la mia camicia su cui è riapparsa la macchia rossa del sogno.

La camera era invasa di gente che urlava. Insieme a mio nipote Alessandro erano entrati altri tre cardinali. Mi hanno detto poi che stavano venendo a salutarmi per scortarmi al Concistoro invitati da Carafa. Avevo già capito tutto quando l'uomo mi aveva sorriso. Non si sopravvive sessant'anni in Vaticano senza imparare a riconoscere un assassino. Quando è entrato Carafa mi è stato chiaro che era un suo complotto. Anche i tre cardinali che aveva chiamato a testimonianza dello scandalo erano stati manovrati da lui. Era il ruolo giocato da mio nipote Alessandro in quel maneggio che non riuscivo a capire. Si è avvicinato bianco e sudato come Giuda. Si tormentava le mani chiedendomi se stavo bene, ma ho notato che non riusciva a toccarmi.

Carafa a voce sempre più alta recitava a uso di quei tre imbecilli in mantella rossa la commedia del complotto sventato. «È l'amico del cardinal Polo. Era venuto a Roma per uccidere il papa prima del Concistoro. Voleva fermare lo smembramento della Chiesa aizzato dai luterani. Ora nessuno può più dubitare dell'eresia del cardinale d'Inghilterra.»

Ho scostato Pietro dal mio petto. Stava per soffocarmi. Carafa non mi guardava neppure, parlava direttamente ai cardinali. Sapeva che quella messinscena era troppo stupida per me. Ma sapeva anche che non avrei potuto fermarlo. Non so come abbia fatto ad attirare Alvise Priuli e Reginaldo Polo in questa trappola. Sta cercando di perderli da anni con le sue accuse e i suoi fascicoli deliranti. Ma sa che finché io vivo Polo non sarà mai toccato da un tribunale ecclesiastico. Non soltanto perché è il consigliere più ascoltato dall'imperatore, non soltanto perché è un uomo di grande rettitudine. Ma soprattutto perché è destinato a succedermi. Dopo la mia morte, chiunque sarà eletto tenterà di riprendersi il ducato che sto assegnando a mio figlio e di attribuirlo alla propria famiglia, se è italiano.

Solo Polo è veramente disinteressato ad accrescere la potenza della sua famiglia. Solo in lui possono sperare i miei nipoti. L'ho spiegato molto bene ad Alessandro e non capisco come si sia lasciato ingannare da Carafa. Perché sono certo che Carafa ha manovrato anche lui. Gli ha promesso il papato. Deve essere stato questo. E io che non ho saputo difenderlo da queste lusinghe così insidiose. Carafa è molto peggio di una serpe. È stato partorito dai veleni del secolo passato, incubato dall'odio e dal fanatismo, dall'ambizione e dal cinismo, impermeabile a ogni virtù e a ogni debolezza che non siano le sue. Ha attirato Polo in questa trappola così da compromettterlo e renderlo indifendibile. Bruciare la sua candidatura al papato e prometterla a mio nipote. Deve essere andata così. Per quanto scaltro nessun giovane può resistere alla perversa seduzione di Carafa.

I cardinali si scambiavano cenni di assenso convinti. Carafa si è avvicinato ad Alessandro mettendogli una mano sulla spalla. Per rincuorarlo, agli occhi degli altri. Ma io sapevo che lo stava minacciando, l'ho visto manovrare gli uomini troppe volte in Concistoro e perfino in Conclave in questi anni. Voleva terrorizzarlo e spingerlo a tenere il segreto, appena ha capito che io non avevo creduto a quella miserevole messinscena. Alessandro tremava e non riusciva neppure più a guardarmi. Sarebbe crollato se avessi potuto interrogarlo. Ma non c'era più tempo per farlo. Stavo quasi per arrendermi al gioco perfetto di Carafa quando ho sentito una forza nuova arrivare a darmi vigore. Il fiume che giunge vicino alla foce sente aumentare la forza dei flutti se l'alveo si restringe. Così mi sono sentito. Ho afferrato il braccio di mio nipote che ha tentato di ritrarlo, ma la mia disperazione è stata più forte della sua vigliaccheria. Avrei voluto gridargli che stava rovinando il lavoro di una vita, il lavoro mio e di Giulia, che non ho avuto fortuna con i maschi della mia casa, né con mio padre né con mio figlio e, ora che lui aveva ceduto alla sua stupida vanità, neppure con lui, il nipote che ho allevato e sul quale avevo riposto ogni speranza. Gli ho solo ordinato di prendere i documenti che Carafa stava sequestrando al cadavere. Lui mi ha guardato sgranando gli occhi. Ho scagliato Pietro contro Carafa, lui sa leggere il mio pensiero meglio di qualsiasi familiare. «Portami i documenti e tutto quello che ha indosso quel disgraziato.»

Pietro ha afferrato i polsi di quel vecchio demonio staccandoli con forza dalla borsa di cui si era impossessato. «Dobbiamo svelare il complotto, scoprire i complici, le prove della colpevolezza di Polo...»

Continuava a parlare rivolto ai cardinali. Ho gridato più forte di lui, ho solo otto anni più di lui ma avrei gridato così forte anche se ne avessi avuti cento di più. «Nella camera del papa gli ordini si possono solo eseguire, non impartire.»

Pietro gli stava di fronte spingendolo con lo sguardo e con il petto verso la porta. Gli altri tre si sono subito avvicinati al letto per inginocchiarsi. Le guardie spaventate si guardavano senza sapere che fare. Ho di nuovo preso il braccio di mio nipote. «Il cardinale Farnese saprà proteggerci nel migliore dei modi. Vi ordino di uscire immediatamente dalla mia camera. Tra mezz'ora avrà inizio il Concistoro. Devo ancora vestirmi. La divina provvidenza ha voluto proteggere ancora una volta il successore di Pietro in terra. Andate a pregare per questo e per le nostre anime.»

Carafa mi ha guardato per un momento con tutto l'odio di cui è capace. Poca cosa, pochissima cosa a fronte dell'odio che ho dovuto fronteggiare io. La sua protervia può piegare gli uomini che non hanno conosciuto il secolo passato, quando bastava uno sguardo obliquo per scatenare sicari perfettamente addestrati, abili nelle anticamere, nei corridoi e persino nelle sagrestie e sugli altari delle chiese. Si è arreso piegandosi come una canna sotto il maestrale. Le guardie si sono avvicinate al cadavere. Ho chiesto chi era il loro comandante. Rimasto senza Carafa, l'uomo che aveva giustiziato dietro suo ordine Priuli si è avvicinato con la testa bassa. «Portate via il corpo senza toccarlo e consegnatelo al capitano Romei. Ditegli di aspettare miei ordini senza muoversi dalla caserma.»

Siamo rimasti soli in camera. Pietro, mio nipote e io. E una striscia di sangue che cominciava a scurire. «Non c'è tempo per chiederti ragione del tuo tradimento. Non avrei mai immaginato che la tua vanità ti portasse a tanto.»

Ha piagnucolato qualcosa per scusarsi. L'ho fermato subito. «Non ti sto chiedendo risposte. Sono io che te le sto dando, perché sei così idiota da non sapere neppure tu in cosa ti sei cacciato. Non c'è tempo per spiegazioni adesso. Ma ricordati una sola cosa, Polo deve essere salvato. Senza di lui tu stesso e tutta la famiglia sarete perduti. Non ho sacrificato la mia vita per vederla affogare nel mare della tua stupidità. Non voglio che si faccia una sola parola di quanto è successo, finché Biagio non avrà visto i documenti e me ne avrà parlato. Questo delitto non è neppure accaduto. Ora vai. Ricordati che sei il nipote di Alessandro Farnese, il papa. Quello che è cominciato deve essere finito.»

24

Vittoria era stata molto affettuosa nel congedarsi da Andrea. Così attenta a non insistere sulle ragioni di quell'invito e di quell'incontro. Appena ascoltato il contenuto della lettera, aveva smesso di parlarne, dando così poca importanza al tradimento di Andrea che questi ebbe l'impressione che fosse stata solo una scusa per incontrarlo.

Non potevano rimanere troppo insieme in quella grotta. Due serve fidate di Vittoria controllavano che nessun estraneo si avvicinasse al bosco. In un giorno come quello poi, le poche persone che ne avevano la possibilità erano tutte impegnate in palazzo. Bisognava separarsi. Per sempre. Quel pensiero era insopportabile per Andrea, ma Vittoria gli fece capire con poche parole e un bacio interminabile che era inutile discuterne. Doveva considerare quell'incontro una fantasia avveratasi per magia nel luogo più irreale di Roma. Non c'era altro da dire. Quando sentì la cascata riprendere a scorrere alle proprie spalle Andrea si chiese se il paradiso terrestre dovesse per forza essere un giardino, o se non potesse essere una grotta spoglia come quella, abitata da un angelo. Nell'aria limpida, ripulita dalla pioggia, gli uccelli cantavano e volavano eccitati. Sull'erba, diventata più verde, c'erano gocce d'acqua che brillavano al sole. Non c'era più polvere sulle foglie degli alberi. Trasudavano un odore tiepido di frutta matura. Uscito fuori dal bosco vide il cielo sereno tra nuvole bianche dagli orli abbaglianti che si avviavano lente verso sud lasciando il campo all'azzurro del pomeriggio. Il mondo era nuovo e prometteva felicità. Sentì il sole passare attraverso la camicia di lino ancora umida, tiepido e non più rovente come quello della mattina. La camicia era davvero di ottima fattura, riprendeva le pieghe e il colore della neve, e riportò i suoi ricordi al convento, a Giovanni che gliela porgeva in lacrime. Ebbe l'impressione che fossero passati cento anni da quel giorno. In quel gesto riviveva una felicità malinconica di cui forse solo adesso era consapevole. Si sentiva cambiato, molto più della natura intorno a lui.

Il temporale aveva portato via l'oppressione estiva dal cielo e oppressioni ancora più grandi dal suo cuore. Sorrise, era arrivato al serraglio, nelle voliere uccelli colorati gli gridarono contro aprendo ali azzurre e gialle, muovendo i becchi enormi per spaventarlo. Non aveva più paura. In un solo giorno aveva compreso gli uomini e conosciuto la vita, o almeno aveva capito che la sua vita lo avrebbe portato lontano da quei palazzi.

Accelerò il passo con una sola idea sempre più incalzante, partire e andare via. Non sapeva ancora dove ma sarebbe andato via da quel posto, via da Roma, in cerca di nuovi mondi e nuovi paradisi, il viso di Vittoria sarebbe stato la sua stella cometa, insieme al profumo della sua pelle che si sentiva ancora addosso.

Arrivato alla scala che portava dalle mura agli appartamenti dei papi si ricordò di Biagio. Solo allora. Cosa avrebbe detto a Biagio, l'avrebbe capito e l'avrebbe lasciato andare via? Doveva cercarlo e parlargli, ma non avrebbe potuto farlo prima del Concistoro. Il Concistoro, quel silenzio irreale, il vuoto che occupava le stanze e i corridoi era per il Concistoro. Gli sembrava così lontano anche quello. Il papa, la sua terribile famiglia, quelle ambizioni smisurate, quegli appetiti mostruosi. Non c'era niente in tutto ciò che accadeva tra quelle mura che avrebbe potuto trattenerlo. Ma cosa avrebbe fatto della sua vita? Conosceva tre lingue, ma chi aveva bisogno fuori da quel palazzo di un giovane che conosceva tre lingue? Un principe, un monastero, una scuola, ecco chi avrebbe potuto avere bisogno di lui. Ma lui non voleva fermarsi in nessuna corte, in nessun monastero e in nessuno studio di università. Si diresse all'archivio, senza neppure sapere perché, le gambe seguivano da sole un percorso abituale. Le guardie all'entrata lo lasciarono passare dandogli una pacca sulle spalle. Erano i primi volti conosciuti che incontrava dopo il temporale. Si accorse con sorpresa che ai loro occhi non sembrava cambiato.

Spinse il battente con forza, dentro vide allineati i tavoli accostati alle finestre. Una figura stava in piedi accanto all'ultima vetrata sotto la terza volta. Aveva in mano dei fogli e se li portava vicino agli occhi, scostandoli poi con fastidio. Biagio non si accorse del ragazzo e quando lui lo chiamò, arrivatogli quasi addosso, lanciò un urlo. «Perdonatemi maestro, non volevo spaventarvi.»

«Oh Andrea, sei tu, grazie a Dio. Sei tornato. Non sapevo dove cercarti. Non sei tu a spaventarmi. Nulla in questa giornata vuole acquietarsi. Chissà cos'altro dovrà succedere. Comincio a pensare che sono davvero troppo vecchio per sopravvivere a questa battaglia.»

Si lasciò cadere sulla sedia, sollevato dalla presenza del ragazzo. «Meno male che sei arrivato. Il papa mi ha comandato di leggere questi documenti prima della fine del Concistoro, ma senza i tuoi occhi non posso farcela.»

Andrea prese a giustificarsi ma senza l'imbarazzo che lo attanagliava di solito. «Mi dispiace che mi abbiate cercato, ma mi avevate detto voi stesso di prendermi qualche ora di libertà. Pensavo che avreste seguito il papa in Concistoro.»

«Oh sì, hai ragione, così doveva essere. Questa mattina, in un'altra vita. Non c'è minuto oggi che passi senza portare nuove tragedie. Siediti, devo raccontarti quello che è successo. O almeno quello che io ho capito di ciò che è successo.»

Andrea si guardò intorno per cercare uno sgabello e avvicinarlo alla sedia di Biagio. Non aveva nessuna curiosità verso quanto stava per ascoltare, ma il rispetto per il suo benefattore lo obbligava a farlo. Continuava a pensare a come congedarsi da lui senza ferirlo e l'avviso di una nuova emergenza lo inquietava. «Un uomo si è introdotto nella camera del papa per ucciderlo.»

Puntò gli occhi appannati sul viso del ragazzo cercando più che altro di non turbarlo troppo. Il volto di Andrea rimase impassibile come se ascoltasse una nota di spese. Ma Biagio non poteva cogliere quell'indifferenza e allungò la vecchia mano sul braccio del suo giovane assistente per fargli coraggio. «Non è sicuro che volesse proprio ucciderlo. Il papa ha avuto l'impressione che volesse soltanto parlargli. È arrivato Carafa con le guardie e lo ha giustiziato lì, accanto al letto del papa, sotto gli occhi di molti testimoni.»

Andrea cominciò a interessarsi al racconto del vecchio. «Il papa, da quanto è riuscito a dirmi attraverso Pietro, pensa che l'uomo, un nobile veneziano amico del cardinale inglese Reginaldo Polo, che tu hai visto tante volte qui in palazzo, sia stato attirato in una trappola da Carafa. Polo è molto amato dal papa e dall'imperatore, oltre che dagli uomini più eccellenti d'Italia. Ma ha idee molto...»

Si fermò cercando le parole giuste per descrivere la fede di Polo, ma non era facile. Quella era una questione di cui non si poteva venire tanto facilmente a capo. Era più facile descrivere il giudizio che i nemici davano su Polo. «... idee che secondo Carafa e secondo il tribunale dell'Inquisizione sono troppo vicine a quelle di Lutero. Idee eretiche.»

Diede alla parola un accento quasi ironico. Per un uomo della sua generazione, cresciuto in un mondo più aperto e libero, che ai tempi di Giulio II era riuscito addirittura a mescolare i filosofi pagani con i vangeli degli Apostoli, era difficile capire come ci si potesse accanire così tanto contro delle idee. Soprattutto quando venivano professate da un uomo retto generoso e nobile come Reginaldo Polo, appartenente a una delle famiglie reali più potenti del mondo.

«Carafa teme che Polo possa portare la Chiesa troppo vicina alla riforma dei protestanti. Da anni cerca di annientarlo insieme ai suoi discepoli. Alla perniciosa "famiglia eretica" come la chiama lui. Ma non c'è mai riuscito. Il papa per primo protegge Polo e sta lavorando perché sia lui a succedergli al trono di Pietro.»

Si fermò guardandosi intorno alla ricerca di una fiaschetta di vetro con il vino. Andrea capì. La prese dallo scaffale dove la metteva sempre e ne versò un bicchiere a Biagio. «Grazie, figliolo, meno male che ci sei tu accanto a me. Non saprei come fare senza di te.»

Andrea si versò a sua volta un dito di vino per attenuare il rimorso che quelle parole gli suscitavano. Il vino rese più sciolta la lingua di Biagio, che riprese a parlare guardando la finestra, quasi snocciolando tra sé i pensieri. «Sua Santità a ogni modo ha sempre protetto Polo, guardando perfino con simpatia alle sue idee. È un uomo così santo che lo stesso Michelangelo si inchina ai suoi piedi. Il maestro ha promesso al papa di interessarsi della fabbrica di San Pietro soltanto perché glielo ha chiesto Polo.»

Si fermò a lungo, per mettere ordine in un groviglio di idee troppo oscure. Poi ci rinunziò limitandosi a esporre la cronaca. Andrea faceva fatica a tenere gli occhi fissi su di lui. Il suo sguardo tornava continuamente al cielo azzurro; il colore compatto del cielo di Roma, senza nuvole ombre o sfumature, somigliava troppo al fondo di una tavola dipinta con diligente monotonia da un pittore devoto. Era il luogo perfetto per farvi volare gli angeli. La voce di Biagio gli arrivava sempre più debole. «Insomma oggi arriva nella camera di Sua Santità questo povero Priuli, il segretario, l'amico più caro di Reginaldo Polo. Si è introdotto di soppiatto nella camera e questo non depone a suo favore. Carafa lo sorprende e lo fa giustiziare prima che lui possa dire niente. Cerca di impadronirsi della borsa che aveva con sé sostenendo che dentro vi sono le prove del complotto di Reginaldo Polo.»

Solo allora Andrea fece sentire la sua voce. «Ma perché Polo avrebbe dovuto eliminare il papa?»

Biagio si fermò guardandolo con un sorriso ammirato. In quella intelligenza non poteva fare a meno di riconoscere la bontà degli sforzi fatti per allevarlo nel miglior modo possibile. La sua voce divenne di nuovo molto vivace: «È la prima domanda che mi sono fatto, e credo la stessa che si sia fatta Sua Santità. Potrebbe averlo voluto fare per impedire l'abuso dell'amputazione di Parma e Piacenza ai danni della Chiesa. Potrebbe averlo voluto fare per evitare che questo abuso allontanasse definitivamente la Chiesa di Roma dai luterani».

Poi aggiunse come se se ne fosse ricordato solo allora: «Il delitto doveva sembrare una casualità, un accidente e insieme un intervento della provvidenza. Il papa poteva essere soffocato con un cuscino. Tutti avrebbero pensato a un segno della provvidenza. E con l'elezione di Polo, si sarebbe ritornati finalmente a una Chiesa riunificata sotto la sua guida. Una Chiesa riformata da molti abusi ma non in mano a Lutero. Questo almeno si capisce dalle lettere che aveva addosso Priuli».

Quasi senza interrompersi prese in mano il bicchiere di vino e aggiunse con definitiva convinzione il commento destinato a togliere forza a tutte quelle congetture: «Ma chi ha incontrato Polo anche solo una volta sa benissimo che quell'uomo non potrebbe mai concepire un delitto, figuriamoci poi un misfatto contro il papa».

Andrea sembrava convinto già di suo di quelle conclusioni.

«Ma che prove ci sono nella borsa?»

Biagio si stupì della praticità di Andrea, non si aspettava dal ragazzo tanta freddezza. Era cresciuto e lui non sembrava essersene accorto. Stava davvero trasformandosi in un perfetto funzionario di Curia. «Per quel poco che ho potuto leggere, quasi nessuna. Gli indizi sono così lampanti da sembrare seminati ad arte per attirare qualcuno in una trappola. E poi Sua Santità è sicuro che Priuli non voleva ucciderlo e non l'avrebbe toccato. C'è una lettera sigillata con lo stesso anello che portava al dito Priuli. Sembra una lettera di affidamento. Leggila.»

Andrea prese in mano il foglio ripiegato, lo distese e scorse la grafia nitida, tracciata con un puro inchiostro di china. Senza pensarci mise il foglio in posizione obliqua contro la luce per osservarne la filigrana e lo stampo di impressione. Lo faceva sempre per le lettere, conosceva le impressioni delle cartiere di quasi tutta Europa. Era come un secondo sigillo. Sapeva quali cartiere rifornivano i corrispondenti del papa. «Un cigno inscritto in un cerchio.»

Biagio dal canto suo aveva smesso da anni di cercare la filigrana, era stata anche una sua mania. Aspettava rassegnato l'esame del ragazzo che diede immediatamente il suo responso. «Era la carta del cardinale Polo.»

Un respiro preoccupato fece chinare la testa del vecchio. «Le cose si mettono male per Sua Santità. Ma perché dici era, Polo è vivo ed è il suo segretario a essere stato ucciso.»

«Perché l'ha usata fino a un mese fa. Le ultime lettere sono scritte su carta di Mantova, impressa con una salamandra in un quadrato.»

«Sei sicuro?»

Biagio si rianimò alla notizia e allungò la testa verso il foglio, ma si ritirò sconfitto.

«Sì, sono sicuro. Le ultime tre lettere hanno impressa una salamandra. Le riserve di carta che si era portato a Trento sono finite e deve essersi rifornito di nuove risme locali. Mantovane per la precisione.»

La voce di Biagio divenne riflessiva. Un nuovo bicchiere di vino lo aiutò a concentrarsi sui pensieri che fiutavano nuove piste. «Possono avergliela sottratta prima di un mese fa, leggi cosa dice la lettera.»

L'uomo che vi consegnerà questo dispaccio deve avere al dito l'anello con il sigillo impresso sulla cera. Controllate che si appai con la matrice e indirizzatelo in Vaticano. Il secondo contatto lo porterà a destinazione. Se qualcosa non dovesse convincervi distruggete il contatto. Nessuno oltre voi deve conoscerne l'identità.

«Niente, non dice niente. Potrebbe averla scritta chiunque. Non sappiamo a chi è indirizzata. Priuli doveva averlo saputo a voce, se era lui nel complotto, oppure dovevano averglielo fatto sapere con un'altra lettera poi distrutta, se è vero che l'hanno attirato in una trappola.»

Andrea teneva gli occhi fissi sulla striscia di pergamena incollata in basso a mo' di firma. Erano almeno tre strati sovrapposti. Anche su di essi era impresso il sigillo che appariva sulla ceralacca, un calice sormontato da un'ostia. «Cos'altro c'è nella borsa?»

«Una pianta di Roma.»

Si alzò per avvicinarsi alla finestra e dispiegò la mappa che era piegata in un ottavo. Era una pianta disegnata a mano, molto accurata, ce ne erano a centinaia che accompagnavano i pellegrini nel loro viaggio in città. I segni si addensavano più scuri intorno al Tevere decorato con piccole onde triangolari. Le chiese più importanti erano annotate con il proprio nome a uso dei pellegrini devoti. Anche alcuni monumenti erano annotati, il Colosseo, la Colonna Traiana, il Campidoglio e alcuni altri templi molto famosi. Era una pianta per viaggiatori colti. L'inchiostro era steso con bella grafia. Gli occhi di Andrea presero d'istinto a ripercorrere le strade che anche lui conosceva solo attraverso le piante. I boschetti schizzati intorno ai Fori e alle mura, vicino alle porte di Santa Croce e San Giovanni. I nomi delle chiese erano tutti abbreviati. Tutti tranne uno. "Santo Agostino." Non era il nome della chiesa. Era steso lungo il perimetro del convento ed era scritto per intero. Guardando meglio si accorse di un dettaglio che sarebbe sfuggito a chiunque, ma non poteva sfuggire a un calligrafo come lui. Il nome era stato aggiunto dopo da un'altra mano. Andrea fissava la grafia muovendo appena gli occhi da un nome all'altro. Quando ne fu sicuro lo riferì a Biagio: «Credo che qualcuno abbia aggiunto un nome alla mappa, per indicare il convento di Santo Agostino».

«Sei sicuro?»

La voce di Biagio era diventata quasi un urlo. Strappò dalle mani di Andrea il foglio e lo avvicinò agli occhi, poi sconfitto glielo ridette biascicando un'imprecazione.

«Abbastanza.»

«Sant'Agostino, Carafa, i Teatini e l'Inquisizione. Ecco che rispunta fuori sempre lui. Sua Santità non avrebbe mai dovuto acconsentire ad affidargli il tribunale dell'Inquisizione. È un cancro che prima o poi ci distruggerà tutti. Il convento di Sant'Agostino è il centro delle trame dei Teatini. Se è vero quel che dici la pista porta a Carafa prima che a Polo. Ma è una pista impalpabile.»

Rimase in silenzio inghiottito da un groviglio di pensieri che non riusciva a ordinare. Allungò di nuovo il bicchiere ad Andrea perché lo riempisse. Sorseggiò il vino, ne apprezzò il colore nel calice contro la luce della finestra e poi aggiunse senza enfasi. «Sua Santità, per fortuna di Roma e della Chiesa, non ha bisogno di tracce né di processi. Non si caverebbe niente dai monaci di Sant'Agostino. Ma questa traccia basta da sola a confermare i suoi sospetti. E questo può salvare Polo, anche se purtroppo non può risuscitare Priuli. Il cardinale morirà di dolore quando saprà che il suo Priuli è stato ucciso. Carafa è stato come al solito feroce come uno scorpione.»

Aspettò ancora un poco. «Scommetto quel che rimane della mia vista che la scrittura è una perfetta contraffazione di quella di Polo. L'Inquisizione è diventata maestra nel creare prove false. È un modo per mettere sotto ricatto gli avversari o, che è peggio, per trasformare in spie anche gli uomini più leali.»

Andrea stava intanto guardando un altro dispaccio che era sfuggito a Biagio. Un foglio ripiegato e sigillato. La scrittura era molto simile a quella della lettera di affidamento. In controluce però si vedeva impressa la salamandra che compariva in tutte le ultime lettere di Polo. Quello sì era un biglietto del cardinale. Il nome in indirizzo lo spinse a fare una cosa di cui non si sarebbe mai ritenuto capace fino a quella mattina. Strappò senza dirlo a Biagio il sigillo del cardinale e aprì il foglio. Gli occhi gli bruciavano, il cuore accelerò nel petto come se avesse voluto schizzare via. Non aveva strappato solo il sigillo, aveva infranto il legame con il suo benefattore. Per la prima volta i suoi occhi cercavano per sé e non per Biagio. Poche righe ma nette e inequivocabili.

Michelangelo amico caro, quest'uomo ha bisogno di protezione per qualche giorno. So di chiedervi molto. Ritenetela un'opera di carità. Cristo ve ne renderà merito. Pregate per me.

Fece scivolare via il foglio nella manica della camicia. Era una precauzione inutile perché Biagio seduto poco lontano sembrava assopito sulla poltrona. Rimasero immobili per lunghi minuti. L'archivio divenne così silenzioso da sembrare dipinto da Antonello da Messina. Il sole cominciava a calare e la luce che filtrava dalle finestre era sempre più debole e velata d'oro nella parte bassa dell'orizzonte. Andrea si chiese se consegnare il biglietto a Biagio o a Michelangelo: senza nessuna esitazione aveva contrapposto, mettendoli sui piatti della bilancia, il suo vecchio benefattore e quel pittore scontroso, che vedeva in Vaticano da quando era arrivato, di cui sapeva e amava tutto. Una volta gli aveva anche parlato. Si erano incontrati davanti alla Cappella Paolina e lui gli aveva sorriso, guardandolo ammirato. Sapeva che con i giovani Michelangelo diventava a volte arrendevole come un bambino. Gli aveva permesso di salire sulle impalcature e di vedere da vicino il suo lavoro. Andrea ne era rimasto così colpito che da allora aveva pensato che Michelangelo appartenesse a un altro mondo, più simile a quello immaginato leggendo libri che a quello frequentato tra le mura della città santa di Roma.

Ora quel mondo gli sembrava tanto più grande e attraente e puro di quel palazzo e del suo stesso maestro, che in fondo si era rassegnato a servire il papa e i suoi smodati desideri come se ciò fosse naturale, o come se non ci fosse altra possibilità.

Se quella infame macchinazione era una trappola, Michelangelo rischiava di rimanervi stritolato anche lui. Non c'era il tempo di ragionare, doveva fare appello al cuore. Da una parte il papa e Carafa e la famiglia e tutto quello che aveva visto quel giorno. Dall'altra il viso scavato di Michelangelo, perfino brutto, ma che sapeva splendere come quello di un angelo. E Polo, le cui lettere erano state per lui la scuola di più alta nobiltà. Avrebbe potuto dire di quel biglietto a Biagio, ne avrebbe parlato al papa e avrebbero certamente protetto Michelangelo, ma il papa lo avrebbe fatto a modo suo. Rendendolo per sempre prigioniero delle sue voglie e delle sue ambizioni. «Metti tutto nella borsa. Anche l'anello che hanno sfilato al povero Priuli. Tra non molto il Concistoro sarà finito e devo fare rapporto al papa. La verità, come sempre, non si conoscerà mai. Ma chi governa non ha bisogno di provare la verità, quanto di poterla usare contro gli avversari. La cosa migliore è mettere a tacere tutto. Minacciare Carafa di metter sotto chiave il convento di Sant'Agostino con dentro i frati e dargli il tormento della corda fino a che avranno confessato. Per fortuna il papa ha avuto la prontezza di sottrargli i documenti. Se Carafa fosse riuscito a mostrare ai cardinali la falsa lettera di Polo, nessuno più avrebbe creduto che quella in cui è caduto Priuli è una trappola. Ma forse basta anche meno per intimorire Carafa. Ha fatto degli errori, succede anche alle volpi come lui. Non doveva lasciarsi dietro la traccia di Sant'Agostino.»

Aspettò ancora un poco. «O forse non aveva occhi come i tuoi per leggere quella mappa.»

Aveva uno sguardo così grato che ad Andrea si strinse il cuore per quello che aveva fatto e per quello che stava per fargli.

25

«Stai morendo dalla voglia di uscire fuori da questa cappella, vero? Va bene, vattene.»

La voce non era severa e lo sguardo era fisso sul tavolo dei colori. Anche lui sentiva il bisogno di allontanare per qualche minuto il ragazzo dalla stanza. Cercava un appiglio cui aggrapparsi per non lasciarsi travolgere dalla lotta tra la gioia lieve che lo stava invadendo e il sentimento mortificante che suscitava il ricordo dell'estasi rubata sull'impalcatura. Il piacere che da anni non aveva provato sembrava una primula di scoglio, fiorita per sbaglio tra la roccia e la salsedine del suo cuore. Una gratitudine per il ragazzo si faceva strada faticosamente dentro di lui. Ma il senso della colpa lo tradì, o lo avrebbe tradito se ad ascoltarlo ci fossero state orecchie esperte dei vizi e delle tentazioni come quelle dei cardinali fuori dalla porta. «Rimettiti la camicia però, non voglio che ti vedano uscire quasi nudo dalla cappella.»

Urbino accolse di buon grado quell'avvertimento che equivaleva a una confessione aperta e glielo consegnava tra le mani arrendevole come un bambino. Afferrò la camicia dalla sedia dove l'aveva lasciata e la indossò. «Arrivo alle dispense a prendere un boccale di vino fresco, vi aiuterà a lavorare e a difendervi dal caldo.»

«Vino e lavoro non vanno bene insieme, soprattutto quando bisogna avere la mano ferma. Chiedi piuttosto se c'è un pezzo di cacio o del pane fresco, che ne mangio volentieri più tardi.»

«Benissimo, vado e torno subito.»

La porta si chiuse alle sue spalle. Michelangelo si sedette sulla sedia accanto ai colori, ripassò velocemente nella testa quanto era accaduto poco prima per sistemarlo ordinatamente nella memoria e neutralizzarne l'effetto inquietante che continuava ad avere sul suo corpo. Un vuoto allo stomaco gli dava ancora una leggera vertigine. La sera, da solo nel letto, ci avrebbe pensato, chiedendosi se c'era stato davvero quell'abbraccio lieve. Si alzò e prese una ciotola pulita dove mescolare i colori per l'incarnato da dare al busto di Pietro. Voleva che fossero molto trasparenti, una velatura appena accennata. L'intonaco umido assorbiva poca acqua e lo strato superficiale sottile e compresso dalla cazzuola ne riduceva ancora la possibilità di assorbimento. Occorreva aspettare quel momento magico e fuggevole in cui la pelle della malta cominciava ad asciugarsi e a sbiancare. Allora l'acqua carica di pigmento poteva penetrare e depositare il colore prima di evaporare. La crosta indurita avrebbe trattenuto solo la polvere colorata trasformandosi di nuovo in pietra.

Ma c'era ancora un problema, almeno per gli altri pittori. L'intonaco umido assorbiva il colore cambiandone vistosamente il tono, come accade a un sasso bruciato dal sole quando lo si immerge nell'acqua del mare. Solo il giorno dopo, con l'intonaco asciutto, si sarebbe visto l'effettivo colore della parete. Occorreva che la nuova porzione del dipinto fosse del tutto identica a quelle già eseguite nei mesi precedenti, soprattutto a quelle che la delimitavano.

I pittori da tempo immemorabile usavano una pietra speciale per aiutarsi a controllare il colore che avrebbe avuto l'intonaco asciutto. Una pietra che anche Michelangelo aveva tra i suoi strumenti e che quel giorno era stata poggiata sul tavolo come sempre tra le ciotole e i pennelli. La pietra "paragone", come la chiamavano i fiorentini. Un materiale molto assorbente che aveva il merito di asciugare all'istante il colore separandolo dall'acqua e dare subito il tono del colore finale. Naturalmente il tono del colore non era mai lo stesso che sarebbe apparso sul muro perché il colore della pietra, un bianco sporco simile a un guscio d'uovo, era diverso dal grigio luminoso che assumeva l'impasto di calce e pozzolana una volta asciutto. Ma quell'espediente era comunque importante per aiutarsi nella pittura e c'erano maestri che mai iniziavano il lavoro senza aver accuratamente saggiato tutti i colori preparati sulla pietra paragone.

Quella di Michelangelo sul tavolo rimaneva da mesi bianca e intatta, dimenticata tra le macchie vive delle ciotole piene di pigmento. Michelangelo controllava il colore attraverso la quantità di pigmento versato nell'acqua e aveva sviluppato come pochi altri il dono di prevedere dal colore bagnato nella ciotola l'effetto preciso del colore asciugato sul muro. Era la prima cosa che insegnavano a Firenze le grandi botteghe di frescanti. Il Ghirlandaio, che aveva dipinto la cappella di Santa Maria Novella quando Michelangelo era poco più di un bambino, diceva che senza quella dote è inutile cimentarsi con la pittura su muro. Meglio dedicarsi alla tempera su tavola lenta e sicura. La pittura sul muro era un affare di uomini coraggiosi, come la guerra. E Michelangelo non si era mai tirato indietro di fronte a nessuna battaglia.

La vista di quelle ciotole colme di colore era per i suoi occhi quello che sarebbe stata per un goloso una tavola imbandita di pietanze profumate o per un avaro una cassa zeppa di gioielli, con i mucchi di oro e pietre preziose ordinatamente raggruppati uno vicino all'altro. Michelangelo guardava le ciotole e i pigmenti e andava in estasi. Afferrò una ciotola smaltata di bianco e vi versò dell'acqua da un boccale messo sotto il tavolo. Guardò tra i pennelli per trovare una spatola liscia di legno con la parte posteriore larga come un cucchiaio. La strofinò sulla manica della camicia per assicurarsi che fosse perfettamente pulita e la immerse nella montagna candida del bianco di San Giovanni, affondandola dal basso verso l'alto come se stesse raccogliendo la ricotta sul coltello. Quando sollevò la spatola dal mucchio, una cresta bianca e alta era rimasta sopra come se il pigmento fosse stato una crema pastosa.

Lo lasciò cadere lentamente nella ciotola mentre afferrava con la mano sinistra un pennello grosso di legno che aveva in punta delle setole di maiale legate con un filo di seta. Impugnando il pennello sotto le setole tra l'indice e il pollice cominciò a ruotarlo nella ciotola creando un vortice in cui prese a sciogliersi la polvere fino a quando il liquido divenne denso e bianco come il latte di capra. Quella era la densità giusta per gli incarnati. Una minore quantità di pigmento che lo rendeva simile al latte di mandorla o, come dicevano gli apprendisti maliziosi, simile al seme degli uomini appena emesso, non andava bene perché troppo trasparente, soprattutto per intonaci stretti come quelli che amava Michelangelo.

Lasciò il pennello nella ciotola e di nuovo si pulì sulla manica la spatola di legno, rigirandola però per usare l'altra parte della sua estremità dove invece del cucchiaio si trovava una punta appena più larga e schiacciata, ideale per raccogliere piccole quantità di pigmento e non sprecare quello preziosissimo come il minio che stava afferrando nella boccetta di vetro. Tenendo la boccetta con la mano sinistra vi immerse la punta della spatola tirandone fuori un niente di rosso non più grande di un seme di acino d'uva. Rigirò la spatola sulla ciotola bianca e il rosso si depositò con la violenza di un miracolo alchemico, come un campo di papaveri fiorito all'improvviso sulla neve di gennaio. Aspettò un istante, incantato da quello spettacolo, prima di iniziare a ruotare il pennello con un gesto che tramutò il liquido in un petalo di rosa.

Era l'incarnato ideale per le vergini e i santi giovani, ma lui lo avrebbe utilizzato anche per il suo san Pietro, ringiovanito e santificato dalla purezza della fede. Si girò verso il muro e immaginò la macchia fresca del torace esposta allo sguardo pietoso dei testimoni. Tra le carni avvilite dei cristiani e incrudelite dei carnefici, carni scure come il cuoio martoriato dalla vita, la carne di Pietro, nudo sulla croce, doveva sbocciare come il corpo fragile e puro di un bambino allattato al seno. Ci avrebbero pensato i muscoli guizzanti, le forme solide a onorare la bellezza e la forza virile del fondatore della Chiesa rendendolo gradevole allo sguardo. A un'anima bella corrisponde sempre un corpo bellissimo. Un incarnato rosato e chiaro, il punto più luminoso dell'immenso affresco, avrebbe aiutato anche a sottolineare il centro del dipinto che per la sua forma rettangolare cadeva più in alto del santo, sul carnefice vestito di viola. Sapeva che l'occhio correva sempre a quella camicia e aveva tentato una sfumatura indimenticabile per quella stoffa. Aveva mescolato il preziosissimo blu di lapislazzuli con l'ocra rossa lavata tanto da ottenerne un rosso quasi simile al minio. Esposto alla luce, il candore dell'incarnato di Pietro avrebbe aiutato a fissare lo sguardo emozionato sul santo, le ombre dovevano ridursi a pochissimo e soprattutto non nascondere nessuna parte del corpo, soltanto velarla con un tono più denso.

Altri dettagli, come la fronte limpida e le mani trapassate dai chiodi, dovevano illuminarsi come fossero gigli nel mese di giugno. La sapienza di mezzo secolo di pittura e di migliaia di figure dipinte si concentrava su quel santo per farne il testamento inarrivabile e perfetto della sua vita d'artista.

Preparò le ciotole per i mezzi toni versando con un mestolino il bianco dell'incarnato in due ciotole più piccole. In una fece cadere ancora una punta di bianco di San Giovanni per schiarirla, e nell'altra ancora un acino di ocra gialla e la metà di terra verde. Il colore si intorbidì facendo appassire il rosa fresco ottenuto prima.

Non sempre usava il verde per le ombre del corpo, mescolava più volentieri ocra rossa e ocra gialla con poco bianco, ma in quel caso voleva che il colore fosse molto trasparente e la terra verde dava subito un velo opaco alle carni senza smorzare il grigio brillante dell'intonaco sottostante.

Senza aspettare che Urbino ritornasse dalla sua gita alle cucine, chissà con quanti si sarebbe fermato a parlare quel giorno, avvicinò alle tavole d'olmo dell'impalcatura le ciotole con i colori. Tornò al tavolo per scegliere i pennelli. In un astuccio di ciliegio erano accuratamente riposti pennelli di ogni grandezza, quelli veramente grandi come scopette erano messi a testa in su in un cilindro di terracotta, di quelli usati per conservare le alici sotto sale, largo e comodo per depositarvi decine di stecche. I pennelli più preziosi, ottenuti con le code del vaio giovane o dello zibellino o della volpe, erano avvolti in nastri di lino per non danneggiarne le punte. I ciuffi morbidi del pelo degli animali erano incastrati nelle penne di aquile e di falchi intaccate nel mezzo. Poi un filo di seta o di cotone doppio stringeva la penna intorno ai peli. Quei pennelli erano perfetti per tratteggiare le ombre e tracciare i contorni del disegno.

Michelangelo ne saggiò un paio prima sulla guancia e poi sul dorso del dito indice. Il polpastrello era diventato insensibile per il callo formato stringendo gli scalpelli. Ne scelse uno di vaio con la punta a freccia. Poi cercò tra quelli a lingua di gatto, con setole di lupo per stendere le campiture larghe, con più colore, ne trovò uno largo come l'unghia del suo indice, sorrise come se fosse stato un regalo della fortuna e si avviò sull'impalcatura arrampicandosi per la scala a pioli.

La chiazza d'intonaco si trovava tra l'altezza della sua testa e quella del suo ventre, dove si allungava il profilo del braccio destro di Pietro. La luce delle candele proiettava un'ombra sul muro in corrispondenza di uno degli arcarecci dell'impalcatura. Scese di nuovo e cambiò la disposizione delle candele controllando che la macchia grigia dell'intonaco fosse libera da ombre. I visi degli uomini che assistevano al martirio di Pietro si fecero più intensi. Gli sembrò che stessero aspettando tutti lui con il fiato sospeso. Doveva finire il suo lavoro. L'attenzione di ognuno in quella stanza era rivolta alla macchia grigia.

Intinse il pennello nella ciotola e provò con la punta ad accarezzare l'intonaco, con la paura di sollevare i granelli umidi di calce e pozzolana. Un'impronta appena più scura comparve sull'intonaco, segno che era maturo per ricevere la prima velatura. Aspettò ancora un momento per assicurarsi che l'acqua non colasse dal muro troppo bagnato. Quando vide che niente si muoveva intinse di nuovo il pennello largo nella ciotola e cominciò a ripassare dal profilo della testa. Ripassava ogni volta in una sola direzione con un gesto morbido come una carezza che piegava appena la punta del pelo sull'intonaco. La superficie quasi lucida per le battiture cambiava di poco il suo tono, ma Michelangelo sapeva che quel velo avrebbe dato colore sufficiente alla carne. Vedeva sparire il colore nella malta con soddisfazione e per sicurezza si provò a spingere più a fondo il pennello per controllare quanta resistenza faceva l'impasto umido. Urbino aveva fatto bene quel lavoro e l'intonaco era ben compatto e in grado di resistere a una buona pressione.

Il rosa dell'incarnato coprì pian piano tutta la fronte fino al profilo del ciuffo di capelli. Viste così da vicino con la luce radente che esaltava i solchi impressi dallo stilo all'intonaco, le ciocche somigliavano alle onde del mare che si accavallano nella tempesta. Il ricordo del mare evocato da quella somiglianza lo rese allegro strappandogli un sorriso. Per tutta la vita aveva pensato di ritirarsi sul mare, l'unico gigante di bellezza di forza e di tormento che poteva stare al suo confronto. Stese ancora il colore sulle guance, contornando gli occhi e di nuovo arrestandosi alla barba che si agitava sul volto girato. Diede con un rapido gesto del polso una mescolata al colore e riprese a stenderlo lungo il bordo superiore, lungo il profilo del torace dove la vicinanza con l'intonaco già asciutto schiariva molto prima la malta assorbendone l'acqua dell'impasto. In quelle lingue chiare, accostate al giallo della croce, avrebbe potuto vedere tra pochissimo l'effetto del colore asciutto, e intanto continuava rapido a stendere il pigmento scendendo verso il petto, le costole e il ventre, più che di pittura vera e propria si trattava di stendere una prima base omogenea su cui avrebbe poi scolpito le forme con un pennello e un colore più scuro.

La cappella vuota e il silenzio rotto solo dal suo respiro erano la condizione ideale perché la sua anima uscisse dal petto e si aggrappasse al muro, per raggiungere quella perfezione che tutti esaltavano ma che nessuno sarebbe stato disposto a pagare quanto la pagava lui.

Ogni tanto distoglieva gli occhi e guardava verso il fondo buio della stanza per riposarli e tornare al muro con uno sguardo più fresco. L'intonaco si velava di un rosa leggero che non copriva la malta ma ne cambiava appena il riflesso. Quando finì di stendere il colore anche sul braccio ripose la ciotola che aveva tenuto in mano tutto il tempo. Le candele si erano accorciate, era passata più di un'ora e Urbino non era ancora tornato. Scese dall'impalcatura per guardare dal basso la macchia che cominciava a uniformarsi al dipinto. Si sedette e si accorse che erano cessati i rumori e il vociare nella sala accanto. Il Concistoro aveva avuto inizio.

26

Andrea aveva deciso in un primo momento di non andare a salutare Biagio. Era difficile dirgli la verità, dirgli che non se la sentiva di servire uomini che disprezzava, come il maestro aveva cercato di insegnargli. Dirgli che non credeva che Dio potesse assolvere da tutti i peccati grazie a una sfera d'oro con dentro l'eucarestia, alle confessioni e alle penitenze. Dirgli che cominciava addirittura a dubitare dell'esistenza di un Dio.
Anche se non poteva non giudicare gli uomini ai quali era tanto fedele, Biagio gli era troppo caro per quanto gli aveva insegnato e per l'amore e la protezione che gli aveva offerto. Se questo non bastava più a trattenerlo, era sufficiente a spingerlo a rendere la separazione meno dolorosa per il vecchio maestro. Anche a costo di mentire. Una mezza verità poteva prendere per amore il posto di una verità dolorosa. Dopo aver abbracciato commosso Michelangelo era tornato all'archivio e si era seduto davanti a un foglio bianco per affidare alla carta il suo addio. Dalle finestre si riversava nello stanzone un chiarore opaco e senza ombre, annunziando l'inizio del tramonto. Quel giorno lunghissimo iniziava finalmente a morire. La luce limpida che aveva ammirato all'alba si ritirava dal mondo offuscata da tutti i drammi, dalla felicità e dalla crudeltà che aveva illuminato. Intinse tre volte la penna d'oca nell'inchiostro. Per tre volte la mano rimase sospesa sul calamaio di bronzo facendo

gocciolare lentamente il liquido scuro. Avvertì una sensazione di nausea. La lettera, il passaggio dal sentimento, dal cuore al foglio, sarebbe stata ancora una menzogna come sempre. Aveva capito che la realtà della scrittura era solo una parte della realtà. Quello che rimaneva nei cuori, negli occhi di chi scriveva, era la parte più preziosa, più importante per capire davvero il mondo. La nausea si estese ai libri che aveva letto per anni, ai dispacci che aveva ordinato e archiviato. Menzogne. Per molto tempo non avrebbe voluto leggere una riga, scrivere una frase. Strappò il foglio come una liberazione e andò incontro a Biagio davanti alla Cappella Sistina dove tra non molto si sarebbe concluso il Concistoro. Una piccola folla di servitori, faccendieri e ambasciatori stazionava davanti alla porta della maggior cappella della cristianità. Muta e sospesa, seguiva il lento colorarsi e poi spegnersi della luce del tramonto. Gli ambasciatori, vestiti nei modi più diversi, aspettavano la fine del Concistoro per scrivere immediatamente ai loro principi e dare notizia di quanto era stato infine deliberato. Nei loro palazzi i messaggeri con cavalli freschi erano già pronti a partire nella notte.

Arrivarono i servi con le candele, ogni istante più brillanti. Poi arrivarono i musici, avvertiti dal segretario del Concistoro. Tutti si fecero da parte per lasciar spazio ai lati della porta che immetteva nella cappella. La porta si aprì dando adito al fumo di incenso e alla luce abbagliante di mille candele. Il corteo papale si era già composto nella cappella e quando i cardinali intonarono il *Te Deum* di ringraziamento, i musici diedero fiato ai loro strumenti. Andrea si sentì soffocare dalla rabbia a quella vista, ma si confortò pensando che era l'ultima volta che assisteva a un trionfo così osceno. Biagio era rimasto nella cappella a riordinare con il segretario del Concistoro le carte. Lo vide arrivare e gli sorrise. Quando Andrea gli poggiò energicamente il braccio sul suo per farlo sedere il sorriso gli si smorzò. «Vado via.»

Pronunziò quelle parole guardando il Cristo che Michelangelo aveva dipinto al centro del Giudizio Universale. Così come Raffaello aveva provveduto ad assicurare agli uomini una promessa di felicità naturale, Michelangelo aveva provveduto a sostenerli nel dolore che si sarebbe protratto nell'eternità, oltre la vita. La folla di uomini che vorticava nel cielo azzurro, inquieta, disperata, gli dava la forza per affrontare un dramma che al confronto gli sembrò subito ridicolo. Al cospetto di quell'umanità messa a nudo nella sua tragica esistenza era molto facile assorbire il proprio dolore. «Vado via perché mi sono innamorato, non voglio cadere in peccato mortale. Non sarò mai un buon chierico, la castità non è nella mia natura.»

Era una mezza verità, andava via anche per quello ma non solo per quello. Biagio sentì una ferita al cuore per le sue parole. Fu subito tentato di dirgli che la castità non era mai stata, da molti secoli, una condizione necessaria per i prelati, dai monaci al papa. Ma gli occhi che non distinguevano più gli oggetti del mondo erano diventati abilissimi a scrutare le pieghe dell'anima. Non tentò neppure di contrastarlo. «Capisco. Se fossi giovane, forse anch'io oggi mi allontanerei da questo palazzo. Ma, credimi, la mia sola speranza è quella di morire in pace. Non riesco neppure a pensare di cambiare quel che resta della mia vita. Le forze non mi bastano neppure a formulare questo desiderio. Ti auguro lo stesso la maggior fortuna e la benedizione di Dio.»

Le lacrime cominciarono a scendergli lungo il viso, scorrendo lungo le rughe profonde. Adesso fu lui a guardarsi intorno e cercare tra le figure di Michelangelo. Il volto pietoso della Madonna accanto al Cristo. L'ancora a cui si aggrappavano i disperati di ogni tempo. «Dove andrai? Posso darti i miei risparmi. Accompagnami in camera.»

«No, Biagio. Non voglio. Potrebbero servire a te più che a me. Vado nel Nuovo Mondo. C'è bisogno di ogni cosa lì, ci sarà certo qualcuno che ha bisogno della mia scrittura e delle mie lingue. Mercanti e prelati.»

«Ma è un mondo crudele, dove il sangue scorre a fiumi, non credere che sia il paradiso terrestre quello. I conquistatori sono più spietati dei selvaggi.»

«E questo mondo vecchio, è forse meno crudele?»

Non ci fu bisogno di aggiungere altro. Sulla soglia Andrea guardò per l'ultima volta alle pitture della cappella. Preferiva ricordarlo così il vecchio mondo, raccolto in quelle poche scene nelle quali era raccontato tutto il male e il bene. Vide nel Diluvio i naufraghi emergere afflitti dall'acqua e si sentì come loro. Avrebbe trovato anche lui un'Arca per mettersi in salvo.

Il palazzo era deserto. Quando arrivò al ponte Sant'Angelo il sole era calato dietro i merli del castello. L'angelo di bronzo si stagliava scuro contro l'aria viola. Una grande animazione serpeggiava per le vie dei Banchi. Mercanti facoltosi e banchieri commentavano il risultato del Concistoro e aspettavano il passaggio dei prelati. I primi cardinali, sulle mule bianche, cominciavano ad attraversare il ponte. Ma era dal Tevere che arrivavano i commenti veritieri a quella giornata. Sugli scogli e lungo le rive si attardavano i giovani che erano corsi al fiume dopo il temporale per godere il fresco dei bagni. Molti erano nudi e sguazzavano nell'acqua che tratteneva i riflessi della luce lasciata in cielo dal sole scomparso. Da un cespuglio ne uscirono quattro, con in testa delle frasche che coprivano il volto rendendolo irriconoscibile. Urlando iniziarono una pantomima oscena rivolta ai cardinali. Uno, che portava sulle spalle un cartello con sopra dipinte le insegne della Chiesa cattolica, si abbassò allargandosi le natiche, un altro si mise dietro spingendo furiosamente avanti il bacino, l'altro afferrata la testa dell'amico la avvicinò al membro fingendo di penetrargli la bocca. Si levarono applausi e grida che appena coprivano quelle del quarto giovane che si scuoteva i genitali all'indirizzo dei cardinali. «Anche stavolta Paolo III ha rotto il culo a Santa Romana Chiesa. O è stato Pierluigi, ne ha rotti tanti che ormai c'è rimasto sano solo quello del nipote che sta per sgravargli la nuora. Cos'altro devono prendere i Farnese all'Italia, la merda che abbiamo in corpo? Allora prendetela subito, portategliela.»

Cominciarono a lanciare verso il ponte una melma scura che poteva sembrare qualcosa di peggio. La gente rideva e batteva le mani. Guardie non ce n'erano. Solo il cardinale Barbaro ne aveva due di scorta. Era l'unico che sembrava sdegnato. Gridò alle guardie di prendere quei quattro farabutti, ma prima che le guardie avessero attraversato il ponte per scendere la riva i quattro si erano dileguati tra le risate della folla che faceva muro per proteggere la loro fuga. La giornata era finita. Andrea si allontanò verso la chiatta che lo avrebbe portato agli imbarchi di Civitavecchia e pensò che tutto era andato come sempre nel vecchio mondo. Il popolo di Roma si prendeva la sua miserabile soddisfazione. Il Tevere si sarebbe preso nella notte il cadavere di uno sconosciuto, gettatovi dalle guardie del papa, e che non sarebbe mai stato ripescato, e i Farnese si erano presi le due più fiorenti città dello Stato della Chiesa. Parma e Piacenza.

27

Questo è il mio settantesimo anno. Un anno buono per morire. Non ho chiesto mai niente per me. Quando è iniziata la mia fortuna i miei amici giravano per Roma come ninfe in scarpe di seta rossa. Io ho continuato a portare gli stivali di pelle di cane. Li ho portati tanto da non poterli più sfilare dai piedi. Con i soldi che ho guadagnato ho ricomprato a mio padre la casa, la terra, e quel che è stato più difficile, pure l'onore. Anche lui è vissuto tanto, forse perché mia madre è vissuta troppo poco e non l'ho neppure conosciuta. Tutto quanto ho fatto per la mia famiglia non è bastato. Né ai miei fratelli né a mio padre. Ha smesso di lamentarsi solo quando è morto, pochi anni fa.

Non che le rinunce mi siano costate. Amavo solo due cose: l'arte e il sorriso dei giovani. L'arte mi ha fatto divino. Il sorriso dei giovani infelice come l'ultimo degli uomini. Ogni volta che un giovane si è accostato a me, è stato per i miei soldi e la mia fama. Ho smesso di cercarli ma non di desiderarli. Mi sono concesso poche passioni. La repubblica di Firenze, prolungamento del mio orgoglio familiare. Ho tradito i Medici per unirmi ai repubblicani. Sono stato sconfitto e mi sono salvato soltanto perché la mia arte aveva maggior valore della mia vita agli occhi dei vincitori. Da allora la mia disperazione non ha più trovato argini. Sono sopravvissuto per dare perfezione all'arte e alla malinconia. Fino a quando, pochi anni fa, è entrata una donna nella mia vita, Vittoria Colonna, la prima, e tanto tardi. Mi ha insegnato che Dio ci ha fatti peccatori solo perché ha tanta misericordia da salvare ognuno di noi, mondandoci dai peccati più turpi. È stata l'unica felicità che ho conosciuto. Ho smesso di combattere i miei desideri per confidare nella immensa bontà di Cristo e nel sacrificio generoso con il quale ci ha salvati.

Anche la mia arte ha smesso di cercare i conflitti, di mostrare la bellezza del desiderio per piegarsi alla bellezza dell'amore di Dio. È stato questo amore a darmi la forza di continuare a salire su impalcature gravose in un'età nella quale di solito i vecchi a stento si reggono in piedi. È stata la convinzione che il talento riconosciutomi dal mondo mi è stato dato da Dio per votarlo alla sua gloria e alla vera fede. Vittoria e Polo, con la loro fede nuova e purissima, mi hanno liberato dalla colpa che mi opprime da quando sono arrivato al mondo della ragione. Liberato dal disprezzo nel quale mio padre mi ha coltivato sin da quando ero un bambino.

Ho accettato di trascinarmi qui ogni giorno su questa impalcatura, di sollevare centinaia e centinaia di volte al giorno un mazzuolo di cinque libbre per colpire un marmo e liberare i fantasmi che la mia mente vi vedeva. Ho sopportato ogni infamia del mondo di questa città e di questa corte pur di lasciare su queste pareti la gloria di Dio e la testimonianza della fede viva. Ho smesso di tormentarmi per l'avidità dei papi e la prepotenza dei principi. Per il cinismo dei prelati e la miseria degli uomini, perché ho creduto che tutto questo sarebbe finito in poco tempo. Dio ha mandato Reginaldo Polo perché prendesse lui il posto che fu di Pietro e guidasse come un angelo anche me miserabile verso la libertà e la vera fede. Ho avuto la certezza che questo sarebbe accaduto. Fino a oggi. Fino a quando quel ragazzo ha bussato alla porta della cappella.

Lo avevo già visto. Un ragazzo così bello risplende anche in un luogo cupo come questo. Gli avevo anche parlato e mi aveva meravigliato che non tentasse di approfittare dell'ammirazione che suscitava dentro di me. Nessun ragazzo ha resistito a questa tentazione. Sono troppo stupido per non mostrare la mia resa davanti alla bellezza. Gli ho fatto aprire le porte della cappella accogliendolo come un regalo inaspettato, ma ho visto subito che portava sciagure. Non sempre gli angeli annunziano beatitudini.

Ho fatto uscire Urbino come mi ha chiesto, e appena mi ha parlato di un assassinio ho capito che c'ero coinvolto io. Il biglietto ha preso di nuovo a bruciare nella mia blusa. Prima che mi raccontasse di un uomo giustiziato nella camera del papa, prima che mi dicesse che quell'uomo si chiamava Priuli, e che aveva nella sua borsa un biglietto per me, prima di tutto questo sapevo che la disgrazia stava per abbattersi di nuovo sulle mie ossa di vecchio. Mi ha lasciato il biglietto dicendomi che nessuno l'aveva visto, che lui stava andando via per sempre, anche per aver nascosto quel biglietto al suo padrone.

Mi ha detto che di quell'assassinio il papa e la sua corte avrebbero fatto in modo che nessuno parlasse, che potevo stare tranquillo. Ma io ho sentito affiorare, lentamente, quel demone che pensavo, mi illudevo, fosse andato via con la giovinezza. Una furia che mi toglie l'aria e mi annebbia la vista. Mi porta fuori dall'anima e mi scaraventa contro le mie paure. Non posso neppure immaginare dove si annidino tanti mostri nella mia anima.

Urbino è tornato dentro, dopo che Andrea è uscito baciandomi la mano, come fossi un vescovo. Ha capito subito quello che mi stava accadendo. L'immagine di Alvise Priuli mi è tornata vivida come se l'avessi creato io, come fosse stata una mia figura, una mia scultura. Nei giorni passati a Viterbo insieme a Polo e a Vittoria. Lui che si riparava dal caldo molesto sotto la pergola di glicine con i suoi libri, che si avvicinava silenzioso al tavolo dove io tormentavo fogli con il carbone. Così forte come un Ercole e gentile come una madre. Ho invidiato Polo tante volte per quell'amicizia. Ora Priuli era morto a poca distanza da me. Polo e Vittoria sarebbero stati infamati da Carafa e le nostre speranze trasformate in cenere, come le nostre ossa, dal fuoco dell'odio di Carafa. Io certo non sarei sfuggito a quell'odio. C'era davvero solo quel biglietto nella borsa di Priuli? Forse ne esistevano altri da qualche parte. Mi sono avvicinato al candeliere più grande e ho bruciato uno dopo l'altro i due biglietti. Quello che mi ha portato Andrea e quello che mi ha fatto recapitare Polo. Ma neppure di me stesso mi importava, anzi era me stesso che avrei voluto annientare in quella furia.

Ho visto la Pietà, *mostro di orgoglio presuntuoso. Vi ho lavorato cinque anni. Volevo che fosse per i moderni quello che il* Laocoonte *era stato per gli antichi. La mia presunzione, il mio orgoglio spacciati per devozione. Quattro figure scavate in un solo blocco e il corpo di Cristo, il ponte verso la salvezza, ridotto a una semplice esibizione di talento virtuoso. La* Pietà *era solo il ritratto di me stesso, delle mie miserie e delle mie grandezze. Il miglior ritratto e il più sofferto che mi fosse mai riuscito. E non ce ne sarebbero stati altri. Se non potevo colpire me stesso, potevo colpire il mio doppio.*

Ho cercato senza guardare il mazzuolo tra i ferri. Pronto a scagliarmi contro Urbino se non l'avessi trovato al suo posto. Invece era lì. Il manico lisciato dal mio palmo ruvido come corteccia. L'ho impugnato come un guanto. Il primo colpo è partito per il volto di Cristo. Prima che il ferro toccasse il marmo un pentimento ha guidato il braccio come un riflesso obbligato. La traiettoria è stata deviata da un brandello di pudore scampato alla follia. Ha colpito il petto vicino all'ascella. I frammenti appuntiti sono schizzati oltre la mia testa ferendomi allo zigomo sinistro. Ho provato una sensazione nuova, inebriante. Lasciare senza controllo quelle mani e quello strumento che ho guidato con ostinata fatica tutta la vita per dare vita alla pietra. Ora, con inaudita facilità, quella vita la stavano distruggendo. Ho sentito l'urlo di Urbino in fondo alla cappella. Si è messo a correre. Il secondo colpo, senza tentare più il viso di Cristo, si è abbattuto perfetto come un maglio sul ginocchio accavallato sulla gamba di Maria. Sei mesi ho sudato per staccare quel ginocchio dalla gamba di Maria. Sei mesi a incavare il muscolo della gamba del Cristo abbandonata su quella della madre. Sei mesi per restituire a Maria, in quell'intreccio di cosce, lo strazio di un corpo che torna a essere suo nella morte.

Un solo colpo e il ginocchio è esploso in mille pezzi portandosi dietro metà del polpaccio. Il piede e la caviglia sono rimasti sul blocco come un moncone mutilato in battaglia.

Urbino era dietro di me, ma ho fatto in tempo a sferrare un terzo colpo sulla spalla destra di Cristo. Ancora su di lui, perché in quel corpo era scavata la mia passione. Le braccia di Urbino hanno trattenuto le mie con troppa poca forza. Non sospettava quanta forza può dare la disperazione perfino a un vecchio. L'ho scaraventato lontano con un urlo. Ancora un quarto colpo sul fianco, ma poco marmo è schizzato, le forze mi abbandonavano.

Urbino è tornato ad assaltarmi più determinato, e i suoi vent'anni hanno avuto la meglio sui miei settanta. Piangeva, piangeva come se quei colpi fossero stati dati a lui. Solo allora ho capito quello che avevo fatto. Ho lasciato andare il martello e ho preso a consolare lui, chiedendo perdono a lui, come se davvero avessi mutilato lui e non la mia statua. Per molto tempo le lacrime hanno soffocato le parole. Siamo rimasti così, aggrappati l'uno all'altro, e lentamente la vergogna si è sostituita alla furia. Mi è calata in petto la malinconia di un pentimento senza fine, quello che mi accompagna da quando ho memoria di uomo.

Nella cappella è sceso il silenzio. Le figure dipinte sui muri sembravano atterrite dal nuovo dramma consumato sotto i loro occhi. Non so quanto tempo è passato in quel lutto. Urbino sembrava assopito ai miei piedi e io gli ho invidiato quel torpore ristoratore pensando alle notti che mi aspettavano.

La mia coscienza ha cominciato a galleggiare nel vuoto della stanza, fino a quando non ho sentito il suono dei flauti arrivare prima lieve poi sempre più forte. Ho pensato per un momento di essere morto e arrivato in paradiso. Un paradiso popolato dal mio marmo, dalla mia pittura e dal mio Urbino addormentato con la testa sulle mie gambe.

Come se lo meritassi un paradiso simile. Poi ai flauti si è aggiunta la voce di molti uomini, imitatori di cori angelici. È diventata forte come se tutti i musici di palazzo si fossero riuniti davanti alla porta della cappella. Anche Urbino l'ha sentita e si è svegliato, non potevamo certo immaginare lo stesso paradiso. Mi ha aiutato ad avvicinarmi ai battenti. Quando si è aperto lo stipite la musica ci ha investito come una benedizione. In fondo alla sala dei Re sfilava il corteo trionfante della famiglia papale uscita vittoriosa dal Concistoro. La portantina d'oro del papa era poggiata sulle spalle di quattro giovani vestiti con nastri d'oro.

Dietro seguiva Pierluigi Farnese, coperto da un mantello con ricami d'argento, portava in mano il bastone ducale appena ricevuto dall'assemblea dei cardinali, e trascinava a fatica le gambe tentando una posa principesca. Lo sosteneva Ottavio, appoggiato come la mia Madonna al Cristo, perché non si vedessero i danni della sifilide.

Subito dopo procedeva Margherita d'Austria con la pancia gonfia coperta di perle. Anche il suo incedere appesantito era sostenuto da un braccio fermo. Quello di suo cognato Alessandro, fasciato dalla cotta bianca di seta e dalla luce del trionfo. Dietro, sua sorella, Vittoria, avanzava da sola, con il viso più raggiante dei merletti che le stringevano il collo. Era vestita di nero e i capelli erano nascosti da un largo telo di lino bianco appuntato con forcine invisibili; ma anche così era affascinante come il diavolo che tentò sant'Antonio.

Poi venivano i cardinali, guardando avanti con aria compunta al vecchio papa in trono. Lui non aveva più niente di umano. Era solo una venerabile spoglia prestata allo Spirito di Dio. Dopo aver portato a termine il suo crimine tra gli uomini, si era ritirato per sempre nel suo simulacro.

Ho chiesto a Urbino di spegnere le candele, i ferri li avrebbe raccolti domani.

POSTFAZIONE

Il 6 settembre 1547, Pierluigi Farnese veniva trovato assassinato sotto una delle torri del Palazzo Ducale di Piacenza. L'imperatore aveva fatto pagare caro al papa il tradimento perpetrato contro la figlia Margherita. Ai nipoti Alessandro e Ottavio, che andarono a portargli la notizia, il vecchio Paolo III rivolse la frase registrata puntualmente da un testimone:

> stato alquanto sopra di se con la mano alla barba, rispose constantissimamente. Figlioli miei queste sono cose che da il mondo et si voi viverete ne vedrete di quelle che vi doranno molto più, et poi ragionato poco poco d'intorno così crudel matteria, disse andiamo a dormire, et domattina risolveremo quello che s'havrà da fare.

Il 5 dicembre 1549, il Conclave succeduto alla morte di Paolo III si aprì nella Cappella Paolina sotto gli affreschi appena ultimati di Michelangelo Buonarroti. Reginaldo Polo, cardinale d'Inghilterra, necessitava di pochissimi voti per essere eletto papa. Fu il cardinale Farnese a proporgli un accesso per "acclamazione" che nei casi controversi assicurava l'elezione anche senza la maggioranza assoluta. Polo, fedele ai propri purissimi princìpi, ribatté che lo Spirito Santo doveva entrare dalla porta e non dalla finestra in Conclave. La porta la sbarrò definitivamente Giampietro Carafa, che si era portato in Conclave fascicoli della sua Inquisizione con i quali accusò Polo di eresia. Così registra gli avvenimenti Bartolomeo Stella, segretario di Polo:

> Giobba [26 dicembre] fu scrutinio monsignore reverendissimo hebbe voti 23 chieti [Carafa] 20 il quale non cessa tuttavia dandando seminar mille male quanto po di monsignore Reverendissimo et già ha fatto un processo con dir che favorisce et nutrisse eretici in casa sua con molte altre malignita et invenzioni false.

La elezione di Polo sfumò per sempre, mentre Carafa dovette aspettare ancora due Conclavi per diventare papa nel 1555.

La *Pietà* di Michelangelo Buonarroti, distrutta in circostanze che il Vasari, senza alcun fondamento, attribuì a una crisi provocata da difficoltà tecniche, si trova esposta al Museo dell'Opera del Duomo di Firenze.

Infine, l'Autore si scusa coi suoi lettori per essersi preso qualche libertà romanzesca con due personaggi, facendoli morire qualche anno prima del tempo e in circostanze assai diverse da quelle accertate: tuttavia, sperando di aver rispettato i limiti della verosimiglianza storica, conta sulla comprensione di tutti.

Nella realtà, Alvise Priuli non morì nel 1545: nel 1555 seguì il cardinale Reginaldo Polo in Inghilterra e dopo la morte di quest'ultimo si dedicò alla cura degli scritti dell'amico. Morì nel 1560.

Per quanto riguarda Pietro Carnesecchi, la sua personale vicenda fu sicuramente più drammatica: accusato di eresia e perseguitato, si era rifugiato presso il duca Cosimo dei Medici, ma consegnato a tradimento all'Inquisizione, fu processato e condannato a morte nel 1567.

Arnoldo Mondadori Editore S.p.A.

Questo volume è stato stampato
presso Mondadori Printing S.p.A.
Stabilimento Nuova Stampa Mondadori - Cles (TN)

Stampato in Italia - Printed in Italy